BEWILDERMENT

TRANSLATED BY YOSHIHIKO KIHARA

惑う星

リチャード・パワーズ

木原善彦 訳

RICHARD POWERS

新潮社

惑う星

地球の美しさを見つめる人は、生命が続く限り持ちこたえる力の源を見つけるだろう。

——レイチェル・カーソン

それゆえ同様の理由で、私たちは認めざるをえない——地球、太陽、月、海、その他あらゆるものは一つ限りの存在ではなく、無数に存在するのだということを。

——ルクレティウス『物の本質について』

でも、僕らがそれを見つけるのは無理かもしれないってこと？　私たちはテラスに望遠鏡を設置していた。晴れた秋の夜、アメリカ合衆国東部に残された最後の暗闇の縁。これほど良質の暗さはなかなか得がたく、これほど大量の闇が空を照らすこともめったにない。私たちは借りた山小屋を覆う木々の隙間に望遠鏡を向けた。ロビンは接眼レンズから目を離した。たぐいまれな能力を持った悲しい息子。九歳になろうとしているところだが、この世界とは折り合いが悪い。

「その通りだ」と私は言った。「見つけるのは無理かもしれない」

私はいつも息子に嘘をつかないようにしていた――答えを知っていて、かつそれが致命的でないときには。どのみち息子は私が嘘をついたときには気づいていた。

けど、そこら中にあるんでしょ？　父さんたちはそれを証明した。

「いや、証明したという言い方は正確じゃない」

実際には遠すぎるかもしれない。途中に空っぽの宇宙が広がっているかも。

彼は腕を風車のように振り回した。言葉が思考に追いつかないときの息子の癖だ。就寝時間が近づいていたが、だからといって、興奮が冷める様子はなかった。私は赤褐色の乱れた髪に手を置いた。彼女——アリッサ——と同じ髪色だ。

「それで、もしも向こうからの信号が聞こえなかったら？　その場合はどういうことになるかわかるかい？」

　彼は片方の手を挙げた。あの子が集中しているときにはモーターの音が聞こえる気がする、とアリッサは以前言っていた。彼は目を細め、暗い谷に広がる木々を見下ろしていた。反対側の手は顎のくぼみをこすっていた。これも必死に考えているときの癖だ。あまりに強くこするので、私がやめさせなければならなかった。

「ロビン。さあほら！　地上に戻る時間だぞ」

　彼は私をなだめるように手のひらを差し出した。問題ない。あと一分間——暗闇の中で、今のうちに——この問題を考えたいというしぐさだ。

　結局、何も信号が届かなかったらってこと？

　私は科学者になりきっている息子を促すようにうなずいた。ゆっくり考えてごらん。今夜の天体観測はおしまい。雨が多いとされる地域にもかかわらず、今夜は雲一つなかった。丸々とした赤い狩猟の月（アメリカ先住民の呼び方で十月か十一月の満月）が地平線にかかっていた。まるで手が届きそうなほど輪郭が鮮明な木々の間から、天の川があふれていた。黒い河床にきらきらと散らばる無数の砂金。じっとしていると、星が回転するのさえ見える。

　はっきりしたことは何も言えない。うん、そうだ。

　私は笑った。息子は日に一度かそれ以上、しっかり笑わせてくれる。この挑戦的な態度。過激な懐疑主義。私にそっくりだ。アリッサにもそっくり。

「そうだ」と私も同意した。「何もはっきりしたことは言えない」

逆に信号が聞こえたら。それにはすごくいろんな意味がある！

「そうだね」。その意味についてはまた別の夜に考えればいい。今はもう寝る時間だ。彼は最後にもう一度、望遠鏡に目をあて、アンドロメダ銀河の明るい中心を見た。

パパ、今夜は外で寝ちゃ駄目？

私は息子に学校を休ませ、この一週間、森に連れてきていた。息子がまたクラスメイトとトラブルを起こしたので、一息入れる必要が出てきたのだ。わざわざグレートスモーキー山脈まで子供を連れてきたのに、一晩くらい外で寝るのを許さないというのは酷だろう。

私たちはいったん小屋の中に戻り、外で寝る準備をした。一階は羽目板張りの大きな一つの部屋になっていて、松とベーコンの香りが混じっていた。キッチンは湿ったタオルと漆喰の匂い――温帯多雨林の匂い――がした。食器棚には付箋がいくつも貼られていた。コーヒーフィルターは冷蔵庫の上。別の皿をお使いください！　緑の表紙のらせん綴じの宿泊者マニュアルが、ぼろぼろのオークの机の上に広げられていた。水道を使うときのコツ、配電盤の位置、緊急時の電話番号。小屋の中ではすべてのスイッチにラベルが貼られていた。頭の上、階段、廊下、キッチン。

明日の朝になれば、天井まである窓の外には幾重にも続く山並みが見えるはずだ。毛玉のできた素朴なソファーが二つ、板石の暖炉の脇に置かれ、ワピチ、カヌー、熊などが描かれたクッションが並べられていた。私たちはそのクッションを外に持ち出し、テラスに敷いた。

お菓子を持ってきていい？

「それはよくないな。ウルスス・アメリカヌス（アメリカグマの学名）が一マイル（約一・六キロメートル）四方に二頭いる。

ここにいても、ノースカロライナにあるピーナツの匂いを嗅ぎつけることができる」

なわけない！　彼は指を一本立てた。でもそれで思い出した！

彼はまた中に戻り、小さなペーパーバックの本を持って出て来た。『スモーキー山脈の哺乳類』。

「本気か、ロビン？　ここは真っ暗だぞ」

彼は非常用の懐中電灯を掲げた。手回しで充電するタイプのものだ。朝ここに着いたときから彼はそれが気に入って、魔法のような仕組みの説明を求めたのだった。しかし今は充分な電子を作り出すことができなかった。

私たちは臨時に作ったベースキャンプに落ち着いた。息子は満足そうだった。そもそもそれがこうして特別な旅をした目的だ。私たちはたわんだテラスの床板に広げた寝床に横たわり、彼の母親が寝る前に捧げていた宗教的でない祈りを一緒に唱え、私たちの銀河の四千億ある星の下で眠った。

私は医師らが息子に下した診断を今でも信じていない。三十年の間に診断名が三度も変わり、正反対の症状を説明するために二つの下位分類が必要で、そもそも存在しなかったものが一世代の間に全米の子供の間で最もありふれた障碍になり、二人の医者が三つの異なる薬を処方する……こんなときにはきっと何かが間違っているのだ。

ロビンは昔から眠りが深くなかった。季節ごとに数回おねしょをし、それを恥じていた。音も苦手だった。テレビの音もかなり小さく絞り、私には聞き取れないほどだった。洗濯機の上の突っ張り棒から布製の猿がぶら下がっていないと機嫌が悪くなった。小遣いは全額、トレーディングカードゲーム――全種類集めよう！――に費やしたが、カードには手を触れず、プラスチックのスリーブに収めて特殊なバインダーに番号順に保管していた。

混み合った映画館では、離れたところで誰かがしたおならにも気づいた。ネヴァダ州の鉱物でも、イングランドの王と女王でも、表にまとめられたものなら何時間でも眺めていた。頻繁にものをスケッチし、私が気づかないような細部まで念入りに描いた。ある年は複雑な建物や機械。次の年は動物や植物。

彼の意見は私以外の人間にとって異様で謎めいていた。たった一度観ただけで、映画のシーンを再現することができた。記憶にある出来事を何度も繰り返し、細部を思い出すたびにうれしそうにした。好きな本を読み終わるとすぐに最初に戻って再読を始めた。つまらないことで容易に落ち込み、あるいは激怒した。しかしうれしいことがあれば同様に容易に立ち直った。

ロビンは天気が荒れ模様の夜、私のベッドに来て、窓からいちばん遠い側に寝たがった（母親もいつも安全な側で眠りたがった）。昼間は物思いに耽りがちで、締め切りのあることが苦手で、そう、興味のないことを長時間やらされるのを拒んだ。しかし落ち着かないとか、走り回るとか、延々としゃべり続けるということはなかった。好きなことならじっと何時間でも取り組むことができた。そうした行動のすべてに合致する病気とは何か？　どんな障碍が息子の行動を説明できるのか？

医者の意見はさまざまだった。毎年アメリカの食品に数十億キロ単位で振りかけられている毒物と結び付いた症候群もその一つだ。二人目の小児科医はロビンを〝スペクトラム〟（自閉スペクトラム障碍のこと）と診断したがった。私はその男に、この地球に生きる人は全員がスペクトラムに位置づけられると言いたかった。スペクトラムというのはそもそもがそういう意味だ。私はその男に、生命そのものがスペクトラム障碍だと言いたかった。私たち一人一人が連続的な虹において独自の周波数で振動しているのだ、と。その次には男を殴りたくなった。きっとそんな衝動にも医学的な名称があるのだろう。

奇妙なことに、『精神疾患の診断・統計マニュアル』（アメリカ精神医学会が作成する公式の診断ガイドライン）には、人を診断したがる強迫的心理の名前は載っていない。

学校がロビンに二日間の出席停止処分を下し、二人の医者にその件を担当させたとき、私は最後の反動的な揺り返しのようなものを感じた。説明しなければならないことなど何があるだろう？

息子は化学繊維製の衣服を着るとひどくかぶれる。クラスメイトは意地悪を言って、その意味がわからないと言う息子をいじめた。母親は彼が七歳のときに事故で死んだ。愛犬はその数か月後に錯乱して死んだ。子供の情緒が不安定な理由として、医者はこれ以上に何を求めているのか？

私は医療が息子に役立たない様子を見ながら、馬鹿げた理論を考え出した。私たちは生命を矯正しようとすることをやめなければならない、と。息子という小さな宇宙は、私にはとても計り知れない。私たちは一人一人が一つの実験なのだが、実験が何を試しているのかさえ私たちは知らない。

妻なら医者とどう話せばいいのか知っていただろう。完璧な人などいない、と彼女はいつも言っていた。でもね、私たちはみんな、完璧からの外れ方がすばらしいの。

息子は男の子だ。だから当然、〝田舎のラスヴェガス〟を見たがった。三つの町が合体し、パンケーキを注文できる店が二百ある。行きたがるのは当たり前だ。

私たちは車で山小屋を離れ、絶景の川沿いに二十七キロをくねくねと走った。かかったのは約一時間。ロビンは後部座席から急流を眺めていた。野生動物ビンゴ。最近お気に入りのゲームだ。

背の高い鳥！　彼は叫んだ。

「種類は？」

彼は図鑑をめくった。そんなことをしていると車酔いをするのではないかと私は心配になった。サギかな？　彼は再び川の方を見た。そこからまた五つか六つのカーブを経たところでまた叫んだ。キツネ！　キツネ！　見えたよ、パパ！

「灰色か、それとも赤？」

灰色。うわ、すごいや！

「ハイイロギツネは柿の木に登って実を食べるんだぞ」

まさか。彼は『スモーキー山脈の哺乳類』でハイイロギツネを調べた。そこには私が言った通りのことが書かれていた。彼はうなり、私の腕を小突いた。どうしてそんなことまで知ってんの？

息子が寝ている隙に図鑑をチェックすることで私は彼の先手を打つことができた。「おいおい。

パパは生物学者だろ?」

うちゅう《いちおう》……生物学者ね。

彼の笑みは、今の一言が危険な一線を越えたのではないかと探っていた。私はショックと笑いが半々に混じった表情を浮かべた。息子の問題は怒りだが、不快な方向に転じることはめったになかった。正直に言うと、彼が自分の身を守るには少し毒を吐くくらいがよかったのかもしれない。

「ちょっと待って。君が地球で過ごした八年間はもうすぐ終わろうとしているけれど、残り時間はもう、些細なことでも許さないからな」

彼は硬い笑みを浮かべたまま、また川筋の偵察に視線を戻した。しかしつづら折りの山道を一キロ半ほど進んだところで、彼は私の肩に手を置いた。さっきのは冗談だよ、パパ。

私は道路を見たまま言った。「パパもだ」

私たちはリプリー珍品館《オディトリアム》（テネシー州の小さな町ガトリンバーグにある）の列に並んだ。彼は館内の展示を見て落ち着かない様子だった。同じくらいの年齢の子供たちは館内を駆け回り、あちこちで集まって騒いでいた。ロビンは彼らの大声に顔をしかめた。そして恐怖の展示《ホラー・ショー》を三十分ほど眺めた後、外に出たいと言った。彼は水族館の方が楽しそうだった——とはいえ、スケッチしたかったエイはじっとしてはくれなかった。

フライドポテトとオニオンリングの昼食の後、私たちはエレベーターで展望台に上がった。彼は危うくガラス張りの床一面に吐きそうになった。そして拳を強く握り、歯を食いしばりながら、〝すごい〟と言った。車に戻ったときにはようやくガトリンバーグのことを忘れられてほっとした様子だった。

山小屋に戻るときの彼はいろいろと考えているようだった。この地球上で、あそこはママのお気に入りにはなりそうもなかったね。

「うん。おそらくトップ3にも入らなかっただろうな」

彼は笑った。私はタイミングさえ選べば、息子を笑わせることができる。

その夜は天体観測をするには雲が多すぎたが、私たちはまたワピチと熊がプリントされた田舎風のクッションを敷いて、外で寝た。ロビンが懐中電灯の明かりを消した二分後、私はささやいた。

「明日は誕生日だな」。しかし彼は既に眠っていた。私は小さな声で母親の祈りを二人分唱えた——彼が目を覚ましたときに昨夜は唱え忘れたとパニックを起こしたら、おまえの分も祈っておいたと言って安心させるために。

彼は夜中に私を起こした。星の数はいくつあるって言ってたっけ？

怒ることはできなかった。たとえ眠りから無理に引き戻されても、彼がまだ星を見ているのはうれしかった。

「地上にある砂粒の数かける木の本数。十穣《じょう》」

私は彼にゼロを二十九個言わせた。ゼロを十五個言ったところで、笑い声がうなりに変わった。

「大昔の天文学者なら、ローマ数字で書くのは無理だったろう。たとえ一生かけてもね」

惑星の数はいくつ？

数字は急速に変わっていた。「おそらくどの恒星にも最低一つはある。普通は数個。天の川銀河だけでも生物生存可能圏《ハビタブル・ゾーン》に地球のような惑星が九十億。同じ局部銀河群に属する他の銀河を数十個加えると……」

加えるとどうなるの、パパ……？

彼は子供ながらに敗北に慣れていた。もちろん、〝大いなる沈黙〟は彼にとってもショックだった。法外に大きな虚無を思い浮かべた彼は、七十五年前にロスアラモスの有名な昼食の席でエンリコ・フェルミが口にしたのと同じ質問をした。もしも宇宙が想像を絶するほど大きくて古いものなら、そこには明らかな問題が一つある。

パパ？　それだけたくさん住める場所があるなら、どこにも誰もいないのはどうしてなの？

朝になると私は曜日を忘れたふりをした。九歳になったばかりの息子はそれを見抜いていた。私が五、六種類のトッピングを加えて超豪華なオートミールを作る間、興奮した様子のロビンは椅子の上で首を長くして、カウンターを押したり、ホッピングで遊ぶみたいに体を上下させたりしていた。私たちは記録的なスピードで朝食を終えた。

プレゼントを開けようよ。

「え？　プレゼントがあるっていう想定はどこから来たのかな？」

想定じゃない。仮説だよ。

彼は何がもらえるかを知っていた。何か月も前から私と交渉していたからだ。私のタブレットにつないで、画面に拡大画像を表示できるデジタル顕微鏡。彼は午前中ずっと、池の浮きかす、頬の内側の細胞、カエデの葉の裏などを次々に映して見ていた。休暇の残り期間はそのまま、サンプルを覗いたり、ノートにスケッチをしたりして過ごしたとしても彼としては充分に満足だっただろう。私は息子を喜ばせようとしてやりすぎになることを恐れながら、山の麓にある小さな一九五〇年代風の食料品店でこっそり買っておいたケーキを出した。彼は一瞬うれしそうな顔を見せてから、真顔になった。

ケーキなの、パパ？

彼は私が隠し損なった箱に直行し、原材料をチェックして首を横に振った。

ヴィーガン向けじゃないよ、パパ。

「ロビン。今日は君の誕生日だぞ。こんなことはめったに……年に一度くらいしかない」

彼は笑顔を見せることを拒んだ。バター。乳製品。卵。ママなら食べない。

「いや、パパは母さんがケーキを食べるのを見たことがある。それも一回だけじゃないぞ！」

私はそう言うのと同時に自分の言葉を後悔した。彼は臆病なリスみたいな顔――心から望んでいた厚意に甘えるべきか、それとも森に逃げ帰るべきか迷っている――になった。

いつ見たの？

「母さんは時々自分のルールに例外を認めてた」

ロビンはケーキを見つめた。罪のない人参色のケーキ。よその子供ならうんざりするほどその美点を聞かされただろう。息子の誕生日というはかないエデンの園にはもう蛇がはびこってしまった。

「まあいいさ。鳥の餌にすればいい」

けど。その前に少し味見してみない？

私たちはそうした。彼はおいしいと感じるたびに、うれしそうな表情を抑え、また物思いに耽った。

ママの身長は何センチ？

彼は母親の身長を知っていた。しかし今日はその数字を必要としていた。

「百五十七センチ。もうすぐ君の方が背が高くなる。走るのが速かった。覚えてるか？」

彼はうなずいた――私に対してというより、自分の中で。小さいけど強い。

彼女は州議会議事堂での戦いに挑むとき、自分をそう形容していた。私は彼女を〝小柄だけど惑星的〟と呼ぶのが気に入っていた。ある秋の夜——そのまま冬になった——に彼女に読んで聞かせたネルーダ（チリの詩人（一九〇四—七三）。一九七一年にノーベル賞受賞）のソネットからのパクりだ。私が彼女に結婚を申し込むときには、自分以外の男の言葉を借りずにはいられなかった。

ママのことはどう呼んでたの？

息子に心を読まれたとき、私はいつも動揺した。「ああ、いろいろとね。君も覚えてるだろ」

うん、でもたとえば？

「たとえばアリッサを略してアリとか。私の味方《アライ》だったからアライとか」

ミス・リッシーとか。

「それは母さんはいつも嫌がってた」

ママとか。ママって呼んだこともあるでしょ！

「時々ね。うん」

それってすごく妙だね。私は息子の乱れた髪に手を伸ばした。彼は身を引いたが、言葉は返してくれた。僕の名前はどうやって付けたんだっけ？

彼は自分の名前の由来を知っていた。不健康なほどの頻度でその話を聞いていた。しかし前回からは数か月、間《あいだ》が空いていたし、私も繰り返すのが嫌ではなかった。

「私と母さんが初めてのデートでバードウォッチングに行ったときのことだ」

マディソンに来る前だね。全てのことの前。

「全てのことの前だ。母さんは冴えてた！　次から次に鳥を見つけた。アメリカムシクイ、ツグミ、タイランチョウ――母さんにとってはどれも昔からなじみのある友達。姿を見る必要もなかった。鳴き声でわかるんだ。反対に私はあちこちに目をやりながら、小さな茶色い生き物を見つけては見分けが付かずに混乱してた」

映画に誘えばよかったと思った？

「え。この話は前にもしたんだっけ？」

かもね。

「そしてようやく、オレンジがかった赤い腹が見えた。それで救われた。私は叫んだよ。おお、おお、おお！って」

で、ママが言ったんだよね。「何が見えた？　何が見えた？」って。

「私と一緒になって興奮してくれたんだ」

そして悪態をついた。

「悪態をついたかもしれない、うん。恥ずかしくてね。〝ちぇ。ごめん。ただのコマツグミだった〟。この人はもう二度とデートに付き合ってくれないと思ったよ」

彼は落ちの一言を待っていた――もう一度それを実際に耳で確かめることを必要としていた。

「でも母さんは、まるで私が見つけたのが今までに見たこともない異国風の珍鳥だったみたいにじっと双眼鏡を覗いてた。そしてそのまま鳥から目を離さずに言ったんだ。〝コマツグミ《ロビン》は私が大好きな鳥〟って」

そのときパパはママと恋に落ちた。

「そのとき私は、できるだけ長く彼女のそばで過ごしたいと思った。その後、彼女をよく知るようになってから、本人にもそう話した。そして始終その話をするようになった。何かを一緒にするときにはいつも——新聞を読みながら、歯を磨きながら、税金の計算をしながら、ごみを外に出しながら。どれだけつまらないことが起きていても、どれだけ退屈していても。目が合ったら互いの心を読んで、一人が出し抜けに言うんだ。〝コマツグミ《ロビン》は私が大好きな鳥！〟って」

彼は立ち上がり、自分の皿を私のものに重ね、一緒に流しまで持って行き、蛇口から水を出した。

「おいおい！　今日は誕生日だぞ。皿を洗うのはパパの番だ」

彼は私の向かい側に腰を下ろし、〝僕の目を見て〟というまなざしでこちらを見た。

一つ訊いてもいい？　嘘は駄目だよ。正直に話してくれることが大事なんだからね、パパ。コマツグミ《ロビン》は本当にママが大好きな鳥だったのかな？

私は親として何をどうすべきか知らなかった。私がしてきたことの大半は、彼女がしていたことの見よう見まねだった。私は日々、一生彼の心に傷を残しそうなほどの間違いをしでかしていた。私に残された唯一の希望は、いろいろな間違いが互いを相殺することくらいだった。

「本当の話か？　母さんがいちばん好きなのは、すぐ目の前にいる鳥だったよ」

その返事は彼を動揺させた。とびきり変わり者で、好奇心にあふれた子供。言葉をしゃべるようになる前から、世界の歴史の重みを肩に背負っていた。六十歳みたいな六歳児。亡くなる数か月前にアリッサはそう言った。

「でも、コマツグミ《ロビン》は母さんと私にとって象徴的な鳥だった。それのおかげですべてが特別なものに変わった。その名前を唱えるだけで、人生がいい方向に向いた。君にこれ以外の名前を付けることは考えられなかった」

彼は歯をむき出しにした。ロビンって名付けられた人間の気持ちを考えたことある？

「どういう意味？」

つまり、学校で？　公園で？　いろんなところで？　毎日、僕はこの名前と向き合わないといけない。

「ロビン？　いいかい。またみんなにいじめられてるのか？」

彼は片方の目を閉じて、顔を背けた。三年生はみんなくだらないやつばっかりだ。どうでもいいよ。

私は両手を差し出して許しを求めた。アリッサはいつも言っていた。世界はいつかこの子を引き裂く、と。

「ロビンは立派な名前だ。男でも女でも使えるし。便利なこともある」

どこかよその惑星なら、ひょっとしたらね。千年前とか。とにかくありがたいことだよ。

彼は私と目が合うのを避け、顕微鏡の接眼レンズを覗き込んだ。メモの取り方が念入りになった。端から見ている人がいたら、それは本格的な研究だと思ったかもしれない。二年生のときの担任は部外秘の調査書に〝やることがゆっくりで、必ずしも正確ではない〟と記していた。時間さえあれば、彼は担任の想像を超える正確さを披露するだろう。

私はテラスに出て、木々の匂いを嗅いだ。森は四方に広がっていた。五分後――彼にとってはきっと永遠のように長かっただろう――ロビンがテラスに出て来て、私の腕の下に潜り込んだ。

ごめんね、パパ。僕もいい名前だと思う。文句があるわけじゃないよ……ただ……紛らわしいけど。

「紛らわしいのは誰でも同じ。みんなも頭が混乱するのさ」

彼は私の手に一枚の紙を握らせた。見て。どう思う？

左上に色鉛筆で描かれた鳥が紙の中心部を見ていた。上手な絵だ。喉元の筋模様から、目の周りの白い斑まで。

「おお、すごいじゃないか。母さんの好きな鳥だ」

これはどう？

もう一羽の鳥が右上から中心部を見ていた。こちらも見間違いようがない。翼を畳んだワタリガラス。背中で手を組んで歩いているタキシード姿の男のようだ。バーンという私の名字はアイルランド語でワタリガラスを意味する〝ブラン〟から来ている。「いいね。ロビン・バーンの心の絵ってところかな」

彼は紙を取り返して品定めするように見ながら、早くも微修正を加えることを考えていた。家に帰ったらこれをプリントして、便箋を作ってもいい？　どうしても便箋が欲しいから。

「いいかもね、誕生日の主役さん《バースデー・ボーイ》」

私は息子を惑星ドヴァウに連れて行った。大きさと気温は地球とほぼ同じ。山と平野と地表水があり、大気は厚く、雲と風と雨がある。川は岩を削って大きな谷を作り、堆積物を荒海へ運ぶ。

息子はその光景にいらだっていた。ここと似てるね、パパ。地球に似てない？

「少しだけね」

何が違うの？

私たちが立っている赤い岩だらけの海岸では、違いは明らかではなかった。私たちは背後を振返って見た。見渡す限り、動植物の影はなかった。

死んだ惑星？

「いや、死んでいるわけじゃない。顕微鏡を使ってごらん」

彼は地面に膝をつき、潮だまりからすくったぬめりをスライドに取った。そこは生物にあふれていた。螺旋と棒、うね状の構造や細孔や鞭毛のあるアメフトボールと繊維。全種類をスケッチするだけで、彼の一生が終わってしまいそうだった。

つまり、この惑星は若いだけ？　まだできたてってこと？

「ここは地球より三倍古い」

彼は荒涼とした風景を見回した。じゃあ、何がいけないの？　息子にとっては、いたるところをうろつく大きな生物というのがいて当然なのだ。

私は息子に、ドヴァウはほぼ完璧な環境だと言った。ちょうどいい銀河のちょうどいい位置。金属の含有量もちょうどよくて、放射線や他の致命的擾乱《じょうらん》のリスクが低い。公転軌道はちょうどいい種類の恒星からちょうどいい距離だ。地球と同様に、表面ではプレートが運動し、火山と強力な磁場があるおかげで、炭素の循環が安定し、気温の変動も少ない。地球と同様に彗星から水の供給を受けている。

へえ。地球が地球になるにはどれだけたくさんのものが必要なの？

「普通の惑星よりずっとたくさんのものさ」

彼は指を鳴らそうとしたが、手の小ささと湿り気のせいで音は出なかった。わかった。隕石のせいだ！

しかしドヴァウは地球と同様、外側の軌道に大きな惑星を複数持っていたので、極端に多くの隕石が降り注ぐということはなかった。

じゃあ、何がいけないの？　彼は泣きだしそうだった。

「大きな月がないんだ。自転を安定させるものがそばに存在しない」

私たちが近い軌道まで上昇すると、世界が揺れた。昼の長さがカオス的に変化し、四月が一瞬で十二月になり、それから八月、さらに五月になるのを私たちは見た。

数百万年の間、私たちは観察を続けた。微生物は限界に行き当たった――ドックにぶつかる浮きのように。生命が次の段階に移行しようとするたびに、惑星の自転が乱れ、極限環境微生物（極端な高温・低温や酸性・アルカリ性の環境に生息する微生物）にまで引き戻された。

永遠にこの調子？

「太陽フレアによって大気が燃え尽きるまでね」

私は彼の顔を見て、そう口走るのが早すぎたことを後悔した。すごいね、と彼は勇気を装って言った。何となく。

ドヴァウは地平線まで一面不毛に見えた。彼はこの惑星が悲劇なのか勝利なのか判断が付きかねて、首を横に振った。そして私を見た。次に彼が口を開いたとき発したのは、宇宙のどこであれ、生命が問う最初の疑問だった。

パパ、他には？　他の場所は？　もう一つ見せて。

翌日、私たちは森に向かった。ロビンは興奮していた。九歳だよ、パパ。助手席に乗る！ 彼はようやく法律上、後部のチャイルドシートから解放された。生まれたときからずっと、前部座席からの眺めを待ち焦がれていたのだ。うわぁ。やっぱり前の方がずっと眺めがいい。

山間《やまあい》には霧が残っていた。私たちは幹線道路の両側に建物二つ分だけの奥行きで広がる小さな町を抜けた。金物屋、食料品店、バーベキュー炉が三つ、浮き輪のレンタル、野外活動用品店。そこから先は、復元過程にある二千平方キロメートルの森林だ。

私たちの前には、かつてヒマラヤ山脈よりもはるかに高かった山塊が丸みのある丘となって残っていた。レモン色、琥珀色、シナモン色——落葉樹の葉のあらゆる色彩——が同じ谷を覆う。スイバノキ《サワーウッド》とモミジバフウ《スイートガム》が尾根を紅に染める。私たちはカーブを曲がって国立公園に入った。ロビンは風景に驚嘆し、長い母音を漏らした。

私たちは登山口に車を置いた。私はテントと寝袋とコンロを入れたフレーム式バックパックを担いだ。細身のロビンが背負ったのはデイパック。中にはパン、豆のスープ、食器、マシュマロが詰まっていた。私たちは尾根を越え、山奥のキャンプ場を目指した。今夜のキャンプ場は私たちが独り占めだ。そのすぐそばを流れる川は、かつて私が地球はその一角だけで充分だと思ったところだった。

見事な紅葉がアパラチア山脈南部に広がっていた。シャクナゲが峡谷に流れ落ち、ロビンが閉所恐怖におびえる茂みを這い上がっていた。狂躁の藪の上には、それに負けじとヒッコリー、ツガ、ユリノキが派手な樹冠を広げていた。

ロビンは百メートルごとに立ち止まっては苔やアリの巣をスケッチした。私はそれでも構わなかった。彼は黄土色の柔らかい茎を食べているハコガメを見つけた。私たちが近くで腰をかがめても、カメはひるむことなく首を伸ばしていた。逃げるという選択肢は存在しなかった。ロビンが脇にひざまずいたとき初めて、カメは手足を引っ込めた。ロビンは甲羅に刻まれた読めないメッセージを判読しようとして、火星人が残したような楔形《くさびがた》文字を指でなぞった。

私たちは山陰の広葉樹林に入り、共同体的事業が目の敵にされる前の時代に、ロビンと大して変わらない年齢の無職の少年たち――資源保存市民部隊（ニューディール政策の一環で設立された組織で、自然資源の保護と失業対策を結び付けた点が特徴）――が作った山道を進んだ。私はモミジバフウ《スィートガム》の星形の葉――半分は八月の翡翠《ひすい》色、半分は十月の煉瓦色――を踏み、ロビンに匂いを嗅ぐように言った。彼は驚きの声を上げた。ヒッコリーの実の殻を引っ掻いて嗅がせたときには、さらに驚いていた。私は彼に暗紅色の葉の先を嚙ませて、スイバノキ《サワーウッド》の名になぜ〝酸っぱ《サワー》い〟という言葉が入っているのかを実感させた。

あたりの空気は腐植土の匂いがした。一キロ半以上にわたって階段のように険しい上りの山道が続いた。はらはらと落ちる広葉の中を歩く間、幽霊のような影が後を付いてきた。苔の生えた大岩を回り込むと世界が一変し、山陰の湿った広葉樹林が乾いた松とオークの森になった。今年はドングリの実り年だった。ドングリが道に積もっていた。私たちは一歩ごとにドングリを蹴散らした。

道の脇にあるくぼみの腐植《ダフ》からは、私が今までに見たこともない不思議なキノコが生えていた。

クリーム色の半球形の笠は左右を合わせた私の手よりも大きかった。花びら風の襞《ひだ》が重なってできた笠は、エリザベス朝時代の襞襟《ひだえり》のように込み入っていた。

うわぁ！　何これ……？

私は何も答えられなかった。

山道をさらに進んだところで、私は危うく黒と黄色のヤスデを踏みそうになった。それは私の手の中で丸くなった。私はその上で手を扇ぐようにして、ロビンに匂いを嗅がせた。

え、嘘！

「何の匂いがする？」

ママみたいな匂い！

私は笑った。「うん、そうだな。アーモンドエキスの匂い。ママがお菓子を焼くときに、こんな匂いがしてたかも」

彼は私の手を鼻に近づけた。すごいや。

「確かにすごい」

彼はもっと嗅ぎたがったが、私はヤスデをスゲの根元に戻し、また歩きだした。私は息子に、おいしそうに感じられたのはシアン化物——大量に取ると有毒——の匂いだとは言わなかった。私はそれを話すべきだった。息子にとっては正直であることがとても大事だった。

山道を一キロ半ほど下ったところで、少し開けた渓流沿いに出た。白く泡立つ滝がより深く広い淵に流れ込んでいた。アメリカシャクナゲと斑入りのスズカケノキが両岸を覆っていた。その光景は記憶にあるものより美しかった。

私たちのテントは工学的な奇跡と呼べそうな代物《しろもの》だった。一リットルの水よりも軽く、大きさも一巻きのペーパータオルと変わらない。ロビンは自分でテントを張った。細いポールを組み、テントの穴に挿し、ピンと張った外骨格にテント地をクリップで取り付けると、はい、今晩を過ごす家の出来上がり。

防水カバー《フライシート》も要るかな？

「私たちの運次第だな。どう思う？」

彼は幸運を信じた。私も同じ気持ちだった。私たちを囲むのは六種類の森林。花を咲かせる千七百種の植物。ヨーロッパ全体で見られるよりも多種多様な樹木。三十種のサンショウウオ。驚きだ。太陽系第三惑星。この小さな青い星はいろいろと盛りだくさんだ。優勢な種《しゅ》からしばらく離れ、頭の中がすっきりしているときにはそれがよくわかる。

私たちのすぐ上で、『オズの魔法使い』に出てくる翼の生えた猿ほどの大きさがあるワタリガラスがストローブマツに止まった。「バーン家のキャンプ開きを祝いに来てくれたぞ」

私たちが歓声を上げると、鳥は飛び去った。私たち二人は、またしても過去の最高気温を五度上回ったこの日、荷物を背負ったまま急な坂を登った末に、川で泳ぐことにした。太いユリノキを切って作った橋が急流に架かっていた。両岸の岩は地衣、苔、藻類でアクションペインティングを施されたみたいだった。水は澄み、川底の石が見えた。私たちは藪を切り開きながら上流に向かい、平らな岩を見つけた。私はそこで覚悟を決め、川に入った。疑り深い息子は自分もそうしたそうに、様子を見ていた。

水は私の胸にショックを与え、体を岩の方へ押しやった。岸から平らに見えた水底は、ごつごつした小さな山脈だった。私は乱流の中に飛び込んだ。数世紀にわたる落水で滑らかに削られた石で足が滑った。そのとき私はコツを思い出した。腰をかがめ、冷たい川の流れに身を任せるのだ。ロビンは初めて冷たい水に触れたとき悲鳴を上げた。しかし痛みは三十秒しか続かず、悲鳴は笑い声に変わった。「体を低くするんだ」と私は呼びかけた。「這う感じ。体の中にある両生類の本能を呼び覚ませ」。ロビンは心地よい攪拌《かくはん》に身を委ねた。

息子にこれほど危ないことをさせたのはそれが初めてだった。彼は四つん這いになって流れと戦った。ようやく足がかりになる場所を見つけると、私たちは流れの中心近くへと進んだ。そして岩に囲われた窪地で踏ん張りながら、激しい気泡風呂《ジャグジー》を楽しんだ。まるで逆立ちしたサーフィンのようだった——体を後ろに傾け、無数の筋肉を常に調節しながらバランスを取る。石の上を流れる水の膜。波立つ水面をエッチングする光。私たちを包む定常波の、不思議と固まったように見える流れ。泡立つ急流はそこでロビンを催眠術にかけている。

流れの力と私たちの体内のアドレナリンとで、今や水はほとんど生ぬるくさえ感じられる。しかし川は何か野生の生き物のようにとぐろを巻いた。川の下流は両岸から伸びるオレンジ色の木の下に落ち込んでいた。未来から流れ、私たちの背中に当たって飛び散ったしぶきが、過去の中で日に照らされていた。

ロビンは水中にある自分の腕と脚を見た。そして水を掻き回し、屈折による歪みに抵抗した。重力が常に変化する惑星みたいだね。

黒い縞のある魚——私の小指ほどの体長——が寄ってきて、私たちの手足にキスをした。それが私たちの皮膚の古くなった部分を食べているのだとは、すぐには気づかなかった。ロビンはいつまでもそれを続けたそうな様子だった。彼は自分一人の水族館で目玉の展示になっていた。

私たちは水中で手を掛けるところを探りながら、大股で横歩きをして上流に移動した。ロビンはカニになりきって、急流から急流へと素早く進んだ。私は新たな窪地で一息入れ、しみ出す泡——空気と水の攪拌によって砕かれたマイナスイオン——を吸い込んだ。五感の戯れが私を高揚させていた。泡立つ空気、肌を刺す流れ、自由落下する水、親子で泳ぐ今年最後の川。渓流の中にできた波のように、私の気分は一瞬盛り上がってから沈んだ。

そこから百メートルほど上流で、ぴったりと肌にフィットするウェットスーツを着たアリッサが勢いよく足から水に飛び込んだ。彼女を捕まえるために私が下流に待機していたが、彼女は流れにもまれて小さな悲鳴を上げた。その体が浮き沈みしながら私の方に近づいてきた。小柄だが強い体が徐々に大きくなる。彼女を捕まえようと構えた瞬間、その体が私を通り抜ける。

ロビンはつかんでいた岩から手を離し、急流に乗った。私が慌てて手を伸ばすと、彼はその手をつかんだ。そして体にしがみつくようにして、私の目を見た。ねえ。どうしたの?

私は目を合わせて言った。「君は気分が盛り上がってるけど、パパは沈んでる。ちょっとだけだけどね」

パパ！　彼は空《あ》いた方の手で周りを指し示す。こんな場所で気分が沈むなんてある？　見てよ、周りを！　これを味わえる人が他にいる？

いない。誰もいない。

彼は私にしがみついたまま小さな滝の中に座り、推理を進めた。時間は三十秒ほどしかかからなかった。待って。ここにママと来たことがあるの？　新婚旅行のとき？

超能力だ、まさに。私はすっかり驚いて首を横に振る。「どうしてそんなことがわかるんだ、ホームズ君？」

彼は顔をしかめ、水から体を出す。そしてよろけながら、新たな目で一帯を眺める。それで謎は解けた。

キャンプに戻った私は最近の出来事が知りたくなった。私が知らないまま、緊迫したことが世界中で起きている。同僚からの連絡メモが、オフラインのメールボックスに溜まっている。五つの大陸にいる宇宙生物学者が最新の研究について論じ合っている。氷棚《ひょうほう》が南極大陸から離れかけている。各国の元首が一般大衆をどこまでだませるか試している。小さな戦争があちこちで起きている。

私は情報依存症の発作を必死に抑えながらロビンと一緒に松の枝を削り、火にくべた。私たちは二本のスズカケノキの間にワイヤーを張って、食いしん坊の熊でも手が届かないように荷物を吊った。焚き火を前にして私たちがこの世界で背負っている唯一の責任は、豆料理を作り、マシュマロを焼くことだった。

ロビンは炎を見つめた。彼は担当の小児科医を心配させそうな機械的な口調で、幸せな生活、とつぶやいた。そして一分後、ここが僕の居場所だって気がする。

私たちはただ火花が散るのを見ていた。それを邪魔するものは何もなかった。紫色になった光の最後の筋が西の稜線を縁取った。一日中息を吸っていた森が再び息を吐き始める。火の周りで影がちらついた。何か音がするたびにロビンはそちらに顔を向けた。彼の大きな目はスリルと恐怖の間にある境界線を曖昧にした。

暗すぎて絵が描けない、と彼はささやいた。

「そうだね」と私は言った――でもおそらく、彼ならその暗がりでも絵が描けただろう。

昔のガトリンバーグはこんな感じだったのかな？

私はその質問にぎくりとした。「木はもっと大きくて、もっと古かっただろうね。ここにある木の大半は樹齢百年以下だ」

森って百年でずいぶん変わるんだね。

「うん」

彼は目を細め、すべての場所――ガトリンバーグ、ピジョンフォージ、シカゴ、マディソン――を荒野に戻した。私もアリッサが亡くなった後、最も落ち込んだ夜には同じことをした。しかし、私の生きがいであるこの子が抱くには、その願望は不健康に思えた。まともな親なら子供がそんなことを想像しないように言い聞かせるだろう。

ロビンはその手間を省いてくれた。彼の声はまだ低く、機械みたいな調子のままだった。でも炎を見つめるその目が輝いているのが私にはわかった。ママは夜、チェスターに詩を読んで聞かせてたんだよね？

この子の頭で思考はどうつながっているんだろう？　私は大昔に、息子の思考の流れを追うことをやめていた。

「そうだよ」。それは私が現れる前から、アリッサが好んでやっていた儀式だった。彼女は赤ワインを二杯飲んだ後、この世に生まれたビーグルとボーダーコリーのミックスの中で最も不器量な保護犬にお気に入りの詩の一節を聞かせた。

詩を。チェスターに！

「私も聞かせてもらいたいくらいだ」

だよね、と彼は言った。しかし明らかに、私のことなど問題ではなかった。残り火が火花を飛ばし、また赤みがかった灰色のインゴットに戻った。一瞬、私は彼女が好きだった詩のタイトルを訊くのではないかと不安になった。でもその代わりに彼はこう言った。新しいチェスターを手に入れようよ。

チェスターの死は息子に死ぬほどのショックを与えていた。体の不自由な老犬が死んだことで、私を守るために抑え付けていたアリッサへの哀悼の気持ちが一気に噴き出したのだった。怒りが彼を支配し、しばらくの間は医者に薬を出してもらった。息子が考えられるのは新たな犬を手に入れることだけだった。私は長い間彼と格闘した。新たに犬を飼うという考えは私の心に傷を残していた。

「それはどうかなあ、ロビン」。私は残り火を枝でつついた。「チェスターみたいな犬はそうそういないと思う」

利口な犬はいるよ、パパ。そこら中にいる。

「飼うとなったら責任重大だぞ。餌やり、散歩、糞の始末。毎晩詩の読み聞かせ。そもそも普通の犬は詩なんて好きじゃないし」

僕は責任感が強いよ、パパ。今まで以上に何でもするから。

「その件はしばらく考えることにしよう、いいかい？」

彼は数リットルの水をかけて火を消し、責任感を見せつけた。私たちは二人用テントに這い入り、並んで仰向けになった。防水カバー《フライシート》は張っていないので、私たちと宇宙との間にあるのはごく薄い網だけだった。狩猟の月の中で木々の梢が波打った。彼はその動きを見ながら何かを考えていた。

おっきな霊応盤《ウィージャ》（心霊術で使われる占い盤でアルファベットやイエス／ノーが書かれている）をこっちに向けて空からぶら下げたらどうなるかな？　そうしたら僕らに送られてきたメッセージが読めるかも！

一羽の鳥が私たちの頭の側にある森の中で飛び立ち、人間には読み取れない謎めいたメッセージを発した。ホイップアーウィル。ホイップアーウィル。私は名前を思い出そうとした。でもその必要はなかった（この鳥はヨタカの一種で、英語では鳴き声そのままにホイップアーウィルと呼ばれる）。鳥は鳴くのをやめなかった。ホイップアーウィル。ホイップアーウィル。ホイップアーウィル。ホイップアーウィル。

ロビンは私の腕をつかんだ。頭がおかしくなりそう！

鳥はひんやりする宵闇の中で自分の名前を繰り返した。私たちは一緒に声を抑えて数を数え始めたが、百に達したところであきらめた。鳥は鳴き止む気配がなく、ロビンの目が閉じかけたときにもまだ反復を続けていた。私は彼をつついた。

「そうだ！　忘れるところだった。〝生きとし生けるものが……〟」

〝……無用な苦しみから自由になりますように〟。あれはどこから取ってきた言葉なの？　ママの祈りの言葉のことだけど。

私は息子に説明した。それは仏教の言葉。四無量心。「人は四つのことに心を使わないといけない。すべての生物に優しくすること。平静な心を常に保つこと。あらゆる生き物の喜びを見て、自分も喜びを感じること。すべての生き物の苦しみを自分のものとして感じること（それぞれ「慈無量心」「捨無量心」「喜無量心」「悲無量心」と呼ばれる）」

ママは仏教徒だったの？

私が笑うと、彼は寝袋越しに私の腕をつかんだ。「ママ自身が一つの宗教だったかもね。ママが何かを言うとき、それは口に出す値打ちのあることだった。ママが何かを言えば、みんなが耳を傾けた。この私でも」

ロビンは何かを言いかけて途中でやめ、腕組みをした。食べ物をあさる何か大きな動物がテントの上方にある斜面で枝を折った。より小さな生物たちが枝葉の間を走った。コウモリが私たちには聞こえない周波数で林冠の地図を描いた。しかし何があっても息子の心は乱されることがなかった。ロビンは幸せに浸っているとき、四つの無量心を具えていた。

「ママは昔こんなことを言ってた。昼間にどんなひどいことがあっても、寝る前にこの祈りを唱えると、また次の一日に立ち向かうことができるんだって」

もう一つ質問、と彼は言った。前にも訊いたけど、パパの仕事って正確には何？

「ああ、ロビン。今日はもう遅いからね」

真面目な質問だよ。学校で誰かに訊かれたら何て答えたらいい？

一か月前、息子が出席停止処分になった原因がこのことだった。どこかの銀行で幹部を務める男の子供がロビンに、父親の職業を尋ねたらしい。ロビンはこう答えた。宇宙で生物を探すのがパパの仕事。それがきっかけで、エリート銀行員の息子がこんなことを言った。コマツグミ《ロビン》のパパとトイレットペーパーの共通点は何でしょう？　ウラノスの周りでクリンゴンを探すのが仕事（「ウラノス」は天王星だが、綴りの中に「肛門（アヌス）」が隠されている。『スター・トレック』に登場する異星人「クリンゴン」は、この文脈では「しつこくまとわりつく便」と聞こえる）。ロビンはかっとして、そこにいた二人の少年を殺すと脅したようだ。今日《こんにち》では、それだけで放校と精神科治療勧告に足りる。実際の処分は甘かった方だ。

「ややこしい説明になる」

彼は頭上の森を指すようなしぐさをした。別にこれからどこかに行く用事があるわけじゃないよ。

「パパはあらゆる種類の惑星のすべてのシステム――岩石や火山や海、あらゆる物理的、化学的要因――についてわかっていることを考慮に入れたプログラムを書いて、その環境だと大気組成がどんなふうになるかを予想している」

何のために？

「大気は生きた過程の一部だからね。その惑星が生きているかどうかは、気体の割合を分析すればわかる」

地球みたいに？

「その通り。私のプログラムは、別の時代の地球の大気も予想したことがある」

昔のことを〝予想〟するのは変だよ、パパ。

「わかっていない過去の場合は予想という言い方でいいのさ」

じゃあ、百光年先にある、目に見えない惑星の気体がどうなっているかがどうやってわかるの？

私は息を吐き、テント内の大気組成を変えた。今日は長い一日だった。それなのに、息子が知りたがっていることは、概要を学ぶだけで十年はかかる。しかし子供の疑問はすべての出発点だ。

「オーケー。原子って覚えてるか？」

うん。すごく小さいもの。

「じゃあ電子は？」

すごく、すごく小さいもの。

「原子の中にある電子は決まったエネルギー状態しか取ることができない。階段があって、そのどれかの段にいるっていう感じ。別の段に移るときには、特定の周波数でエネルギーを吸収したり、放出したりする。その周波数は、原子の種類によって決まっている」

変なの。彼はテントの上にある木を見ながらにやりとした。

「そのくらいで〝変〟って言ってもらったら困るなあ。いいかい。星からやって来る光のスペクトルを調べると、そういう周波数の階段の途中に小さな黒い線が入っているのがわかる。分光学と呼ばれる分析だ。それによって、問題の星にどんな原子があるのかがわかる」

小さな黒い線。遠い遠い星の電子。そんなこと誰が考えたの？

「人間ってとても賢い生き物なんだぞ」

彼は返事をしない。私は息子がまた眠ったのだと思った――楽しい一日を締めくくる楽しい眠り方だ。ホイップアーウィルも同じ意見らしく、鳴き止んだ。鳥が静かになった空白を、のこぎりのような昆虫の鳴き声と川の水音が埋めた。

私も知らないうちにうとうとしていたに違いない。というのも、気が付くとチェスターが私の脚に鼻を擦りつけ、クンクンと鳴いていたからだ。横ではアリッサが、魂が根源的な無垢を取り戻すという意味の詩を読んでいた。

パパ。パパ！　僕わかったよ。

私は眠りの網からすっと浮き上がった。「坊や《ハニー》、わかったって何が？」

興奮した息子は坊や《ハニー》という愛情表現を無視した。何も聞こえない理由。

半分眠った私の頭には何の話かわからなかった。

岩を食べる生き物、何て言ったっけ？

息子が眠らずに解こうとしていたのはフェルミのパラドックスだった。宇宙にこれだけの時間と空間がありながら、われわれの他に誰もいないように見えるのはどうしてかという問題だ。彼は山小屋に来た最初の夜からこの問題に固執し、天の川を望遠鏡で覗いていた。みんなはどこにいるのか？

「無機栄養生物」

彼は自分の額をぴしゃりと叩いた。無機栄養生物！　そうそう。じゃあ、岩でできた惑星があって、かちかちの岩の中にたくさん無機栄養生物がいたとするでしょ。それだとまずいことがわかる？

「まだわからないな」

　パパ、ちゃんと考えてよ！　それか、生き物は液体のメタンとかの中にいるかもしれない。そういう生き物は超スローなんだ。半分凍りかけてるみたいな感じ。その生き物の一日は僕らにとっての百年。だから向こうが送ってくるメッセージはあまりにも長くて、僕らはそれがメッセージだってことさえ気づかない。たった二音節の言葉を伝えるのに、僕らの五十年がかかるのかも。

　さっきのホイップアーウィルが遠くでまた鳴き始めた。私の頭の中ではいまだにチェスターが無限の苦しみを味わいながら、イェイッツと格闘していた。

「いい考えだね、ロビン」

　それにひょっとすると、水の世界っていうのもあるかも。そこでは超賢くて、超素早い鳥魚《とりさかな》がびゅんびゅん飛び回りながら、僕らの注意を惹こうとしているとか。

「つまり、メッセージが速すぎて私たちには理解できないってことだな」

　そうそう！　だから違う速さでメッセージを聞くようにしないといけない。

「ロビン、君はママの自慢の息子だ。知ってるか？」。それは私たちの間で交わされる暗号のようなもので、彼はそれをおとなしく聞いていたが、興奮は少しも冷めなかった。

　少なくともＳＥＴＩ（地球外知的生命体探査計画）の人に今の話を伝えてくれる？

「ああ、伝える」

私は彼の次の言葉で目が覚めた。一分後だったか、三秒後だったか、三十分後だったかはわからない。

ママがよく言ってたのを覚えてる？「坊や、あなたはどこまで豊か《リッチ》なの？」って。

「覚えてる」

彼は月に照らされた山に向かって両手を差し出した。風にしなる木。そばの川を流れる水の音。この独特な大気の中で原子の階段を転げ落ちる電子。暗闇の中で彼の顔は必死に正確さを探っていた。このくらい豊か《リッチ》。それが答え。

ようやく息子から解放されたとき、私は寝付くことができなかった。豆料理とスケッチブックを持って森でキャンプしている間、私たち二人の生活は順調だった。しかし文明世界に戻ればすぐに、私は首まで仕事に浸かり、ロビンは大嫌いな学校で性の合わない子供たちに囲まれることになる。マディソンに戻れば、エデンの園はまたはげ山になる。

　私は子育てにまつわるすべてのことに恐怖を覚えた。アリッサがスターリングホール（ウィスコンシン大学マディソン校にある建物）にある私のオフィスに飛び込んできて、「覚悟ができてようとできてなかろうと、教授先生――お客さんが来るわ！」と叫ぶずっと前からそうだった。私は同僚たちからの祝福を受けながら彼女を抱き締めた。しかし、父親としての責任を間違いなく成功裏に果たしたのはそのときが最後だった。

　私には子育ての能力が具《そな》わっていない。スワヒリ語が話せないのと同じようにからっきしだ。アリッサも将来に恐怖を覚えていたが、そこには歓喜が混じっていた。しかし家族、友人、医師、看護師、インターネット上にある助言などといった集合知のおかげで私たちは不安に目をつぶる勇気を得て、最善の予想に基づいて前に進んだ。人間は数万世代にわたって手探りで子育ての問題を解決しながら、命をつないできたのだ。そんな中で私たちがいちばん手際が悪いなんてことはないだろう、と私は思った。実際その場面になると、アリッサも私も親としてのスコアを記録する余裕はまったくなかった。ロビンが保育器から出てきた途端、人生は消防訓練に変わった。
でも、私が思っていた以上に、子供には親の過ちに対する耐性があった。四歳児が焼けた木炭の載った網を自分の体の上に落としたというのに、腰のあたりにピンク色の牡蠣《かき》みたいなつやつやした火傷痕が残るだけで済むなんて誰が信じるだろう？

他方で、意外なことが何度も大失敗につながった。六歳のときに『ビロードのうさぎ』（マージェリィ・W・ビアンコ作、ウィリアム・ニコルソン絵による有名な絵本（一九二二年刊））を読み聞かせて、その二年後に、あの本のせいで何か月も悪夢を見たと告げられたことがあった。二年間も悪夢にうなされながら、気後《きおく》れしてそれが言えなかったのだ。それがロビン。私が今やっていることについて十一歳のロビンがどんな告白をするかは神のみぞ知る。しかし彼は母親の死を生き延びた。善意に基づいた私の行動に耐えられないということはないだろう、と私は思った。

私はその夜、テントで横になりながら考えた。文明を宿しているに違いない銀河の沈黙についてロビンはこの二日間どんなことを思っていたのか。人はどうすればそんな子供を自らの想像力から――ましてや、くだらない悪口をぶつけてくる三年生から――守ってやれるのか？　アリッサなら、底なしの寛大さとブルドーザーのような意志の力によって私たち三人を前に進ませただろう。彼女がいない今、私はただあがくだけだ。

私はロビンを起こさないよう、寝袋の中で身もだえした。無脊椎動物のコーラスが盛り上がり、静まった。二羽のアメリカフクロウが掛け合い《コール・アンド・レスポンス》をした。フー・クックス・フォー・ユー？　フー・クックス・フォー・ユー・オール？（「誰があなたたちの食事を作るのか？」の意）この子の食事は、私が作らなかったら一体誰が作るのか？　この惑星規模のネズミ講《ポンジ・スキーム》を生き延びられるほどロビンがたくましくなることは私には想像できなかった。ひょっとするとそれは私の願望だったのかもしれない。私は浮世離れした息子が好きだった。したり顔のクラスメイトを怖がらせるくらい純真な息子が私は誇らしかった。いちばん好きな動物はウミウシだと三年連続で答えたのが自分の息子であることがうれしかった。ウミウシは著しく下等に見られている生き物だ。

宇宙生物学者が深夜に覚える不安。私は呼吸する木々の匂いを嗅ぎ、アリッサと私が初めて一緒に泳いだ川の音――この闇の中でも水が石を磨いている――を聞いた。私の隣にある寝袋から声が聞こえた。ロビンは寝言で嘆願していた。やめて！　お願いだからやめて！　お願いだから！

フェルミのパラドックスに対する解答の一つはとても奇妙なので、私からロビンに聞かせる勇気はなかった。話せばきっと数か月間、悪夢にうなされただろう。千兆の神経結合が私の隣でキャンプ用携帯枕に載っている。シナプスの数は天の川銀河二千五百個分の恒星の数と同じ。容易に過熱《オーバーヒート》してしまう。

それはともかく、私が息子に説明しなかった解答とは次のようなものだ。無から生命が生まれるのは容易だとしよう。地球ができる前から数十億年の間、宇宙という歩道のいたるところにあるひび割れから生命が生じていたとする。そもそも地球でも、地殻活動が安定した途端に生命は誕生したのだ——宇宙のどこにでもあるものを材料にして。

そして長い時間にわたって、無数の文明が生まれたとしよう。その多くは宇宙に進出するくらい長く続いた。宇宙に飛び出した生き物たちは互いを見つけ、仲間になり、知識を交換し、新しい仲間と出会うたびに技術は加速度的に進歩した。彼らはエネルギー収穫用の天球を作り上げた。そこには丸ごと一つの太陽が含まれ、太陽系サイズのコンピュータが作動していた。彼らは準星《クエーサー》やガンマ線バーストからもエネルギーを得た。かつて私たちが大陸中に広まったのと同じように、彼らは銀河で居場所を広げた。そして現実という織物を編むことを学んだ。

やがて時空間のあらゆる法則を習得したとき、その連合体はすべてをやり尽くした悲しみに襲われた。絶対的な知性が郷愁《ノスタルジア》——失われた起源にあるキャンプ住まいと森の知識——に陥った。彼らは慰めとなるおもちゃを作った。原初的な状態で一から生命が進化できる惑星を封入した無数の飼育箱《テラリウム》。

そんな飼育箱《テラリウム》の一つで生命が進化し、銀河にある恒星の二千五百倍のシナプスを持つ生き物になり、一人ぼっちで幼年期時代に閉じ込められたまま、仮想的《ヴァーチャル》な天空を見上げる。それほどの脳をもってしても、自分たちがシミュレーションされた自然に閉じ込められた存在だと気づくのに何千年もかかる。

フェルミのパラドックスに対する数ある解答の中で、この考え方は〝動物園仮説〟と呼ばれている。ロビンは動物園が好きではない。彼は意識を持つ生き物が閉じ込められているという事実に耐えられない。

私はルター派の両親に育てられたが、十六歳のときに宗教を捨てた。以来ずっと、人が死ねば、千兆のシナプスに蓄えられたすべてのものは——美も洞察も希望も、でもそれらと一緒に苦痛や恐怖も——騒音の中に消え去ると信じてきた。しかしその夜、グレートスモーキー山脈に建てた二人用テントの中で、私は世界でいちばんロビンをよく知る人に請わずにいられなかった。「アリッサ」。十一年半一緒にいた女性。「アリッサ。どうしたらいいか教えてくれ。森にいる間は二人でうまくやってこられた。でも、この子を家に連れて帰るのが怖い」

午前三時、土砂降りになった。私はテントに防水カバー《フライシート》を掛けるため、雨の中に飛び出した。ロビンは最初、突然のどたばたにおびえていた。しかし土砂降りの中を駆け回るうちに、くすくすと笑い始めた。そして愚かな楽観のせいでずぶ濡れになってテントの中に戻ったときにも、まだ笑っていた。

「やっぱり念には念を入れて、防水カバー《フライシート》は掛けておくべきだったな」

これはこれでよかったと思うよ、パパ。また今度も、防水カバー《フライシート》はなしでいい！

「本気か？　それは君の中の両生類本能だな」

私たちは携帯用コンロでオートミールを調理し、朝遅くにキャンプを畳んだ。帰りの山道は来たときと違って見えた。私たちは山道を戻り、尾根を越えた。冬が近いというのにまだたくさんの緑が残っていることにロビンは驚いていた。私は一月に花を咲かせる準備をしているアメリカマンサクを息子に見せた。そして冬の間中、氷の上でスケートをして苔を食べまくるユキシリアゲについて話した。

私たちはあっという間に登山口に戻っていた。木々の間を抜ける道路を見ると気持ちが沈んだ。自動車、アスファルト、ルールを列挙する看板。森の中で一晩過ごした後では、登山口駐車場は絶望的な場所に感じられた。私は必死になってその気持ちをロビンに悟られないようにした。彼もおそらく私に気を遣っていたのだろう。

私たちはレンタル山小屋に戻る途中で渋滞にぶつかった。前に停まっていたのはスバル・アウトバックで、屋根に高級マウンテンバイクを載せていた。車の列は私たちから見えないところまで続いていた。一キロ近く続くSUVの列。皆、東部にわずかに残された原野を味わおうとやって来た人ばかりだ。

私は助手席を見た。「なぜ渋滞してるかわかる？　熊渋滞さ！」。このあたりは北米大陸で最もクロクマの個体数が多いと私は息子に話したことがあった。「車を降りてもいいよ。少し先まで歩いてみろ。でも、道から外れたら駄目だぞ」

彼は私の顔を見た。ほんとに？

「もちろん！　置いてったりしないから。車が追いついたらちゃんと停まって乗せてやる」。彼は動かなかった。「さあ、ロビン。先にいろんな人が集まってる。熊に襲われる心配もしなくていい」

私は息子の表情を見て気持ちが沈んだ。彼が恐れているのは四足歩行動物ではなかった。しかし彼は車を降り、渋滞した車の横を歩いて先に進んだ。私はささやかな勝利を喜んで当然だった。

車はじわじわと前に進んだ。人々はクラクションを鳴らし、狭い山道でUターンしようとする車も現れ始めた。車はでたらめに路肩に停められ、車の間に人があふれだした。人々は互いに尋ね合っていた。熊。どこに？　母親の熊と子熊が三頭。あっち。いや、あっち。監視員《レンジャー》が車を動かすように促した。車の列は彼女の指示を無視した。

数分後、私の車が人だかりの横に来た。人々は森を指さしていた。中には双眼鏡を覗いている人もいた。大砲のような望遠レンズを取り付けたカメラを三脚に載せて狙いを定める人もいた。携帯電話で自然に立ち向かう人の列もあった。オフィスビルの前に人が集まって十階の窓の外にいる人を観察しているみたいな状況だった。

そのとき私の目に、四頭から成る熊の家族が見えた。熊たちはおずおずと下草の陰に去ろうとしていた。母熊は去り際に振り返って、集まった人間どもを見た。私は人混みの中にロビンを見つけた。彼はうつむき、違う方角を見ていた。そして振り向いて私を見つけると、車の方へとぼとぼと歩いてきた。車の列はまだ完全に停まった状態のままだった。私は窓ガラスを下ろした。「まだ外で見てていいぞ、ロビン」

彼は途中から小走りで戻り、車に乗ってドアを閉じた。

「見えたか？」

見たよ。すごかった。声の調子は喧嘩腰だった。彼はまっすぐに前を見ていた。そこにはまだアウトバックの姿があった。私は危ない気配を察した。

「ロビン。どうした？　何があったんだ？」

彼は反対側を向いて大きな声で言った。パパは見なかったの？

彼は膝に置いた自分の両手を見た。私はそれ以上問い詰めることはしなかった。ショーは終わり、ようやく車が動き始めた。八百メートルほど車が進んだところで、ロビンがまた口を開いた。

熊はきっと僕らを嫌ってる。悪趣味な見世物小屋でさらし者にされてうれしいわけがない。

彼は横の窓から、蛇行する川を見ていた。そして数分後に言った。サギだ。それは単なる事実を述べるだけの言葉だった。

私はそこから三キロほど待った。「熊はとても賢い動物だ。学名はウルスス・アメリカヌス。知能はヒト科の動物とほとんど変わらないと言っている科学者もいる」

熊のほうが上。

「どうしてそう思う?」

私たちは国立公園を出て、娯楽経済を体現する施設が両側に並ぶ道に戻っていた。ロビンは両手でその街並みを指し示した。熊はこんなことはしない。

私たちはスイーツ《ファッジ》の店、ハンバーガーの屋台、浮き輪のレンタル屋、一ドルショップ、バンパーカー（囲い地の中で子供が乗り、ぶつけ合って楽しむ小さな電気自動車）乗り場などを通り過ぎた。私たちは観光案内所《ビジター・センター》を過ぎたところで左に曲がり、山小屋に向かって上り坂を走った。「みんな寂しいんだよ、ロビン」

彼はまるで私がその一言によって一個の生物としての資格を放棄したかのように、私をじっと見た。何を言ってるの? 熊は寂しがってなんかいない。どう見てもうんざりしてた。

「大きな声を出さないでくれ。な? 私が言ってるのは熊のことじゃない」

少なくとも勘違いが解けたことで彼は落ち着いた。

人間が寂しいのは馬鹿だからさ。パパ、僕らは動物からすべてを奪ったんだ。

いたるところに危険な信号が現れていた。こわばった指、震える唇、紅潮した首元。このまま数分間興奮が続けば、この数日間で得た平静が元の木阿弥だ。二時間の絶叫に耐えるスタミナは私にはなかった。数年にわたる経験から私が学んだのは、気を逸らすのが最善の一手だということだ。

「そうだ、ロビン。アレン・テレスコープ・アレイ（カリフォルニアにある天体観測と地球外知的生命体探査の両方を行う施設）が明日、記者会見を開いて、人類以外の知的生命体の紛れもない証拠を見つけたと発表したらどうなると思う」

パパ。

「そうしたら地球でいちばんエキサイティングな一日になるぞ。その発表で世界のすべてが変わる」

息子はまだ機嫌は悪かったが、落ち着かないしぐさは止まった。ロビンの場合、十回に九回は好奇心が嫌悪に勝つ。で？

「で……記者会見が開かれて、グレートスモーキー山脈のいたるところで人間とは違う知的生命体が見つかったという発表がされて――」

うん、すごいや……！　彼は両手を前に突き出した。私は何とか息子の気を逸らすことができた。彼がその状況を思い浮かべているのが表情からわかった。彼の口は怒りに満ちた喜びに震えていた。携帯を構えて路肩に並んでいた人々が再び同類になった。私たち人類が絶望的なまでに仲間を求めていることを、彼は今理解した。人類が自分とは違う知的生命体との出会いを求める気持ちはあまりにも必死なので、野性的な知性を一目見ようと車が何キロもの列を作るのだ、と。

「誰だって一人ぼっちは嫌なんだよ、ロビン」

同情が廉潔と格闘し、負けた。熊は昔、どこにでもいたんだ。パパ。僕らに見つかる前は。僕らがすべてを奪った！　僕らが孤独な思いをするのは自業自得さ。

その夜、私たちはファラシャに行った。真っ暗な惑星なので、見つけられただけでも幸運だった。ファラシャは太陽を持たない孤児で、何もない宇宙をさまよっていた。かつては恒星の周りを回っていたのだが、若い頃に恒星系で面倒を起こし、弾き出されたのだった。「私が学校に通っていた頃には、そんな惑星について誰も教えてくれなかった」と私は息子に言った。「でも今では、自由浮遊惑星は恒星よりも数が多いとさえ考えられている」

私たちはファラシャが何もない恒星間宇宙を漂うのを見た。時間を刻むことのない夜の状態にあるその空間の温度は絶対零度よりもわずかに上だった。

どうして僕らはこんな星に来たの、パパ？　宇宙の中でもいちばん生命と無縁な場所だよ。

「私が君くらいの年の頃には科学者たちもそう考えていた」

どんな常識も時間とともに古びる。宇宙が教えてくれた第一の教訓は、たった一つの例から結論を導き出してはならないということだ。例が一つしか見つからない場合を除いては。その場合には、別の例を探すこと。

私は温室効果を招く分厚い大気と熱を放射している核を指差した。そして、大きな月による潮汐摩擦が惑星を複雑にひずませて、さらに温度を上げていることを教えた。私たちはファラシャの表面に降り立った。あったかい！と息子は興奮して言った。

「気温は水の融点よりも高い」

何もない宇宙のまっただ中なのに！　でも太陽がない。植物は生えないよね。光合成できないから。だから何もない。

「生物はどんなものでも食べる」と私は息子に思い出させた。「光というのは食料の一つでしかない」

私たちはファラシャの海底にある、地殻の割れ目に行った。前照灯《ヘッドランプ》をいちばん深い海溝に向けると、彼は息を呑んだ。いたるところに生き物がいた。白いカニと貝、紫色の棲管《せいかん》虫、そして生きた襞《ひだ》。そのすべてが熱水噴出口からの熱と化学物質をエネルギー源にしていた。

彼はいつまでも飽きることなくそれを見ていた。その目の前で微生物、蠕虫《ぜんちゅう》、甲殻類などが新しい技を習得し、自分を餌にし、栄養を周辺の海底に広げていた。長い時間が過ぎた。何万年、いや、何億年という時間だ。ファラシャの海にさまざまな生命があふれた。あらゆる突飛な姿をした生き物が泳ぎ、逃げ、獲物を追った。

「今日はここまでにしよう」と私は言った。

しかし彼は観察を続けたがった。熱水が噴出され、冷めた。海流が変化した。小さな地殻隆起と局地的な破局は用心深い生き物に味方した。固着性の蔓脚類《まんきゃく》（エボシガイやフジツボなどのこと）が自由に泳ぎだし、泳いでいた生物は予想能力を手に入れる。放浪する冒険者たちは新しい場所を植民地化する。

息子はその光景に魅了されていた。ここからまた十億年経ったらどうなるの？

「それはまた今度ここに来て、見てみないと」

私たちは真っ暗な惑星を離れた。惑星は私たちの足元で小さくなり、あっという間にまた見えなくなった。

　一体どうやってこの惑星を見つけたの？

　そこから先の物語は現実離れしている。ファラシャよりもずっと幸運な惑星に生まれたのろまで弱々しく不器用な生物の一族が数度の絶滅の危機を免れて血脈を保ち、宇宙のいたるところで重力が光を曲げていることを発見した。そして特にこれといった理由もなしに莫大な費用を投じて一つの装置を作り上げた。それを使うと、何十光年も離れた場所からでも、こんな小さな天体によって星の光がわずかに曲がっているのがわかるのだ。

　はいはい、と息子は言った。作り話でしょ。

　実際、その通りだ——地球人のやっていることは。私たちはその場その場で作り話をする。そして宇宙を相手に、それを証明してみせる。

私たちは夜明け前に出発した。 ロビンは朝日が昇るときが最も調子がよかった。それは母親譲りのリズムだった。彼女はお金にならない数々の問題を朝食前にてきぱきと片付けることができた。その朝のロビンは出席停止処分でさえ一種の冒険と見なしそうな勢いだった。

私たちが旅に出たとき、アメリカはとても不安定な状況にあった。数日間、電波の受信状態が悪かったせいで、元の世界で何が待ち受けているか、私は不安になっていた。私はテネシー州から出るのを待って、ラジオのスイッチを入れた。そしてニュース項目を二つ聞いただけで、スイッチを入れたことを後悔した。ハリケーン〝トレント〟がもたらす秒速四十五メートルの風によってロングアイランドのサウスフォーク半島の大部分が海に沈んだ。アメリカ合衆国と中国の艦隊が海南島《ハイナン》沖で核の装備を競っている。〝ビューティー・オブ・ザ・シーズ号〟と名付けられた十八階建てのクルーズ船がアンティグア島セントジョンズ沖で爆発、死者数十人、負傷者数百人が出た模様。複数のグループが犯行声明を出している。フィラデルフィアでは、ソーシャルメディアでの中傷合戦をきっかけにして、〝真のアメリカ〟を名乗る民兵がＨＵＥ（架空の団体）のデモ隊を襲撃、三人の死者が出た。

私はラジオ局を変えようとしたが、ロビンがそれを許さなかった。ちゃんと聞かないと駄目だよ、パパ。市民としての務めだから。

ひょっとするとそうなのかもしれない。ひょっとすると、子育ての意味でもそれが正しいのかも。でも逆に、息子にそのままニュースを聞かせるのは大きな間違いなのかもしれない。

サンフェルナンド峡谷で三千の家屋を巻き込んだ山火事を受けて、大統領は森を悪者にしていた。彼は八百平方キロの国有林を伐採するよう大統領令を発した。その範囲はカリフォルニアだけには収まらなかった。

くそったれ、と息子は叫んだ。私はその言葉遣いをとがめることはしなかった。そんなことしてもいいの？

私の代わりにアナウンサーが質問に答えた。国家の安全保障という名目なら大統領にはほぼ何でもする権限がある、と。

大統領は糞虫だ。

「そんなことを言っちゃいけない」

だってほんとのことだもん。

「ロビン、よく聞きなさい。そんなことを言っちゃいけない」

どうして駄目なの？

「今じゃあそれで刑務所に入れられるかもしれないからさ。その話は先月しただろ。覚えてるか？」

彼は後ろにもたれ、再び市民の務めについて考えた。

とにかく、大統領はあれだよ。例のあれ。あいつのせいで何もかもが台無しだ。

「そうだな。でも、人前でそれを言っちゃいけない。それからもう一つ。君はかなり失礼なことを言ってる」

彼はわけがわからないという顔で私を見た。そして二秒後、にやりと笑った。だよね！　フンコロガシはすごい虫だもんね。

「フンコロガシは天の川の地図を頭の中に持っていて、それに基づいて空を飛ぶって知ってたか？」

彼は唖然として私を見た。その事実は作り話にしてはあまりにも奇妙に思えた。彼は家に戻ったときに事実確認ができるよう、ポケットからノートを出してメモをした。

徐々に低くなるケンタッキー州の丘を抜け、創造博物館と方舟との遭遇《アーク・エンカウンター》（ともに創世記を文字通りに信じる団体によって作られた施設）の前を通り過ぎ、いかなる種類の科学とも無縁な郡を走る間、私たちは『アルジャーノンに花束を』のオーディオブックを聴いた。私が十一歳のときに読んだ本だ。それは私のSF蔵書二千冊の中で、最初の頃に読んだ一冊だった。買ったのは古本屋。ネズミと人間の中間みたいな不気味な顔が表紙に印刷された廉価版のペーパーバック。自分のお金でそれを買うのは、大人の世界の暗号を解いているような心持ちだった。両手で本を広げた途端、私の意識はワームホールを通って別の地球へと飛び込んだ。小さくて軽く、手軽に持ち運びできる並行宇宙は、私が生涯で蒐集する唯一のコレクションになった。

　しかし私が科学の道を選ぶきっかけとなったのは『アルジャーノン』ではなかった。きっかけは〝シーモンキー〟だ。それは一種のブラインシュリンプ（塩水湖に生息する小型の甲殻類）で、無代謝休眠《クリプトビオシス》という驚くべき状態で送り届けられた。ロビンの年齢の頃には既に、私は卵の孵化率について最初のデータを図表化していた。しかし『アルジャーノン』によって私の原＝科学的想像力に火が点き、自分と同じ大きさの生物を使った実験をやりたいという気持ちになった。その小説を最後に読んでから数十年が経っていたが、十二時間の長距離ドライブは、ロビンと一緒に作品を振り返る最高の口実になった。

彼は物語に引き込まれた。何度も私に音声を一時停止させて、質問をした。変化が始まってるよ、パパ。彼の言葉がどんどん難しくなってるのがわかる？　それから少ししてまた尋ねた。これって本当の話？　ていうか、いつか、こんなことが本当にありえるの？

私は彼に、どんなことでもいつかどこかで現実になる可能性があると言った。それは間違いだったかもしれない。

インディアナ州南部に広がる工場地帯に着く頃には、彼は完全に話に入り込み、コメントは歓声と野次に限られていた。車が一息に何キロも走る間、ロビンは身を乗り出してダッシュボードに手を置き、窓外の風景に目をやることさえしなかった。彼はチャーリー・ゴードン――彼のＩＱは危うい高みに達していた――に負けないスピードでシナプスを形成した。ロビンはチャーリーが同僚に嫌われるくだりで顔をしかめた。そして実験を行う科学者、ニーマーとストラウスの倫理的問題にひどくショックを受けていたので、私は息をするよう彼に言ってやらなければならなかった。

アルジャーノンが死んだところで、彼は音声を止めてと言った。本当に？　彼はその事実を理解することができなかった。ネズミは死んじゃったの？　彼の顔は、もうこの話はたくさんだと言いたげだった。しかし『アルジャーノン』は既に、ロビンが持っている無垢の大半にとどめを刺していた。心の目には二つの困難がある。一つは光の世界から外に出るとき。もう一つは光の世界に入るときだ。

「どういうことかわかる？　これから何が起こると思う？」。しかしロビンには、チャーリーのその後を考えることはできなかった。それは彼にとってどうでもいい問題だった。私はまた再生ボタンを押した。一分後、彼はまた音声を一時停止させた。

だけどネズミはどうなの、パパ。ネ・ズ・ミは！　彼の声はもっと幼い子供のように、死者を悼む演技に変わっていた。しかしその演技は、一皮むけば本物だった。

私たちはシャンペーン＝アーバナの近くにあるモーテルで一泊することにした。ロビンは物語が終わるまで寝ようとしなかった。彼はベッドに横になったまま、スフィンクスのように冷静な態度で、衰えていくチャーリーとともに最後の苦しみを味わった。話が終わると彼はうなずき、電気を消してというしぐさをした。私は感想を尋ねたが、彼は肩をすくめただけだった。部屋が暗くなってからようやく、彼は口を開いた。

ママもこの話を読んだことある？

私は不意を突かれた。「わからないなあ。読んでいたと思う。たぶん。有名な作品だからね。どうしてそんなことを訊くんだい？」

どうしてだと思う？と彼は言った。その口調はおそらく本人が思っていたよりもきついものだった。彼が再びしゃべったときには、言い方を少し後悔している様子だった。彼は光の世界に入りつつあった。あるいはそこから出つつあった。どちらだったのか、私にはわからない。つまりさあ。ネズミだよ、パパ。ネズミ。

私たちはロビンを学校に行かせると約束していた日の正午過ぎにマディソンに着いた。私の携帯には、ロビンが無断で学校を休んでいるがそれを承知しているか（〝はい〟か〝いいえ〟でお答えください）というメッセージが届いていた。私はその足で彼を学校に連れて行くべきだった。しかしあと数時間で下校時刻だし、理解する気のない人にロビンを預けるときに私がいつも感じる抵抗感もあった。私はもう少しの間、息子を自分のものにしておきたかった。

私は息子をキャンパスに連れて行った。長い間休んだ後、大学に顔を出すのは不安だった。私は郵便物を受け取り、大学院生で私の助手でもあるジンジンと顔を合わせた。彼女は私が休んでいる間、学部の講義を受け持っていた。ジンジンは深圳《シンセン》にいる自分の弟の相手をするようにロビンに接した。そしてロビンに隕石の標本を見せたり、カッシーニ（土星とその衛星を調べるための惑星探査機。一九九七年にＮＡＳＡが打ち上げた）から送られてきた写真を見せたりした。私はその時間を利用して、同僚のカール・ストライカーの叱責を受けに行った。彼は系外惑星の生命存在指標ガスを検知する論文の共著者で、私のせいで論文の執筆が遅れていたからだ。

「マサチューセッツ工科大学《MIT》に先を越される」とストライカーは言った。確かにそうだ。私たちはいつもＭＩＴ、プリンストン、欧州宇宙生物学ネットワーク協会《EANA》に先を越されていた。ただ科学を研究するというだけでは不充分。すべてが順位をめぐる競争になっていた。研究の進捗、先細りする研究予算の配分、ノーベル賞を引き当てるくじ。本当のことを言えば、ストライカーと私がストックホルムに招かれる可能性は最初からゼロだった。しかし予算が続くことはありがたい。なのに私は論文のためのモデルデータ整理を怠ったせいで、それを危うくしていた。

「今回も子供のことか?」とストライカーは訊いた。

馬鹿野郎、うちの子には名前がある、と私は言いたかった。しかし実際には、そうだ、子供のことだ、と言った。大目に見てくれという意図だった。しかしストライカーが今回の件を大目に見る余地はあまりなかった。十五年前、系外惑星という宝の山が掘り当てられたことで、各種の団体から宇宙生物学に気前よく予算が振り分けられた。それはルネサンス時代の王族が冒険家にカラベル船を与えたのに似ていた。しかし地球自体が危うくなった今、予算の風向きは変わってしまった。

「月曜までには原稿を仕上げてくれ、シーオ。真面目な話だ」

私は月曜までにはどうにかすると答えた。そしてストライカーの研究室を出ながら、もしも私が結婚していなかったら、生まれたばかりのこの分野における私のキャリアはどうなっていただろうと考えた。もう少しいいところまで行っていたかもしれない。しかし人生の中では、アリッサとロビンよりもすばらしい存在はありえない。

私が人生の中でささやかな冥界巡りをしたのは、インディアナ州マンシーで過ごした子供時代のことだった。周りはどこも地獄だった。ありがたいことに、詳細な部分の記憶は今では曖昧になっている。私はあっという間に成長した。大雑把に数えて、母の中には六つの異なる人格があった。そのうちの半分は、私と私の二人の姉に実害を及ぼす人格だった。父が鎮痛剤によって緩やかな自殺を図り始めた頃には、私は好きだった合唱をあきらめ、自分の部屋で暴れるという、より過酷な趣味を身に付けていた。

　私が十三歳のとき、父は私たち子供にきれいな格好をさせて、自分が横領で裁かれる被告席の後ろに並ばせた。その策略がうまくいったせいか、懲役はわずか八か月で済んだ。しかし私たちは家を失い、父はその後、最低賃金以上を稼ぐことはなかった。水槽の脳、ダイソン球（恒星をすっぽり覆う架空の人工物。これによって恒星の発するエネルギーを最大限利用できるとされる）、完全環境計画都市《アーコロジー》、遠隔作用、アフロフューチャリズム、レトロパルプ、超能力テクノロジーなどの仮説や思想がなければ、私がその年月を乗り越えることはできなかっただろう。アルファ・ビームからオメガ・ポイントにいたるまで、無限に多様なシナリオを生み出す並行宇宙に私は暮らしていたので、銀河の隅っこにある小さくて偏狭な岩石惑星は馬鹿らしく思えた。合意に基づく現実など岸を持たない大洋における小さな環礁にすぎないと思えば、私に怖いものはなかった。

十二年生（小学校入学から連続して学年を数えるので、日本で言うと高校三年生に相当する）になる頃には早くも、飲んだくれとしてのキャリアに足を踏み入れつつあった。二人の親友と冥界での仲間たちは私を〝狂犬《マッドドッグ》〟と呼んだ。驚いたことに、刑務所に入らずに卒業を迎えることができた。しかし母の二つの人格が秘書として働いた電子オルガン会社からの奨学金がなかったなら、大学には進学しなかっただろう。本当のところ、私が大学に行ったのは、〝詰まりのない水流《ストレートフラッシュ》は満杯の家《フルハウス》に勝つ〟というスローガンを掲げた会社で夏に浄化槽の掃除をするのが嫌だったからだ。

私は州の南部にある大きな公立大学に行った。そして一般教育の必修単位数を満たすため科目一覧から適当に一つを選び、生物学概論を履修した。担当教員はカーチャ・マクミリアンという名の細菌学者だった。彼女は細身で背が高く、コウノトリのようだった。かなり年のいったビッグ・エセル・マッグス（学園青春漫画『アーチー』に登場する細身で長身のキャラ）という風采。毎週月曜と水曜と金曜、彼女は四百人の学部生が集まるすり鉢型教室の教壇に立ち、熱弁を振るった。彼女は毎週、生物が持つ能力について私たちがいかに理解していないかを必死に教えた。

生存過程において原形をとどめない形に自らを変貌させる生物もいた。赤外線が見えたり、磁場を覚知したりできる生物もいた。近隣の性別個体数に応じて性を変える生物。呼びかけに応えて集団で行動する単細胞生物。講義を一つ聴くたびに、私には徐々にわかってきた。さすがの『アスタウンディング・ストーリーズ』（一九三〇年創刊のSF専門月刊誌（誌名は何度か変わっている））もマクミリアン博士にはかなわない、と。

学期も終わりに近づいた十二週目、彼女が愛する生物が講義で取り上げられた。現在、生物学研究に革命が起きていて、マクミリアン博士がそのバリケードを守っているのだという。研究者たちは、従来何も生きていけないと思われていた環境で生物を発見しつつある。沸点以上あるいは氷点下の場所に生息する生物がいた。昔、マクミリアン博士に教授たちが生物は生きられないと教えた環境――塩分が多すぎる、あるいは酸性度が高すぎる、あるいは放射能濃度が高すぎる環境――に生物が居座っていた。生物は宇宙の縁に近い高所にもいた。硬い岩の奥深くにも。

私は講堂の後ろの方に座って考えた。仲間だ。ようやく見つかった。

マクミリアン博士は夏の現地実習で、ヒューロン湖底のくぼみで偶然に発見された異様な生物を調べに行く際、私を助手として雇った。それは地球上で最も珍妙で創造的な生物たちだった――おいしい硫黄《いおう》があるときは硫化水素で代謝を行い、硫黄がなくなると光合成で酸素を生成するという、ジキルとハイドのような生物。マクミリアン博士の研究する双極性極限環境微生物の背後にある途方もない生化学反応は、生命が敵対的な地球環境をより生命に優しいものに変えた方法を暗示していた。博士の下で働くのは夢のような仕事だった――どんな天候でも家の外にいることを好んでいた青年にとっては。

マクミリアン教授の誇張された推薦状――おおむね正確ですよ、予測もかなり混じってはいますけど、と彼女は言った――のおかげで私はシアトルのワシントン大学で大学院助手の職を得ることができた。当時の私が持っていた能力を考えると、シアトルは最高の場所だった。私にはただじっと座って物――変わったものであるほど好都合――を観察することしかできなかったから。微生物学専攻は力を持っていて、極限環境微生物好きは私を仲間として受け入れてくれた。

私が加わった学際的な研究チームは、地球が巨大な雪玉のように凍結していた時代に、氷河と海水との間にあった酸素を含む融雪水の中で生物が生き延びたという説を検証しようとしていた。私たちのモデルに従うと、そのわずかに残された生命が、果てしない時間をかけて雪玉の地球を圧倒的な楽園に変えるのに大きく貢献していた。

私が研究をする間に、遠い場所ではさまざまなことが起きていた。太陽系のあちこちを飛ぶ計測装置からデータが流れ込んできた。惑星は人が思っていたよりも奇妙な場所だった。木星と土星の月は滑らかに見える地殻の下に液体の海を隠していることがわかった。〝地球はすごい〟という幻想のすべてが崩れ始めた。今までの私たちはたった一つの例から推論をしていた。惑星表面に水があることは生命の必要条件ではないのかもしれない。そもそも水も必要ないのかも。表面さえ必要ないのかも。

私は人類の思考における大きな革命の中に生きていた。そのわずか数年前まで大半の天文学者は、自分が生きている間に太陽系外の惑星の発見を知らされることはないと考えていた。私が大学院課程を半ばまで終える頃には、八つか九つ知られていた系外惑星が数ダースまで増え、その後、数百個にまでなった。最初は大半が巨大ガス惑星だった。その後、ケプラー（太陽系外惑星を発見するためにNASAが打ち上げた宇宙望遠鏡）が打ち上げられ、地球にたくさんの惑星の情報がもたらされた。その中には地球とあまり変わらない大きさのものもあった。

宇宙は学期ごとに変化した。人は非常に遠い星の光におけるごくわずかな変化――百万分のいくらかという程度の光の減衰――を観察し、恒星面を通過する際にどれだけ暗くなったかで、目に見えない惑星の大きさを計算した。巨大な太陽の動きにおけるわずかなぶれ――恒星の速度において秒速一メートル以下の変化――によって、そこに重力を働かせている目に見えない惑星の大きさと質量がわかった。そうした計測はとても信じられないほど正確なものだ。手のぬくもりによって定規が伸びる量の百分の一の長さを、その定規で計測しようとするようなものだった。

私たちは実際にそれを行った。私たち地球人が。

新たな居住環境がいたるところに現れた。誰もその一つ一つを追うことができなかった。熱い木星や小さな海王星、ダイヤモンドやニッケルでできた惑星、ガスでできた小さな惑星や氷でできた巨大惑星が見つかった。K型主系列星とM型主系列星の生物生存可能圏《ハビタブル・ゾーン》にある巨大地球型《スーパーアース》惑星であれば、この地球に劣らず生命誕生に適していると思われた。すべてにおいてほどよい環境という考え方自体が一気に吹き飛んだ。地球の厳しい環境下で発見された生命は、宇宙のあちこちに見つかっている多くの場所で容易に繁栄できそうだった。

ある朝、私が目を覚ますと、ベッドに横たわっている自分の姿が見えた。恩師マクミラン博士が新種の古細菌を観察するときのように、私は自分を見た。私の源流にあるSF、私の好み、欠点と能力などを考え合わせて、私はこの巨大な実験における役割を果たし終える前に、自分がやりたいことを悟った。エンケラドスとエウロパとプロキシマ・ケンタウリb（順に、土星の第二衛星、木星の第二衛星、太陽系に最も近い恒星が持つ惑星。いずれも生命が存在する可能性があるとされる）に行きたい――少なくとも分光器を用いた形でも。惑星の大気の歴史と伝記をどうすれば読めるのかを学びたい。そして何か息をしているものがいないか、その微かな痕跡を探して遠い海を調べてみたい、と。

博士課程が終わりに近づいたある日、私は一週間の野外標本採集から戻ったところで、大学のコンピュータ室に座っていた。隣には慌てふためいてはいるものの愛想のいい女性がいた。そのとき彼女は一癖ある大学のファイルシステムと格闘中で、私はその解決法を知っていた。彼女は助けを求めて身を乗り出した。その後知ったのだが、彼女は普段決してそんなことはしなかったらしい。必死な彼女の口から最初に出て来た言葉は――ちょっと訊き、き、き、き……？――で、本人にとっても途中で詰まったことは驚きだった。

彼女は何とか言葉を続け、文章を最後まで言い切った。私はコンピュータを相手に慣れた手つきでささやかな魔法を使った。彼女はおかげで動物の権利に関する法律の講義の単位を落とさずに済んだと礼を言った。三つ目の文を口にする頃には、吃音《きつおん》は治まっていた。法律において何が残虐と見なされるかという問題について助言が必要な場面に直面したら、いつでも私に訊いて。

彼女がすることには何から何まで私は親しみを覚えた――まるで前もってその土地の習慣を聞かされていたみたいに。何かを言いかけて遮られたみたいに尖った口は、いつも微笑と苦笑の中間にあった。赤褐色のくせ毛は真ん中で分けられていた。頭のてっぺんはちょうど私の肩くらいの高さ。小柄な体はいつも、スタートの合図のピストルを待つ運動選手のようだった。彼女の周りにはさまざまな試練が転がっていた。彼女は予言のような存在――ここへ来る途上の存在――だった。小柄だけど惑星的。私の大好きな詩人ネルーダも私と同時に、彼女に一目惚れをしたようだった。

彼女は米軍規格の登山靴を履き、ホビット庄（J・R・R・トールキンの著作に登場する架空の地名）から現れたみたいな緑のベストを着ていた。私はいきなり彼女との距離を詰めた。「私は一週間ずっとサンファン山脈に行っていて、戻ってきたところなんだ」。彼女の顔が明るく輝いた。私が勇気を振り絞って自分のフィールドに誘ったときも、彼女の唇はトレードマークの形——半分しかめ面、半分笑顔——になっていた。笑顔の作るしわが薄茶色の目を埋め、彼女は言った。私は何日もシャワーを浴びなくても大丈夫。吃音は完全に消えていた。

私が自分の幸運を受け入れるには数か月がかかった。眠るよりハイキングの方が好きという女性ならそれ以前にも会ったことがあった。彼女のような人がラテン語の学名を聞いて喜ぶというのは意外だった。最も奇妙な幸運は、彼女が私のジョークを笑ったことだった——自分ではジョークを言ったつもりではないときでも。

私たち二人の相性にはごつごつした感じもあったが、二人の関係は役に立つものでもあった。私は彼女にスタミナを与え、彼女の好奇心を満たした。彼女は私に楽観主義と食欲を教えた——彼女が食べるものは植物限定だけれども。不思議な縁だ。サイコロを振った結果、他人を触媒として人生が変わる。十分後だったら、あるいは三つ離れたコンピュータの前に座っていたならば、深宇宙からの信号を探知することはできなかった、そんな他人。

私が博士論文を仕上げるのと同時に、アリッサは法務博士となった。交際はその後も順調に続いた。私たちは予期せず同じ都市で上々の仕事を得た。ウィスコンシン州《チーズランド》のマディソン《マッドタウン》。Uダブから Uダブル U へ（「U」は「大学（ユニバーシティ）」、「ダブ」も「ダブルU」も「W」のことで、前者はワシントン大学、後者はウィスコンシン大学を指す）。二人の頭にまったくなかった街があっという間になじみの土地になった。私たちはマディソンを愛した。唯一揉めたのは、街の東側に住むか西側にするかという点だった。私たちはモノナ湖の近く――ほどよく歩いてキャンパスに行ける場所――に家を見つけた。それはいい家だった。少し野暮ったくて、少し古い家。松材で作られた、いかにも中西部という感じの家は何度も修繕の手が加えられて、天窓の水切り周辺は雨漏りがしていた。大きさは二人で住むには充分。その後、三人になっても快適だった。さらにその後、また二人になったときにはがらんとして感じられた。

　アリッサは精力的な人だった。二週間に一度、念入りに下調べした行動計画を全米随一の〝動物の権利〟NGOに示す一方で、短い隙間時間には無数の外交的電子メールと新聞発表《プレス・リリース》を準備した。彼女はわずか四年間で、資金調達の名人という立場から中西部地区統括役にまで昇格した。ビスマークの町からコロンブスの町まであちこちにいる州議会議員たちは彼女を恐れると同時に敬愛していた。彼女は多様な悪態をついたり、嘲笑的な歓声を上げたりしながらじわじわと成果を積み重ねた。そしてこの上なくたちの悪い大規模畜産農場を相手にするときには、鋼鉄の意志を見せた。

時々完全に自信を失うこともあったが、それ以外はずっと朝から晩まで断固たる意志で仕事を続けた。夜になると赤ワインを飲み、チェスターに詩を読み聞かせた。

　ウィスコンシンは私に初めて落ち着ける場所を与えてくれた。共同研究者も見つかった。ストライカーは私の手には負えない宇宙化学を扱った。私は生命科学の面で貢献した。そして二人で、遠くにある大気のスペクトルの吸収線がその惑星の生物相を知る手掛かりになる可能性について研究した。私たちは遠い宇宙から口径四メートルの望遠鏡で眺めたときに地球がどう見えるかを考え、人工衛星からのデータを用いて生命存在指標モデルに磨きをかけた。私たちは変動する画像の読み取り方を学んだ。明滅するデータポイントの中に惑星の大気組成を検知し、循環する要素を計算し、明るい大陸と渦巻く海の流れを観察した。過酷なサハラ砂漠と肥沃なアマゾン、鏡のような氷床とでこぼこした温帯林――そのすべてがわずか数個の画素の揺らぎに現れていた。息する地球をその小さな鍵穴越しに眺め、数兆キロメートル離れた場所にいる異星人の宇宙生物学者の目でそれを観察するのは私にとってぞくぞくするような経験だった。

　運のいい日もあった。かなり頻繁に。ところがワシントンの風向きが変わり、資金は激減した。私たちが必要としていた巨大望遠鏡――モデルを通じて真のデータを与えてくれる装置――の話は滞り、開発期限を逃した。しかし私は粘っていた。今でも研究費を受け取りながら、宇宙には私たちだけしかいないのか、あるいはおかしな隣人が私たちを取り囲んでいるのかを見極める準備をしていた。

　アリッサと私は実際に持っている時間ではとても実現できないほどたくさんの計画を抱えていた。そんなとき、人生が変わった――私たちが行っていた避妊法に潜む一・五パーセントの失敗率のおかげで。予期しない出来事に私たちは動揺した。私たちの長い付き合いの中でそれは一種の破綻に思えた。選べるなら決して選ばないような最悪のタイミングでの妊娠だった。私たちは既に仕事で限界まで無理を重ねていた。子供を育てる知識もその資力も、私たちには具わっていなかった。

十年後、朝、目を覚ますたびに私は真実を知る。もしもアリッサと私がすべてをコントロールしていたなら、人生で最も幸運な出来事――世界であらゆる運が尽き果てたときにも私を動かす原動力となったもの――は決して起きていなかっただろう。私が考えたどんなに突拍子もないモデルの中においても。

帰宅した最初の夜は、ロビンにとってつらいものだった。山への小旅行は決まり切った日常の習慣を破壊した。大昔に熱力学が証明したように、物事はばらばらにするよりまとめ上げる方がはるかに難しい。彼は興奮してばたばたと家の中を走り回った。夕食後、息子が退行しているのを私は感じた。八歳、七歳、六歳……私はカウントダウンがゼロまで進むと爆発が起こるのではないかと身構えた。

農場のゲームやっていい？

「一時間だけな」

やったぁ！　宝石のゲームは？

「あっちは駄目だ。前回君が変なことをしたせいで課金された分の支払いがまだ終わってないんだから」

あれは事故だよ、パパ。アカウントにパパのカードが紐付けされてるって知らなかった。ただで宝石がもらえると思ったんだもん。

彼は本当に驚いた様子だった。もしもその説明が文字通りの真実でなかったとしても、事件後数か月にわたる後悔によって真実味は増していた。彼は四十分間ゲームをした後、獲得したアイテムを自慢した。私は講義に提出された宿題の採点を済ませ、ストライカーのために論文の編集をした。

彼は猛烈な勢いで指先を使って何かを収穫した後、私の方を向いた。パパ？　その肩は哀願するようにすくめられていた。ついに来た——それは彼が帰宅してからずっとやりたがっていたことだ。ママの動画を観てもいい？

最近の彼は特に頻繁に母親の姿を見たがっていた——ある意味、病的なほどに。私たちは何度も繰り返し母親の動画を観ていた。動くアリッサの姿は必ずしもロビンにいい影響を及ぼさなかった。しかしそれがどんな影響であろうと、動画を見せなければもっとひどいことになっただろう。彼は母親を観ることを必要としていたし、私が一緒に視聴することも必要としていた。

私はロビンにサイトで動画を探させた。キーを二つ叩いただけで、アリッサの名前が検索履歴のトップに現れた。私自身の母の動画は十五分も存在しない。今では動いたりしゃべったりする死者がいたるところにいて、いつでも簡単にポケットから取り出すことができる。昨日までは、未来の死者である私たちが、あふれかえるアーカイブに数分間の命を注ぎ込むことのない稀《まれ》な一週間だった。私が若い頃に読んだネジの外れたＳＦ物語でもこの状況を予想していなかった。過去が決して消え去ることなく、永遠に何度も繰り返される、そんな惑星を想像してほしい。私の九歳の息子はまさにそんな惑星に暮らすことを望んでいた。

「さてと。いい動画を選ばないとな」。私はマウスを取ってスクロールし、刺激の少ないものを探した。アリッサが私の耳元でこうささやいた。あなた何を考えてるの？　ロビンにそんなの見せないでよ！

親としての権威で動画を選ぼうとしても無駄だった。ロビンが回転椅子に座ったまま近づき、マウスを奪った。こういうのは別にいいよ、パパ。マディソン。こっちがいい。

魔法が作用するには幽霊が近くにいなければならない。ロビンは母親が州議会議事堂――私たちが暮らす寝室二つの小さな平屋から歩いて一時間の場所――で陳情している姿を見たがった。彼は当時のことを覚えていた。午後にダイニングルームで証言の下書きに何度も推敲を重ね、しゃべる練習をし、熱弁を振るうアリッサ。ロビンは母親がフクロウのペンダントとオオカミのイヤリングを身に付け、三着ある勝負服の一つを着るのを見た。勝負服は黒か黄褐色か紺のブレザーで、伸縮生地の膝丈スカートにクリーム色のブラウス。それからショルダーバッグに礼装用の靴を入れて自転車に乗り、州議会議事堂まで行って、戦いに挑む。

これにする、パパ。動物殺害競争（定められた時間内に最大あるいは最多の獲物を得た人を勝者とするような競争のこと）を犯罪と定める法律のためにアリッサが議会で証言している動画を彼は指差した。

「それは後回しにしよう、ロビン。十歳になったときとか。こっちのはどうだ？」。アリッサは〝ポッサム投げ〟（ポッサムの死骸を投げて飛距離を競う）と呼ばれるものに反対していた。そして毎年、〝開拓者の日〟の祭りで行われる虐待から豚を守ろうとしていた（祭りでは獣脂が体中に塗られた豚を誰が捕まえるかを競う）。この動画も刺激が強いが、ロビンが望んでいるものに比べればはるかにましだ。

パパ！　その口調の強さは本人にとっても私にとっても驚きだった。私はじっと座ったまま、このままでは彼がパニックを起こし、今晩は怒鳴り合いになりそうだと確信した。僕はもう小さな子供とは違う。畜産農場のやつだって観たんだから。あれを観ても大丈夫だったでしょ。

畜産農場の動画を観た彼は大丈夫ではなかった。あの動画を見せたのは大失敗だった。角度を付けた金網の上で育てられた鶏――飼育密度が高すぎるので、互いをつつき合って殺すこともある――についてアリッサが語る描写を聞いて、ロビンはその後数週間、悪夢にうなされることになった。

私たち親子の二人乗り橇《リュージュ》は斜面の際《きわ》に止まっていた。私は息を呑んだ。「別のにしよう、相棒。どれもママには違いないんだから。だろ?」

パパ。その声は今、大人びたものに変わり、悲しげに響いた。彼は動画の日付を指差した。アリッサが死ぬ二か月前。息子の頭にある数式が私にも見えた。幽霊は可能な限り近い存在でなければならない――空間的にばかりでなく、時間的にも。

私がリンクをクリックすると、彼女が現れた。煌々と輝くアリッサ。その衝撃は色あせることがなかった。私の携帯電話のカメラは画像に特殊効果を加える機能がある。中心にある被写体はそのままだが、周囲はすべて色が抜けてグレーになるというものだ。私と結婚してくれた女性はまさにそんな雰囲気だった。彼女はどんな空間でもイオン化させた。たとえそれが政治家の居並ぶ場所であっても。

練習段階で付きまとっていた緊張は本番では消えていた。彼女はマイクの前では自信たっぷりに見えた。人類と正面から向き合い、時々当惑に顔をしかめているという風情だ。彼女は公共ラジオのアナウンサーのように人畜無害な声を使った。声を張り上げることはなく、ところどころで統計と逸話を交えた。そしてさまざまな利害関係者に共感し、真実を裏切らない範囲で妥協した。彼女の話は何から何まで完璧に筋が通っていた。議会の議員は誰一人として、彼女が子供の頃にひどい吃音に悩まされ、血が出るほど唇を嚙んでいたという話を信じなかっただろう。

今は地面の下に眠る母親の最後に録画された演説を、息子は地面のこちら側で観ていた。あらゆる細部が彼に催眠術をかけ、開きかけたその口から問いが発せられることはついになかった。州の北部――スペリオル湖の近く――で行われている有名なイベントについてアリッサが語るのをロビンは観ていた。その年、ウィスコンシン州で実施された二十の狩猟コンテストの一つだ。ロビンは座ったままで背筋を伸ばし、襟を直した。そうするととても大人びて見えると私は以前彼に言っていた。自己抑制が利かない子供がこのときには見事な態度を見せていた。

アリッサは四日にわたる競技最終日の審査台を事細かに描写した。参加者が獲物を持ってくるのを待つ工業用のクレーン秤《ばかり》。ピックアップトラックで持ち込まれる荷台いっぱいの死骸が、秤の上に積まれる。四日間で得た獲物の重量によって入賞者が決まる。入賞すると銃、照準器《スコープ》、来年の競争で入賞者をさらに有利にさせる疑似餌《ルアー》がもらえる。

彼女は暗記した事実を次々に述べた。参加者の数。優勝者がとらえた獲物の重さ。州内で毎年行われる競争で殺される動物の数。それが壊滅状態にある生態系に及ぼす影響。そうして冷静に弁舌を振るった彼女はその夜ベッドで二時間泣きじゃくり、無力な私がそれを慰めることになった。

私はロビンがこれに耐えられると考えた自分を責めた。しかし息子は母親を見たがっていた。そして実際、これまではうまく持ちこたえていた。九歳というのは大きな転換の時期だ。ひょっとすると人類は今ちょうど九歳の段階にあるのかもしれない。まだ大人になりきっていないけれども、もう幼い子供ではない。自制ができているように見えて、常に激情の縁に立っている。

アリッサは話を締めくくった。見事なまとめ方だった。着地はいつも完璧。彼女はこの法案によって狩猟に伝統と威厳を取り戻すことができると訴えた。重量という点で見ると、現在地上にいる動物の九十八パーセントはホモサピエンスと彼らによって産業的に飼育されている食料だ、と彼女は言った。残る二パーセントが野生動物。わずかとなった野生動物はもう少し大事にしてもいいのではないか？

締めくくりの言葉は改めて私の背筋を凍らせた。この証言のために彼女が何週間もかけて表現を練っていたのを私は覚えていた。この州にいる生き物は私たちのものではありません。動物たちはいわば私たちに預けられているのです。最初にここで暮らしていた人々はそれを知っていました。動物はすべて私たちの親戚だ、と。祖先と子孫が私たちの行いを見ています。みんなが誇りを持てるようにしようじゃありませんか。

動画は終わった。私は続いて自動的に再生されそうになった動画を取り消した。ロビンがそれに文句を言わなかったので私はほっとした。彼は口に三本の指を当てた。そのしぐさをするロビンは身長百二十センチのアティカス・フィンチ（ハーパー・リーの小説『アラバマ物語』（一九六〇）の主人公で、黒人の被告を弁護する白人）に見えた。

この法律はちゃんとできたの、パパ？

「まだだよ。でも、似たものはできる。近いうちにね。ほら、視聴回数を見てごらん。今でもママの話を聞いてくれる人がいるんだ」

私は息子の髪をくしゃくしゃにした。髪の毛がそこら中に散らばった。彼は私以外の人間に髪を切らせなかった。そのこともまた、彼と周囲の人との間に距離を生んでいた。

「さあ、そろそろ寝ることにして、真夜中のオイル《ミッドナイト・オイル》に火を点けよう」。真夜中のオイル《ミッドナイト・オイル》というのは、八時半にベッドに入ってから二十分間一緒にする読書を意味する暗号だ。

先にジュースを飲んでいい？

「寝る直前にジュースは最善の選択とは思えないな」。深夜の二時に災難に襲われるのはごめんだ。おねしょに備えて敷いていたビニール製シーツは外してあった。それは本人にとってかなり屈辱的なものだったからだ。

どうしてわかるの？　最善かもしれないでしょ。寝る前にジュースを飲むのは最善の選択かもしれない。二重盲検法で試してみるべきだよ。

そんな専門用語を教えたのは私の失敗だった。「駄目。今回のデータは捏造することにしよう。さあ、急げ」

私が息子の寝室に入ったとき、彼は何かを考えている様子だった。カヌーの絵が描かれた茶色い格子縞のパジャマ——私はそれをチャリティーに持って行くことを禁じられていた——を着て上掛けの下に横になっていた。袖の長さは手首まで十センチ以上足りず、胴回りが窮屈なせいで、お腹がパジャマからはみ出る様はマフィンの上部みたいだった。そのパジャマは母親が買い与えたときには少し大きすぎるくらいだった。このままでいくと、新婚旅行でも同じパジャマを着そうな雰囲気だ。

私は自分の本（『大気と海洋の化学的進化』）を持ち、彼も自分の本（『クレージー・マギーの伝説』（ジェリー・スピネッリが書いた児童向け小説））を持っていた。私はベッドで息子と並んで横になった。しかし彼は考え事に夢中で、読書どころではなかった。彼はアリッサがいつもしていたように、私の腕に手を置いた。

祖先が僕らを見ているってどういう意味だったんだろう？

「祖先と子孫。ただのたとえさ。私たちはいずれ歴史によって裁かれるって感じかな」

そうなの？

「〝そうなの〟って何が？」

僕らは本当に歴史に裁かれるの？

私は少し考えてから答えた。「歴史というのは実際そういうものだと思うよ」

で、見てるの？

「祖先が私たちを見てるかって？　それは言葉の綾だよ、ロビン」

ママがそう言ったとき、僕はパパの言ってる太陽系外惑星に祖先が集まっている様子を思い浮かべた。トラッピストだっけ、そういう惑星。向こうには巨大な望遠鏡があるんだ。そして僕らのことを見てた。あいつら大丈夫だろうかって感じで。

「それだけでもなかなか素敵な比喩だな」

でも、実際は違う。

「それは……うん。実際にそんなことはないと思う」

彼はうなずき、『クレージー・マギー』を開いて読むふりをした。私も同じように『大気と海洋』を開いて読むふりをした。しかし私には、息子が次の質問をするために充分な間《ま》を取っているだけだとわかっていた。その間《ま》は結局、二分だった。

じゃあ……神様はどうなのかな、パパ？

私は口をパクパクさせた——ガトリンバーグ水族館で見た魚のように。「ああ、人が神って言うときには、その……必ずしも同じ意味とは……というか、神様の存在は人が証明したり、反証したりできるものじゃない。でも、私の知る範囲では、進化よりも大きな奇跡を考える必要はないと思う」

私は彼の方を向いた。彼は肩をすくめた。だよね。僕らは宇宙の中で、岩でできた惑星の上にいる。そうでしょ？　同じような惑星は何十億もあって、僕らの想像も及ばないような生き物がうじゃうじゃしてる。なのに神様の姿が僕らに似ているわけがないよね？

私はぽかんとあっけにとられた。「ならどうしてさっきの質問をしたんだ？」

パパが変な勘違いをしてないことを確かめるため。

私は思わず声を上げて笑った。私たち二人はいつもそんな感じだ。無。すべて。息子と私。私は息子がもう許してと悲鳴を上げるまで——三秒ほどしかかからなかった——彼をくすぐった。

私たちは落ち着きを取り戻して読書をした。めくられるページ。私たちは容易に、いたるところへ旅をした。そのとき本から目を上げることもせずにロビンが尋ねた。じゃあ、ママはどうなったんだと思う？

私は一瞬、事故の夜に何があったのかを訊かれているのだと思い、ぞっとした。私はどんな嘘でごまかそうかと思いを巡らせたが、その後で、息子が尋ねているのはずっと簡単な問題だと気づいた。

「わからないな、ロビン。ママは生態系の中に戻った。他の生き物になった。ママの中にあったいものはすべて私たちの中に入った。私たちは今、記憶の中でママを生かしてるんだ」

息子は少し黙り、頭を少し傾けた。彼は成長するにつれて私から遠ざかっていた。ママはサンショウウオか何かに似てる気がする。

私は体を倒して彼の方を向いた。「え……何だって？　そんなものをどこで覚えたんだ？」。私にはわかっていた。グレートスモーキー山脈には三十種類のサンショウウオが生息していると。

どんなものも無から作り出したり、破壊したりできないってことをアインシュタインが証明したって前に言ってたでしょ？

「そうだよ。でもそれは物質とエネルギーの話だ。物質やエネルギーは形態を変え続ける」

僕が言ってるのはそのことだよ！　急に声が大きくなったので、私は息子に声を抑えるように言わなければならなかった。ママはエネルギーだった。でしょ？

私は自分から顔を背けた。「うん。ママは何だったかって訊かれたら、とりあえずエネルギーの塊だったと言っておけば間違いない」

で、今は別の形態に変わった。

私は息子の隙を見て質問をした。「どうしてサンショウウオなんだ？」

簡単なことだよ。ママはすばしこくって、水が大好き。パパもいつも言っているけど、ママは珍しいタイプの生き物だし。

両生類。小さいけれど強い。そして皮膚で呼吸ができる。

五十年生きるサンショウウオもいるんだよ。知ってた？　彼の口調は必死だった。私は息子をハグしようとしたが、押しのけられた。でもまあ、単なる言葉の綾だよ。今のママは特に何ものでもないかも。

その言葉は私を凍り付かせた。彼の中で何かの恐ろしいスイッチが入り、私にはその理由がわからなかった。

二パーセントだよ、パパ？　彼は追い詰められたアナグマのように歯をむいた。すべての動物の中で野生のものはたった二パーセント。他は全部人間が飼ってる牛と鶏、そして人間。

「大きな声を出さないでくれ、ロビン」

あれは本当なの？　本当の話？

私は放り出された二冊の本を拾い、ナイトテーブルに置いた。「ママが州議会に向けた演説の中で言ったのなら、それは本当のことだ」

彼の顔はまるで殴られたみたいにくしゃくしゃになった。目は凝固し、口は開いたまま、声にならない悲鳴を発していた。一瞬の後、静かな興奮が涙に変わった。私は腕を伸ばしたが、彼はかぶりを振った。その数字が真実だと認めた私を、彼の中の何かが憎んでいた。彼はベッドの隅に移動し、壁に身を寄せた。そして信じられないという様子で首を横に振った。

泣きだしたときと同様突然に、息子の体から力が抜けた。彼は私の方に背中を向けたまま、片方の耳をマットレスに当て、敗北の残響に耳を傾けていた。そして背中の方に手を伸ばして、私の体を探った。私の体が見つかると、シーツに向かってこうつぶやいた。パパ、また新しい惑星の話をして。お願い。

惑星ペラゴスは表面積が地球の何倍もあった。ペラゴスは水に覆われていた――一つしかない海は巨大で、太平洋さえ五大湖レベルに思えるほどだった。そこに点在する火山島は、数百ページのほぼ白紙から成る本にまばらに打たれた句読点のようだった。

果てしない海はところどころが浅く、また別の部分は数キロメートルの深さがあった。生命は低緯度から高緯度にいたるまであちこちに――湯気の立つ場所から凍り付いた場所まで――広がっていた。多様な生物が海底を水中の森に変えていた。丸くて巨大な飛行船のような生き物が一方の極から他方へと、一度も止まることなく渡りをした。脳は各半球が交代で睡眠を取った。長さ数百メートルの昆布には知性があり、茎状部を端から端まで使ってメッセージを色彩で綴った。環形動物は農耕を行い、甲殻類は高層都市を造った。魚類に属するいくつかの分岐群《クレード》は宗教に似た集団的儀式を進化させていた。しかし火を使う生物、鉱石を嗅ぎ分ける生物、ごくシンプルな道具以上のものを作る生物はいなかった。こうしてペラゴスは生物を多様化させ、前よりさらに奇妙な新しい生物を生みだした。

長い時間が経つうちに、まばらに存在する島――それぞれが一つの惑星のようだった――を中心にした生命も誕生した。そうした生物はどれも、大型の捕食者を養えるほど大きくはなかった。針の刺し跡みたいに小さな陸地は密閉された飼育箱《テラリウム》のようで、小さな地球と呼べるほど多くの種《しゅ》を抱えていた。

まばらに存在する数十の知的生物種は無数の言語を話した。混成言語だけでも数百を数えた。小さな村より大きな町は存在しなかった。数キロ移動するだけで、姿も色も形もまったく違う、しゃべる生き物に出会った。どこでも通用する最も有益な適応は謙虚さであるようだった。

私たち二人は浅い礁脈《リーフ》に沿って泳ぎ、水中の森に向かった。島に上がってみると、その複雑な共同体は、遠い島と巨大な貿易ネットワークを形作っているのがわかった。隊商《キャラバン》は取引を完結させるのに数年から数世代かかった。

望遠鏡がないね、パパ。ロケットを使った宇宙船もない。コンピュータも。ラジオも。

「あるのは驚きだけだ」。ハイテクと引き換えに驚異を手に入れるのは、無茶な交換条件とは思えなかった。

こんな惑星がいくつあるの？

「一つも存在しないかもしれない。でも逆に、そこら中にあるのかもしれない」

けど、僕らのところに彼らからメッセージが届くことはないんだね。

空想の惑星に新たな層を加えようとしたところで、もうその必要がないことに気づいた。私は身を乗り出した。ロビンの呼吸は軽く、ゆっくりになっていた。彼の意識の流れは幅一キロ半を超える三角州《デルタ》に広がっていた。私はそっとベッドから下り、音を立てないように扉まで行った。しかし明かりのスイッチのパチンという音が、突然の暗闇の中で彼の体を起き上がらせた。彼は悲鳴を上げた。私はまた明かりを点けた。

ママのお祈りを唱え忘れた。そのせいでみんなが死んじゃう。

私たちは一緒に祈りを唱えた。生きとし生けるものが無用な苦しみから自由になりますように。

しかしそれからまた安心して寝付くまで二時間かかった少年は、もはや祈りの効果に対する信頼を失っていた。

天文学と子供時代との共通点は多い。どちらも長大な距離の旅を伴う。どちらも自分の理解を超えた事実を探求する。どちらも突拍子もない理論を打ち立て、可能性を無限に増幅させる。どちらも数週間ごとに鼻を折られる。どちらも行動の根底にあるのは無知。どちらも時間という魔法に魅了される。どちらも永遠に出発点に立っている。

この十数年、私は仕事をしながら自分を子供のように感じていた。研究室でコンピュータの前に座り、望遠鏡から届いたデータを眺め、数式をおもちゃにしてそれを描写する。一緒に遊びたがる相手を探して廊下をうろつく。カナリアみたいに黄色い法律用箋《リーガル・パッド》と黒のサインペンを持ってベッドに入り、はくちょう座Aへの旅か、大マゼラン雲を抜ける旅か、おたまじゃくし《タドポール》銀河を巡る旅――どれもかつてSF雑誌で経験したことのある旅だ――を再現する。こうして巡る惑星の住人が英語を話すことはないし、思念伝達《テレパシー》もしないし、凍りついた真空中を漂って他の生き物に寄生することも、全体計画《マスター・プラン》を実行するために集合精神《ハイヴ・マインド》を連結することもない。彼らはただ物質代謝と呼吸をするだけの存在だ。しかし幼い私の弟子にはそれだけでも充分に魔法のようだ。

私は千単位で惑星環境を作った。さまざまな表面、核、生きた大気をシミュレーションした。惑星で進化している生き物の種類によって蓄積する可能性がある気体――生物がいる証拠――の割合を調べた。ありうる代謝のシナリオに合致するようシミュレーションを微調整し、スーパーコンピユータで数時間、媒介変数《パラメータ》を練った。するとやがて、地霊《ガイア》のメロディーが流れ出す。いくつもの生態系のカタログが誕生し、それを示す生命存在指標が明らかになる。私のモデルが待ち望んでいる宇宙望遠鏡の打ち上げが実際に行われさえすれば、こちらの手元では既に、生命という罪を犯したありとあらゆる惑星と照合できるスペクトル的指紋の準備が整っているというわけだ。

　同僚の中には、私がやっていることは時間の無駄だと考える者もいた。そんなにたくさんの惑星をシミュレーションして何の意味があるのか？　その大半はそもそも存在してもいないのではないか？　現在の装置の検知能力を超える目標を準備して何になるのか？　そうした質問に対して私はいつもこう答えた。じゃあ、子供時代には何の意味があるのか、と。私と数百人の仲間が計画実現に向けて請願を続けている地球類似惑星探査機《EPS》は二〇二〇年代の終わりまでには打ち上げられ、仮説という種《たね》に現実のデータを添えてくれると私は確信していた。そうした種から、突拍子もない結論が生えてくるのだ。

　存在するものの大半は三つの風味《フレーバー》のいずれかに分けられる。すなわち無か、一か、無限か。一度きりの偶然はいたるところにあり、物語の各段階で見られる。私たちが知っている生命は一種類で、一つの惑星において一種類の液体の中で一度誕生した。エネルギーを蓄える方法は一つ、遺伝暗号も一種類。しかし私が想定する惑星は地球と似ている必要がない。そこでの生命は地表の水を必要とせず、あらゆる意味で適度な環境も、中核的元素としての炭素さえ必要としない。私は子供の思考と同じように、極力自分の先入観を取り払い、何も前提としないように努めた――まるでたった一つここにある私たちという実例が可能性は無限だと示してくれているかのように。

　私は湿った分厚い大気を持つ暑い惑星を作り、間欠泉のように吹き上げる煙霧質《エアロゾル》の中に生物を置いた。自由浮遊惑星を分厚い温室効果ガスで覆い、水素と窒素からアンモニアを合成して生きる生物でそこを満たした。岩内生物を岩の割れ目の深い場所に棲まわせて、一酸化炭素を代謝させた。液体メタンの惑星では、有毒な空からふんだんに降り注ぐ硫化水素を菌膜《バイオフィルム》が食べた。

私がシミュレーションしたすべての大気は、未来のある日を待っていた——長らく計画が温められ、長らく実現が遅れてきた宇宙望遠鏡が打ち上げられ、地上との通信が行われ、一度きりの偶然から生まれた〝稀なる地球〟という幻想がついに打ち破られる日を。その日は人類にとって、ずっと目の悪かった私の妻が初めて眼科で合う眼鏡を作ってもらったときと同じ衝撃をもたらすだろう。彼女はその日、部屋の反対側からでも絵が見えると言って歓喜の叫びを上げたのだった。

短くてつらい夜のせいで、翌朝の起床は遅くなった。ロビンを学校に送り届けたときには十時になっていた。おかげで二人ともまた評価を下げることになった。やっと学校に着いたときには、私のカーゴパンツに入っていた携帯電話が原因で危険物感知装置のアラームが鳴った。私たちは事務室まで行って、遅刻事由申告書を書かなければならなかった。クラスメイトがにやにや笑う教室に入るとき、ロビンは屈辱的な表情を見せた。

小学校を出た私は急いで大学に向かった。大学では時間を節約するため規則に反する場所に車を駐めたが、結局、学内の違反切符を切られた。学部生向けの宇宙生物学概論で自然発生——生命の起源——について講義をするのに、準備の時間は四十分しかなかった。同じ科目をわずか二年前に教えていたものの、それ以来新しい発見がたくさんなされていたので、できれば一から準備し直したかった。

講堂に立った私は、考え方を人と共有することでしか得られない能力の喜びとぬくもりを感じた。同僚たちが〝学生に教えること〟についてぼやく気持ちは、私にはどうしても理解できなかった。教育は光合成に似ている。空気と光から食料を作る作業だ。それによって生命の未来が少しだけ明るくなる。私にとって最高の講義は、寝転がってひなたぼっこをしたり、イチゴツナギ《ブルーグラス》を揺らす風の音に耳を傾けたり、渓流で泳いだりすることの中にあった。

八十分の講義で私が知的能力において幅広い波長域《スペクトラム》に属する二十一歳の集団に伝えようとしたのは、何もないところからすべてが生まれたのがどれほど途方もない出来事かということだった。自己集結的分子の出現に適した諸環境が整う可能性は天文学的に低く思われた。しかしどろどろに融けた冥界地球が冷え固まった途端に原細胞が現れたという事実は、通常の化学反応において生命は副作用のように必然的に生じる現象であることを示していた。

「ですから、可能性は二つ。宇宙はいたるところで生命をはらんでいるか、不毛か。もしも百パーセントの確信を持ってどちらが正解かを断言できたら、皆さんの勉強習慣も変わるでしょうか？」

話を聞いている幸福な数人からは慇懃《いんぎん》な〝はいはい、X世代《おじ》さん〟（X世代とは一九六〇年代半ばから七〇年代半ばに生まれた、失業と不況に苦しめられた世代）という笑いが漏れた。しかし他の学生は既に話を聞いていなかった。彼らの集中力は切れ始めていた。宇宙の交響曲を聴き、それが音を奏でると同時に自らに耳を傾けてもいるということを悟るには、ある種の奇妙さが必要だった。

「この地球に古細菌と細菌が現れて、それから約二十億年にわたって古細菌と細菌しかいなかった（古細菌、細菌、真核生物の三つが生命の三つのドメインを構成している）。そして二十億年前のある日、微生物が別の微生物を食べてしまう代わりに、一方が他方を膜の内側に取り込んで、そこから一緒に仕事をするようになった」

私が手元のメモに目をやると、そこから私の意識は過去に飛んだ。後に私の妻となる女性が初めて肉体関係を持ってから二十分後、上下する私の胸に鼻を寄せていた。この匂い好き、と彼女は言った。

私は言った。「それは私を好きなんじゃなくて、私の体の微生物叢《びせいぶつそう》を好きなんだよ」

彼女が笑ったとき私はこう考えた。しばらくの間——死ぬまで——私はそういう部分に存在するのだ、と。私は彼女に言った。人間の中には、細菌の細胞がヒトの細胞の十倍ある。そして人が生きていくためには、細菌のＤＮＡがヒトのＤＮＡの百倍必要だ、と。

彼女の目に愛情に満ちたしわが寄った。てことは、私たちはいわば足場ってこと？　そして細菌の方が建物本体？　彼女の足場が再び笑い、私の足場の上に乗った。

「そうした奇矯な共同作業《コラボレーション》がなければ、複雑型細胞も、多細胞生物も存在せず、朝、ベッドから出ることもなかっただろうということです。友好的な乗っ取りが起こるのには永遠のように長い時間がかかりました。しかしここにも不思議なことがあります。それが起こるのには二十億年もの時間がかかった。しかし、それは複数回起きた」

私の講義はそこまで。ポケットの中で呼び出し音が鳴った――午後に呼び出しを許可している数少ない番号からのメッセージだ。それはロビンの学校からだった。私の愛する息子が友達を殴り、その子の頬骨が折れたという連絡だ。元々仲のよかったその友達は救急治療室に運ばれ、治療が行われている。ロビンは校長室に留め置かれて、私の到着を待っている。

私は十分間早く講義を終えた。学生たちには、生命の起源についてそこから先は自分で考えてもらわなければならない。

学校側は私を息子に会わせるより先に、私に罰を与えた。リップマン博士のいる校長室の壁にはさまざまな認定証が掲げられていた。机は大きいものではなかったが、彼女はそれを効果的に使った。過去に二度私がこの部屋に呼ばれたとき、彼女は私のしぐさを模倣《ミラリング》して共感を示そうとした。しかし今回の態度はそれよりはるかにエクセルのスプレッドシートのようだった。彼女は私より若く、服装は整いすぎていた。教育心理学的な術語を用いるときはうれしそうだ。専門領域に入れ込みすぎてはいるものの、私の息子のことも気に懸けていた。彼女は改革者で、トラブルを抱えた子供のために力をセーブしていた。彼女から見れば私は馬鹿な科学者だった——対応の手順は確立しているのにそれを無視して特別な子供を傷つけているのだから。

彼女は事実を説明した。ロビンはただ一人の本当の友達であるジェイデン・アストレイと昼食をとっていた。ランチルームにある細長いテーブルで向かい合って座っていた。昼食時間の野性的な騒々しさの中にロビンの叫び声が響いた。全員の証言が一致するところによると、ロビンは大声を上げるのをやめなかったらしい。言えよ。言ってみろ、こんちくしょう。ランチルームの監視員が二人に割って入るためテーブルに駆け寄ったちょうどそのとき、ロビンがついに切れて、金属製の水筒を手に取り、ジェイデンの顔に投げつけた。奇跡的にも、けがは頬骨が折れるだけで済んだ。

「しかし何があったんですか？　息子が切れた理由は何です？」

ジル・リップマンはまるで生命の起源を尋ねられたかのように私の顔をじっと見た。「二人ともそれについては何も言おうとしません」。彼女が誰に責任を負わせようとしているかは明らかだった。「学校を一週間休んだ直後になぜこんなことになったのかは後で話をする必要があります」

「私はあの子が頭を冷やすことができるようにしばらく学校を休ませたんです。グレートスモーキー山脈に一週間行っていたのが原因で一人しかいない友達にけがをさせたなんて、そんなことは考えられない」

「彼は一週間授業を休みました。すべての教科について五日分ということです。子供には連続性、目的意識、一貫した対人関係が必要です。そうしたものをきちんと与えなければ、大きなストレスになるんです」

リップマン博士によって出席停止処分になったときも、ロビンは授業を受けられなかった。しかし私はおとなしく話に耳を傾けた。

「ロビンに必要なのは、自分の立ち位置を見極めることと自分の行動を説明する力です。しかし予定にない長期欠席以来、遅刻が二回続いています」

「私はシングルファーザーなんです。だから手に負えないことが重なったときには――」

「ご家庭の事情について口出しするつもりはありません」。そう言いながら現実にしていることは口出しそのものだった。「大人は子供に安心、安全、そして安定した学習環境を与える義務があります。ところが今の私たちは、別の子供への暴力に対処しなければならない」

頬骨の骨折。ジェイデンは鎮痛剤と氷嚢があれば大丈夫だ。頬骨なら私も折ったことがある。七歳のとき、ジャングルジムで。当時の学校にはまだジャングルジムが設置されていた。

私は怒りで黙り込んだ。それは私の中に深く根ざした行動パターンだ。おかげで救われたことが何度もある。リップマン博士の小さくて奇妙な唇が動き、さらに奇妙な言葉が飛び出した。「お子さんには特別なケアが必要です。前回同じことがあったときに――」

「前回と今回は同じじゃありません」

「前にトラブルがあったとき、あなたは複数の医師が示した意見を無視することを選びました。今回はまた別の選択肢から、どうするかを選んでいただきます。お子さんに必要な治療を与えるか、あるいは州政府の介入を受け入れるかです」

この校長はつまり、まだ三年生の子供に向精神薬を飲ませるか、それを受け入れないなら、保護者としての私の能力を調査すると脅しているのだ。

「十二月までに何らかの目に見える進歩が必要です」

私が再び口を開いたとき、その声は驚くほど落ち着いていた。「息子と話をさせてもらえますか?」

リップマン博士は私と一緒に部屋から出て、事務室の中を抜けた。さらし者として引き回される私を職員たちが見ていた。医師の指示に従わず、息子に苦痛を味わわせている男。

ロビンは〝安静室〟に留め置かれていた。教頭室の隣にある一種の留置場だ。私は飛散防止ガラスのパネル越しに息子を見た。彼は大きすぎる木の椅子で背中を丸めていた。親指を人差し指と中指の間に挟んで真っ赤になるまで拳を握っているのは、落ち込んだときにいつもするしぐさだった。

扉が開くと、ロビンは顔を上げた。そして私の姿を見ると、苦痛が倍になったようだった。その口から最初に出たのは、その学校の生徒がかつて一度も口にしたことのない言葉だった。パパ、全部僕が悪いんだ。

私は彼の横に座り、やせた肩を抱いた。「何があったんだ、ロビン?」

どうしようもなく腹が立った。パパに言われた通り、自分の中にあるいい部分に息を送ろうとした。でも、手が勝手に動いちゃった。

彼はジェイデン・アストレイに何と言われてかっときたのか、私に言わなかった。私はジェイデンの両親に電話をかけた――電話越しに〝訴えるぞ〟と言われることを半ば覚悟しながら。ところが両親は妙に同情的だった。ジェイデンの両親は私が息子から聞いたのよりも多くの情報を子供から引き出したようだったが、私には何も教えてくれなかった。関係者全員が私を何かから守ろうとしている。それが何なのか、私にはわからなかった。

私が無理に聞き出そうとしなかったことでロビンは驚いた様子だった。そして彼はその夜おねしょをしなかったことで逆に私を驚かせた。翌日は土曜だった。ストライカーとの共著論文の編集はまだ終わっていなかった。ロビンと私はオルブリック植物園の近くで長めの散歩をした。昼食には、ロビンが好きなブラックソルトと栄養酵母を正しい配合で用いて炒り豆腐を作った。その後、ヨーロッパ大陸をレーシングカーで巡るお気に入りのボードゲームをした。彼が顕微鏡をいじり、集めたカードのファイルを眺める間、私は仕事をするふりをした。そして二人で三十分間、静かに並んで本を読んだ後、彼はまた新しい惑星の話をねだった。

家には二千冊のペーパーバックが散らばり、私には三十年の読書経験があった。そこからネタを盗んでくるのは容易だった。サイエンスフィクションの黄金期はいつだっただろう? 私にとってそれは九歳のときに始まった。

私は息子にある惑星の話をした。そこで優勢となっている生き物は、別々のパーツとしての能力を保ったまま合体して一つになれるタイプのものだった。

彼は質問で話を遮った。それって本当の話？　そんなことあるの？

「よその惑星の話さ。だからありうる」

でも、ていうか、合体してるときも別々なの？　それとも全部がまとまって一つの脳ってこと？

「一つの脳だけど、別々のことを同時に考えられるんだ」

それってつまり、テレパシー？

「テレパシーよりすごい。スーパー生物さ」

たとえばほら、大きいやつが小さいやつの中に入ることもできる？　ちゃんと生きていくには全部のパーツが必要なのかな？　ちっちゃいやつが仲間に入りたくないって言ったらどうする？　ていうか、そもそもその一つ一つは本当に最初からパーツなの？

彼は友好的合体と敵対的乗っ取りとの境界にこだわっていた。私は魅惑的だが恐ろしい世界を、恐ろしいけれど魅惑的な世界に変えようとした。「彼らは自発的に合体する――環境が厳しくなって、生き延びるために別のパーツが必要になったときに。そしてまた状況が改善してきたらばらばらになる」

彼は疑うように身を乗り出した。ちょっと待って！　粘菌みたいな感じってこと？

私は大学のラボでそれを見せていた――独立した単細胞が自ら集合して共同体を作り、初歩的な知能を手に入れる様を。

地球の生き物からパクってるじゃん！　彼はスローモーションで私の二の腕を叩くそぶりをした。

それからまた頭を枕に戻した。私は危険を冒して、その目にかかった髪をそっとのけてやった――幼い頃にはそうされるのを喜んだものだった。

「ロビン？　まだ動揺してるね。私にはわかる」

彼はぎくりとして起き上がった。どうしてわかるの？

私は彼の拳を指差した。その手はまたしても真っ赤になるまで親指を押さえ付けていた。彼は自分の知らないうちに体のパーツが動いていることに驚き、じっとそれを見ていた。それからまた頭が枕に戻った。

パパ？　ママに何があったの？　今回の質問は私の勘違いではない。あの夜、車の中で。

私は忙しくパジャマを直している自分の手に目をやった。「ロビン？　ジェイデンにママのことを何か言われたのかい？」

幸運にも、手の届くところに重いものは置かれていなかった。しかし彼の声の力だけで私は後ろに突き飛ばされそうになった。いいから教えて。教えてよ！　彼は手を振り回した。もう九歳だよ。いいから……**教えて！**

私が手首をつかむと、彼はその痛みに驚いた。「暴れるのは今すぐやめなさい」。私は可能な限り冷静な大人を装ってしゃべった。「まず落ち着いて。そうして、ジェイデンに何て言われたか話しなさい」

彼は手を引き抜いて、痛そうに手首をさすった。何でこんなことをするの？

私は鼓動が落ち着くのを待った。彼は私をにらみながら手首をさすった。それから急に泣きだした。私は可能なときには息子を抱き締めた。彼は赤い口を動かそうとしたが、なかなか声にならなかった。私はゆっくりでいいとしぐさで示した。

彼は握っていた手を広げ、息をついた。僕はママのビデオの話をしてた。するとジェイデンが、ママの事故にはみんなが知らない背景があるって両親から聞かされたって言ったんだ。二人の話によると、ママの事故は――

私はまるでその考えを押し戻すことができるかのように、息子の唇に指を当てた。「あれは事故だよ、ロビン。事故じゃないと思っている人なんていない」

僕はそう言ったんだ！　でも、ジェイデンは同じ話を繰り返した。まるで自分が本当のことを知っているみたいに。だから僕は切れた。

「そうか。私も同じように殴っていたかもしれないな」

彼の喉から半音節が漏れ、すすり泣きと笑いの中間に消えた。やったぁ。彼は私の二の腕を乱暴に叩いた。そうなってたら二人ともやばかったね。

「君は別にやばいことになったわけじゃないぞ、ロビン。ティッシュで顔を拭きなさい」

まだ完全に出来上がっていない顔の凹凸が手の力でくしゃくしゃになった。スコールが吹き荒れた後の彼は小さく見え、すっきりした様子だったが、興奮はまだ残っていた。

じゃあ、ジェイデンの両親が言ってたのはどういう意味だろう？

自分たちがした話を子供が聞いて、それをネタにしてよその子供に苦痛を与える。そんな展開になれば、どこの親でもおびえ、慌てるだろう。相手の親から電話がかかってきたときに話をごまかすのは当然だ。

僕は九歳だよ、パパ。ちゃんと受け止められる。

私は四十五歳だ。しかしちゃんと受け止めることはできない。「ロビン？　事故は目撃者が何人かいた。みんなが同じことを言ってる。何かが車の前に飛び出したらしい」

それはどういうこと？　たとえば人間とか？

「動物だ」。彼は漫画に出てくる子供のように当惑して顔をしかめた。「暗くて道路が凍ってたって話は覚えてるか？」

彼は目の前三十センチの場所にあの夜の現場をミニチュアで再現し、それを見ながらうなずいた。一月十二日。午後九時。

「何かが車の前に現れた。ママは急ハンドルを切ったに違いない。車はスリップして反対車線に飛び出した」

彼は小さなシミュレーションを見つめ続けた。それから私が予期するべきだった質問をした。当たり前の質問だ。どんな動物？

私は慌てた。「誰もはっきり見ていない」

ひょっとするとテンかな。それか、もっと珍しい動物？　クズリかも。

「私にはわからない。誰も知らないんだ」

彼の頭の中で計算が行われた。近づいてくる車。近くにいた歩行者。彼女の帰宅を待っている私たち二人。計算は十秒続いた。恥を忍んですべてを白状する方が、今感じている吐き気よりもまだましだ。

「ロビン？　オポッサムだったかもしれないと警察は言ってる。たぶんオポッサムだ」

でも、さっきは……。

私は息子にこう言ってほしかった。オポッサムは北アメリカで唯一の有袋類だよ、パパ、と。アリッサが教えた話だ。オポッサムにとって冬がどれだけつらいか。耳と尾に毛がないせいでしもやけでひどいことになるのだ。しかしロビンは地上で最も馬鹿にされている大型動物という可能性を聞いて、黙ったまま顔をしかめた。

彼はショックを受けた顔で振り向いた。パパは噓をついたね。さっきは正体は誰にもわからないって言ったのに。

「ロビン。噓をついたのは一分間だけじゃないか」。しかし違った。本当はずっとだった。

彼はまるで耳に入った水を出そうとするかのように首をかしげてから横に振った。その声は平板で、低かった。みんな噓つきだ。彼が私を許しているのか、それとも人類全体を責めているのか、私にはわからなかった。

就寝時間はとっくに過ぎていた。しかし私たちはまだその状態だった。彼のベッドに二人で横になった私たちは、新しい故郷に着くずっと前に可能性の終焉に突き当たった多世代宇宙船最後の乗組員だ。

それでママは動物を轢かないことを選んだわけ？　たとえ自分が……。

「ママは何かを選んだわけじゃない。とっさのこと。反射的な行動だ」

彼はしばらく考えていた。そしてようやく気が済んだらしい。ただし彼の中のどこかではまだ、反射と選択の境目にある微妙な海岸線の地図の作成が続いていた。

じゃあ、ジェイデンの両親が言ってることはクソみたいなでたらめだね？　ママは自分を傷つけようとしたとかいう話は？

私は言葉遣いを叱る必要を感じなかった。「人は時々よく知らないことに限ってあれこれ言いたくなるものだ」

彼はノートを取り出し、私からは見えないようにして何かを書き付けた。そしてノートをぱたりと閉じると、ナイトテーブルの引き出しにしまった。彼の中で何かが明るく輝いていた。ひょっとするとまた明日、友達と仲直りできると思ってうれしかったのかもしれない。

私は立ち上がり、息子の額にキスをした。彼は思いがけず自分の心理を暴いていた手をじろじろ見ていたので、私のキスを遮ることはなかった。

パパ、これはどう？　どういう意味だと思う？

彼は片方の手のひらを丸めて腕を伸ばし、左右にひねった。軸を中心に自転する小さな惑星。

「何だろう」

世界はぐるぐる回ってて、僕はそれに満足してるってこと。

私たちは信号を交換し、彼はうなずいた。私は彼に、〝おまえがおまえでよかった〟と伝えた。そして〝おやすみ〟の代わりに空中で手をひねった。私が明かりを消すと、息子は私が慰めのためについたさらに大きな嘘の中で眠りに就いた。私はいつも、口に出さないことで嘘をつくのが得意だ。その夜私がついたのは特に大きな嘘だった。私は車にもう一人が乗っていたことを、故意に言わなかった。妻のお腹にロビンの妹がいたことを。

日曜に目を覚ました息子はひどく興奮していた。夜明け前に私の上に乗り、体をゆすって目を覚ませた。名案を思い付いたよ、パパ。聞いてくれる？

私はまだ頭が半分眠っていたので、返事が乱暴になった。「ロビン、勘弁してくれ！　まだ朝の六時じゃないか！」

彼は怒って部屋を出て行き、自分の巣にこもった。そこからまた誘い出すには四十分の時間と、ブルーベリーパンケーキの約束が必要になった。

私は彼が炭水化物の作用で落ち着くまで待った。「じゃあそろそろ、名案っていうのを聞かせてもらおうか」

彼はこれで私を許すべきか、慎重に考えていた。そして顎を突き出して言った。一応教えるけどそれはパパの手助けが要るからで、パパを許したわけじゃないからね。

「うん、わかった」

僕は今日から、アメリカ国内の絶滅危惧種を一つ一つ全部絵に描く。そして今度の春、ファーマーズ・マーケットで売る。売り上げはママがやってた団体のどれかに寄付する。

彼には絶滅危惧種のほんの一部しか描けないと私は知っていた。しかしそれが名案であることは、話を聞くだけでわかった。私たちは朝食の片付けを済ませ、公立図書館のピニー分館に向かった。

息子は図書館を愛していた。ネットで本の貸し出し予約をし、まとめて受け取りに行くのが好きだった。本の山が差し出す博愛、既知の世界が描く地図が好きだった。好きなものを好きなだけ食べられるバイキングみたいに本を借りられるのが好きだった。それぞれの本の扉の部分にある貸し出し履歴――以前同じ本を借りた見ず知らずの人たちの記録――にスタンプを押してもらうのも。図書館は想像しうる最高の地下迷宮《ダンジョン》探検だった。見つけた宝がただで自分のものになるだけでなく、レベルアップする喜びもあった。

普段は探検ルートが決まっていた。漫画、ファンタジー、パズルとなぞなぞ、小説。その日に直行したのは絵画入門のコーナーだった。その棚はまさにお菓子屋《キャンディー・ショップ》だった。うわ。どうして今までこのコーナーのことを教えてくれなかったの？ 私たちは植物の描き方と、簡単な動物の描き方を教える本を見つけた。次に向かったのは〝自然〟のコーナー。私たちはそこで絶滅危惧種に関連する本を探した。しばらくすると、彼はほとんど腰まである高さの本の山から気に入ったものを選ぼうとしていた。

もう限界だよ、パパ。彼は興奮しているとき、圧倒されているみたいな声を出すことがあった。

「もうちょっと頑張れ。まだ待つから」

彼は通路の床に座り込み、候補を絞り込んだ。そして大きめの本を一冊広げたとき、うなり声を上げた。

「どうした？」

彼は機械のような声で読み上げた。アメリカ合衆国魚類野生生物局は北米に生息する二千種以上の生物を絶滅危惧種としています。

「いいじゃないか。こつこつやればいい。一度に一枚描くだけさ」

彼は本の塔を倒し、頭を抱えた。

「ロビン。おい」。大人になれ、と私は言い足しそうになった。しかしそれは私がロビンに最も望んでいないことだった。「ママだったらどうするかな？」

その一言でロビンは立ち直った。

「じゃあ、本の貸し出し手続きをして、画材を買いに行こう」

画材屋の女性店員はロビンを気に入った。彼女自身も絵を学んでいて、最近学校を卒業したばかりだった。彼女はロビンを連れて店内を回った。ロビンはうれしそうだった。二人はパステルクレヨンと色鉛筆、そして鮮やかなアクリル絵の具のチューブを見た。

「何を描きたいの？」。ロビンは自分の計画を彼女に説明した。「それは素敵ね。すごいわ」。計画は三日坊主に終わると彼女は思っていた。

ロビンは水彩画用の筆ペンが気に入った。彼が初めて筆を試用するのを見て、店員は感銘を受けていた。

「初めてだったらこれがお薦めよ。四十八色。たぶんこれさえあれば他は何も要らない」

そっちにあるのがこれよりずっと高いのはどうして？

「あれはプロ用だから」

彼は私から視線を隠すようにして初心者用セットを手に取った。私はそこに口を挟んで、プロ用を買わせた。投資にしては安いものだ。私たちはそれに加えて極細のサインペン、練習用の安価な画用紙の束、本番用の良質な紙の束を買った。店員が「頑張って」と言うと、ロビンは店を出るときに彼女をハグした。ロビンは普段見知らぬ人間をハグすることはなかった。

ロビンは午後ずっと絵を描いていた。手に負えない癇癪《かんしゃく》持ちの息子が何時間も木製の折り畳み椅子の横木に膝を置き、顔を紙にくっつきそうなほど近づけて、美術の本から手本を描き写していた。時々思うようにならず、子供の頃に好きだった絵本に出てくる漫画的な雄牛のように鼻を鳴らしていた。彼は失敗した絵を丸めたが、それは暴力的な行為というより、芸術的なしぐさに見えた。一度は水彩筆ペンを投げたが、そんなことをした自分をすぐに叱った。

私は休憩するように誘ってみた。ピンポンとか近所を歩いて一周するとか、してみたら、と。彼は関係ないことをするのを拒んだ。

パパ、最初はどの生き物《クリーチャー》を描いたらいいと思う？

生き物《クリーチャー》というのは母親が好んだ言葉だった。彼女は何にでも——私の研究する極限環境微生物にも——その語を使った。私はロビンに、カリスマ的な大型動物は常に人気が高いと話した。

駄目。最初はいちばん絶滅の危機に瀕している生き物じゃないと。いちばん助けを必要としている動物。

「ゆっくり考えたらいいよ、ロビン。ファーマーズ・マーケットはまだ何か月も先だ」

両生類は危ないね。最初は両生類にする。

彼はあれこれ悩んだ結果、ミシシッピゴファーガエル、学名リトバテス・セウォススに落ち着いた。土に穴を掘る黒っぽいカエル。それは一風変わった謎の生き物で、脅威から目を守るためにひれの付いた指を顔の前に広げる。脅されたりすると体を膨らませ、背中にある腺から苦いミルクを分泌する。湿地開発によって、生息域はミシシッピ州の三つの小さな池にまで減っている。

彼は自分が描いたスケッチを疑わしげにじっと見た。みんなこれをいいと思うかなぁ？

彼の描いた生き物は形も色も込み入っていた。カエルの写真で私には濃い灰色のコブしか見えなかったところに、ロビンは面白い渦巻き模様を見ていて、その色付けをするのに虹色の道具を半分は用いていた。彼は地味なオリジナルと超現実的《シュール》な絵との違いを気にしていなかった。私の妻の亡霊も少なくともそれを気に懸けてはいなかった。

仕上げが終わるとロビンは絵をリビングルームの見晴らし窓のところまで持って行き、明るいところで私に見せた。遠近法はひずみ、表面の肌理《きめ》は雑、輪郭は素朴で、色合いは現実離れしていた。しかし作品としては、イボや何かも含め、傑作だ。いなくなってもそれを嘆く人間がほとんどいない、そんな生き物の肖像《ポートレート》。

買ってくれる人がいるかなぁ？　ちゃんとしたメッセージはあるんだけど。

「よく描けてるぞ、ロビン」

両生類が大活躍している惑星もあるかもね。

ロビンはまた強烈なまなざしで絵を眺めてから、それで出来上がりと判断した。そしてそれを他のスケッチと一緒に紙挟《ポートフォリオ》みにしまい、また絵画入門本を開いた。私と二人、星空の下でキャンプした夜以来、彼がこれほど幸福だったことはなかった。

月曜の朝、彼はいつも通りにベッドから転がり出て、服を着替え、温かいシリアルを食べ、歯を磨いた。しかしスクールバスが来る五分前にこう宣言した。パパ、今日は学校はなし。

「何を言ってる？　学校はあるに決まってるじゃないか。急ぎなさい！」

僕は行かないってこと。彼はダイニングルームのテーブルを指すしぐさをした。そこには前の晩から画材が置きっ放しになっていた。することがたくさんあるから。

「馬鹿を言うな。絵は午後と夜に描けばいい。ほら、バスに乗り遅れるぞ」

今日はバスはなしだよ、パパ。することがたくさんあるから。

私は慌てて理性に訴えた。「ロビン。いいか。私はもう学校でかなり厄介なことになってる。今年は既に欠席が多すぎだってリップマン校長にも言われた」

校長先生が僕を出席停止にした分はどうなの？

「校長とはその話もした。私たちがちゃんとしないとひどい目に遭わせるって脅されたよ」

たとえば？

「いいから。急いで。冗談じゃないぞ。詳しいことは今晩話をしよう」

僕は行かないよ、パパ。

アリッサの死後、一度力尽くで言うことを聞かせようとしたとき、私は皮膚が破れるまで手首を噛まれた。私は腕時計を見た。もうバスには間に合わない。私は彼の肩に手を置いた。彼はそれを払いのけた。

「ジェイデンとのことがあったから君は今、様子見の状態に置かれてる。私たちはいわば要注意リストに載ってるんだ。もしもこれ以上問題を起こしたら、リップマン校長が……今はとにかく、もめ事を起こすわけにはいかない」

パパ。聞いて。お願い。何もかもが死にかけてるってママは言ってた。パパはそれを信じるの、信じないの？

「ロビン。ほら。行くぞ。車で送るから」。私の声は自分で聞いても、わざとらしく感じられた。

だってママの言うことが正しければ、学校なんて意味がない。僕が十年生になるまでにすべては滅んでる。

こんなことに無駄なエネルギーを費やしたくない、と私は考えた。

信じるの、信じないの？　簡単な質問でしょ？

私は彼女の話を信じているのか？　挙げられている事実は疑いようがない。彼女が主張したことはすべて、科学者にとっては常識だ。しかし私は彼女の話を信じているだろうか？　大量絶滅がリアルなものとして感じられたことが今までにあったか？

「学校に行くんだ。他に選択肢はない」

あらゆることに選択肢はあるってパパは言ってたでしょ。たとえばほら、自宅教育《ホームスクール》っていう方法もある。

私は目をこすった。こすりすぎて星が見えた。私は頭の中でまた、死者と話していた。アリッサは私にいつもの助言を繰り返していた。話を聞くこと。共感すること。でも、テロリストと交渉はしない！

「ロビン、私は君のことを信じてる。君がしている行動も。でも、学年の途中で学校を変えること

はできない。春になってもまだその強い気持ちが変わらなかったら、そのときは解決法を考えよ

う」

そんなことだから生き物が全部死んじゃうんだよ。みんなが解決を後回しにしてるから。

私はテーブルの前に腰を下ろした。そこには試し描きのスケッチが広げられていた。彼の言って

いることは間違いではない。「オーケー。今日は絵を描いていい。困っている生き物を描く。でき

るだけ上手に」

彼は私の落胆を感じていたに違いない。というのも、ささやかな勝利を収めた後も顔が暗かった

からだ。彼はまるで〝無理しないでいいよ〟と言いだしそうな顔で私を見た。パパ？　でも、絵を

描いても全然役に立たなかったらどうしよう？

突然当日頼んで夕方まで子供の面倒を見ることのできる子守《シッター》は、私の連絡先に一人もいなかった。幸運にも、その日は担当授業がなかったので、家で仕事をすることができた。八時四十五分、いくつかの約束をキャンセルしたり、日を改めたりしていると、自動送信のメッセージが届いた。お子さんが無断で学校を休んでいます。あなたはそれを承知していますか？（〝はい〟か〝いいえ〟でお答えください）。私は〝はい〟を押し、学校の事務室に電話をかけ、無愛想で疑り深い職員に、ロビンが医師と面談する予定だったことを学校に連絡し忘れていたと説明した。

私は電子メールを緊急性に応じて振り分けた後、ストライカーとの共著論文をいい加減に推敲し終えた。不安定な大気の一例としての、硫化ジメチルと二酸化硫黄。炭素の代わりに硫黄を基礎にした生命。そのような場所で食べるランチはどんなものだろうかと私は考えながら、よく炒めたたっぷりのタマネギにロビンの好きなレンズ豆を加え、気持ち程度のトマトを足した。午後になるとロビンが私の仕事部屋の扉をノックして、絵について細々したことをいくつか尋ねたが、どう答えても構わないような質問ばかりだった。彼は寂しかったのだ。明日の朝には学校に行く気持ちになっているだろう、と私は思った。

私たちはまた夕食で顔を合わせた。ロビンはアリッサの得意料理だったナスの蒸し焼き鍋《キャセロール》が食べたいと言った。そして具を層状に重ねることにこだわった。出来上がりは成功と言えるものではなかったが、彼は丸一日仕事をした人にふさわしい食欲でそれを食べた。夕食後、私は展覧会を開いてほしいと頼んだ。彼はたくさんの絵を怒って破り捨てていたが、数枚は残されていた。今日一日でできた絵が、再利用できるテープの切れ端を使って、ダイニングルームの裸の壁に貼り付けられた。私は許可が下りるまで部屋に入ってはいけないと言われた。ハシジロキツツキとアメリカアカオオカミ、フランクリンマルハナバチと大型のアノールトカゲ、デザートイエローヘッド（一九九一年に一属一種として発見された植物）。出来にはいくらか差があった。しかしどれもエネルギーに満ち、色彩が叫び声を上げていた。私たちを助けて、と。

鳥と哺乳類、昆虫と爬虫類と植物だよ。昨日の両生類とのバランスを考えたんだ。

九歳の子供がこれを描くのにかかる長い時間、どうしてじっとしていられたのか、私にはいまだにわからない。彼はきっと何らかの神と意思疎通《チャネリング》をしていたのだろう。「ロビン。信じられないな。すばらしい出来だ」

キツツキとアノールトカゲはもう絶滅してるかもしれない。絵の値段はいくらにしたらいいと思う？　できるだけたくさん寄付したいんだけど。

「いくら払ってくれますかってお客さんに訊いたらいい」。中古車を売るときに使われる手法だが、悪い目的ではないからいいだろう。彼は壁から絵を外し、紙挟みに片付けた。「大事にしないと！　しわになっちゃうぞ」

やることがたくさんあるんだよ、パパ。

次の日、朝食の後、彼はまた家で絵を描くと言った。

「駄目だ。準備しなさい。約束したじゃないか」

いつ？　何の約束？　パパは僕を信じるって言ったでしょ！

　彼はその一瞬で、九歳から十六歳に成長した。正しい行動を妨げられた彼は私をにらんだ。その目にある怒りは憎悪に変わりかけていた。彼は唇をすぼめて、私の足元につばを吐いた。それから回れ右をして廊下を駆け戻り、自分の寝室に入って、乱暴に扉を閉じた。二十秒後、背筋が凍るような叫び声が聞こえたかと思うとそれが、家具がひっくり返る激しい音に変わった。私は裏側に積み重なったがらくたの山を押しのけるように部屋の扉を開けた。彼は高さが一メートル半ある本棚を引き倒し、本、おもちゃ、飛行機の模型、過去の工作などが寝室の床に散らばっていた。私が部屋に入ると、彼はまた叫び声を上げ、アリッサの使い古したウクレレを振り回して格子窓にぶつけ、ガラスと楽器を同時に壊した。

　彼は叫びながら私に飛びかかった。私たちは取っ組み合いになった。彼は私の顔を引っ掻こうとした。私はその腕をつかんでひねったが、手に力が入りすぎた。ロビンは悲鳴を上げ、泣きながら床に崩れた。私は死にたかった。彼の手の甲は潰された蝶の片方の羽のようだった。アリッサと私は前に約束をしていた。彼女が私に誓いを立てさせたのはそのときが最初で最後だった。シーオ？何があっても、あの子に手を上げるのはなしよ。私は彼女に許しを請おうと部屋の中を見回した。しかし彼女の姿はどこにもなかった。

惑星ジェミナスで、私たちは極端に違う二面を分ける恐ろしい子午線のあちら側とこちら側に捕らわれていた。惑星の太陽は小さく、低温で、赤かった。ジェミナスは太陽に近すぎたせいで、自転する力を奪われていた。片方の面は常に灼熱の光を浴び続け、反対の面は常時暗く、万年凍りついていた。

　生命は恒久的な正午と真夜中との間にある薄明ゾーンで生まれた。焼灼と凍結の間にある帯で、風が空気を混ぜ、海流が水を動かした。生物はエネルギーの循環を利用するよう進化し、朝の断片《かけら》を動かして闇を温め、夜の断片を動かして永遠の灼熱を冷やした。

　生命は二種類の吹きさらしの風景のさらに深いところまで入り込んだ。居住適性の触手が谷を伝い、分水嶺を登り、温和な境界から極端な場所へと忍び寄った。ジェミナスの生命は二つの界（地球の生物分類で言うなら植物界や動物界に相当する最上位の階級）に分かれた。一つは氷、もう一つは炎。それぞれがこの双極的惑星の片面に適応していた。大胆な巡礼者は二度と元の場所に戻ることができなかった。温和な境界地帯でさえ生命を脅《おびや》かした。

　知性は二度誕生した。それぞれが自らの置かれた極端な気候という問題を解決した。しかし昼の知性にとって夜の世界は意味不明で、夜の知性も昼を理解することができなかった。両者が共通して持っている認識が一つだけ存在した。〝境界の向こう〟に生命は存在しえない、という認識だ。

私たち父子は一緒にジェミナスに向かった。しかし到着したときにはばらばらになっていた。私が着いたのは常に昼間の側にある、風が吹きすさぶ海峡だった。生命が居住可能な一帯をくまなく調べたが、息子を見つけることはできなかった。現地の人に訊いても無駄だった。果てしない昼間の世界に住む人は陽気で乗りがいいだろうと私は予想していた。しかし彼らの空は動くことのない一つの光にずっと照らされ、その向こうに存在する宇宙を感じさせるものは何も見えなかった。彼らはまるで〝今ここ〟以外の場所が存在しないかのように生きていた。そんなものを想像することさえできなかった。彼らの科学と技術は初歩的なレベルにとどまっていた。彼らは望遠鏡さえ発明することがなかった。

ジェミナスでは場所が季節に対応していた。境界地帯に向かって数キロ歩くと、世界は八月から一月に変わった。ロビンは常時夜の側のどこかにいるに違いない。彼はそこでどんな人——致命的寒冷によって形作られた人々——に出会うだろう？　ずるくて器用。熱鉱山を掘る人、そして地下で菌類を栽培する人。貴重なカロリーを見つけるたびに競い合う、野蛮で残酷、そして陰気な殺し屋。

彼も私を探していた。温和な境界地域に近づくにつれ、遠くにいる彼の姿が見えた。彼は反対側の世界からこちらへ向かって走っていた。私も駆けだしたが、彼が手を上げて私を立ち止まらせた。私は暗闇の縁で気づいた——彼は生《なま》の夜空を見てきたのだ、と。地球の人が決して目にすることのない星々を。彼は変化と時間、周期と多様性を見た。黒を背景にした星座と同様に無数の、精妙な、そして多様な数学と物語。

彼は動くことのない闇の縁の向こうから私を呼んだ。パパ。パパ！　きっとパパには想像つかないと思う。しかし私は光の世界に捕らわれ、境界を越えることができなかった。

妻は多くの人に愛されていた。アリッサもたくさんの人を愛した——まるでそれがごく当たり前のことであるかのように。彼女には私以前にパートナーが何人かいて、その大半とも良好な関係が続いていた。中には手痛い形で彼女を振った女性も混じっていた。恋をもてあそぶのは仕事の一部だった。議員であふれかえる通路や寄付者であふれるダンスルームで人混みを掻き分けながらまるでそれが親友であるかのように彼女が応対するのを私は何度も見ていた。

彼女はしばしば出張にも出かけ、中西部十州のNGOに指示を与えた。結婚して最初の二年間、それは私にとって死ぬほどの苦痛だった。彼女はいつも高速道路沿いの安ホテルから電話をかけてきて、こんなことを言った。私たち、街の中心にあるちょっとおいしいイタリアンの店に行ったの。マイケル・マクスウェルが街に来てるの。大学院のときの彼氏。あれ、言わなかったっけ？　私がさりげなく不満げに「私たち？」と言うと、彼女はこう答えた。そこから八時間、私は考えたくもないことを考えて悶々と夜を過ごすことになった。

彼女が担当する十州は、熱心な男女から成るハーレム——皆、機会は平等だ——を形作っていた。私はそうした友人関係の一部を知っていたが、葬儀のときに初めて見かけた人もいた。私が一度、心に迷いを感じたことはないかと尋ねたとき、彼女は驚いたように顎を突き出して言った。え、まさか。私はそういうタイプの人間じゃない！　浮気なんて想像しただけで体がばらばらになっちゃう。

私は結局、制御できる範囲で嫉妬と興奮に悩まされることになった。親切で善良な人々が妻を望んだ。妻は私を望んでいるようだった。妻がしばしば言っていたように、巧妙な自然は人々に適度な満足を与えた。

だからある土曜、ファーマーズ・マーケットで多くの人に声をかけられた彼女がひどく興奮した状態で帰宅したときも私は驚かなかった。リンゴ屋の屋台の前でマーティン・カリアーに会ったわ。一緒にコーヒーを飲んだ。私たちに実験に参加してほしいって言ってた！

マーティン・カリアーはウィスコンシン州で高名な科学者の一人だった。神経科学の上級研究教授、米国科学アカデミー会員、ハワード・ヒューズ医学研究所研究員。どれもかつての私がいつか手に入れたいと憧れたが、もう無理だとわかったポジションだ。彼はこの街で、今でもアリッサが話をして学ぶことのある数少ない人物の一人だった。二人がしばしば一緒に出かけるたびに、私は腹を立てていた。

「へえ、そう？　実験に使いたいのはどうせ、私たちじゃなくて、君だろ」

彼女はにやりと笑ってからボクサーのように身構え、体全体を使いながらシャドーボクシングのパンチを繰り出した。私をラビットパンチで脅すときにはいつも、二つの小さな拳が互いにくっつきそうな格好で構えた。私はそれを愛らしいと思った。

いいじゃん。二人でやろうよ。すごく面白いことやってるみたいだから。

カリアーの研究室はコード解読神経フィードバック《デコーデッド・ニューロフィードバック》実験と呼ばれるものを行っていた。それは昔ながらの生体自己制御《バイオフィードバック》に似ていたが、ＡＩを通じてリアルタイムで情報を戻すために神経画像処理を用いていた。第一群の被験者――〝標的《ターゲット》〟――は外的な刺激によって任意の感情に誘導され、研究者が機能的磁気共鳴映像法《fMRI》を用いて関連する脳の領域をスキャンする。次に研究者は第二群の被験者――〝被訓練者〟――の同じ脳領域をリアルタイムでスキャンする。AIは神経の活動をモニターしながら被訓練者に聴覚・視覚的合図《キュー》を与えて、前もって記録された標的と同じ神経状態に導く。こうして被訓練者が自分の脳の反応を標的の脳の興奮パターンに似せることを学習すると、驚いたことに、同じ感情を経験したという報告をするようになったという。

この技術の起源は二〇一一年にまで遡り、当初はめざましい結果を残した。ボストンと日本の研究チームの実験で使われた被訓練者は、試行錯誤によって視覚パズルを解くことを学んだ標的の視覚皮質パターンによる訓練だけで、パズルを素早く解けるようになった。標的となる被験者に赤色を見せて、その視覚野を記録するという実験も行われた。フィードバックを通じて同じ神経活動を再現することを学習した被訓練者は、心の目に赤い色が見えたと報告した。

以来、対象領域は視覚学習から、感情的条件付けへと変わっていた。心的外傷後ストレス障害《PTSD》を抱える人の症状を緩和するため、巨額の研究補助金がつぎ込まれていた。コード解読神経フィード《デコーデッド・ニューロフィード》バック《バック》、略して〝デクネフ〟と神経結合フィードバックはあらゆる精神的障害の治療になるとうたわれていた。マーティン・カリアーはその臨床的応用に携わっていた。しかし彼はまた、もっと奇妙な副次的研究も行っていた。

「やってもいいよ」と私は妻に言った。こうして私たちは、彼女の友人の実験に参加することになった。

アリッサと私はカリアーのラボの受付エリアで、参加者向けの質問票を見ながら笑った。私たちは標的被験者の第二次募集に加わった形だったが、先に書類審査を通過しなければならなかった。それぞれの質問は真の目的を隠して問われていた。**あなたはどの程度頻繁に過去のことを思い出しますか？　あなたは人の多い浜辺とがらんとした博物館のどちらに行きたいですか？**　私の妻はこうした露骨な質問を読みながら首を横に振り、笑みを見せた。私にはその表情の意味が手に取るようにわかった。刑務所行きになるようなことでさえなければ、心の奥にあるものを何でも探っていいわ、ということだ。

私は自分の中に隠された気性を理解しようとする努力を大昔にやめていた。私の中の日の当たらない深みには怪物がたくさんいるが、その大半は人の命を奪うようなものではない。私は妻の質問票を覗きたくて仕方がなかったが、人と答えを見せ合うことは禁じられていた。

たばこは吸いますか？　何年も前から吸ってない。私の鉛筆は全部、歯で噛んだ跡が付いているということまでは書かなかった。

アルコールは週にどのくらい飲みますか？　私はゼロだが、妻は毎晩、犬に詩を読み聞かせながら飲む晩酌について正直に答えた。

何かに対するアレルギーがありますか？　これもなし——ただし、カクテルパーティーを除けば。

気持ちがひどく沈むことがありますか？　これにはどう答えたらいいかわからなかった。**弾ける楽器がありますか？**　科学。必要なら、ピアノで鍵盤中央のCを探すくらいはできる、と私は答えた。

二人のポスドクが私たちを機能的磁気共鳴映像診断装置《fMRI》室に案内した。この研究に携わっている人々は、どこにあるどの宇宙生物学研究チームよりもはるかに多くの研究資金を持っていた。アリッサは自分が関わる貧しいNGOについて同じことを考えていた。羨望のせいで脳のスキャン映像がぼやけたりしませんように、と私は祈った。

脳のスキャニングには私が先に臨んだ。アリッサはマーティン・カリアーと一緒に制御室でモニターの前に座っていた。嫌な感じだった。しかし彼が研究で数々の賞を受賞していることは確かだ。機能的磁気共鳴映像診断装置《fMRI》のチューブ内で装着していたイヤホンから私に指示が出された。リラックスして目を閉じ、自分の息に耳を傾けてください、と。較正《こうせい》のためにいくつかの刺激が与えられた。ベートーヴェン「月光」の一節と何か耳障りで現代的な曲の一部。次に目を開けるようにという指示があった。顔の前にある画面に次々に画像が映し出された。枝に止まるルリツグミ、うれしそうな顔の赤ん坊、祝日の豪勢な食事、前腕の皮膚から骨が飛び出している骨折のクローズアップ。その後また一分間目を閉じて、自分の息に注意を向けるようにという指示があった。

そこから本格的な実験が始まった。アリッサと私はそれぞれ、プルチック（ロバート・プルチックは米国の心理学者（一九二七―二〇〇六））の定義する八つの中核的感情状態――恐怖、驚嘆、悲嘆、憎悪、激怒、警戒、恍惚、敬愛――からランダムに選ばれた一つを与えられる。私たちは四分間、与えられた感情を思い描く。そしてその感情に浸る間に、ソフトウェアが大脳辺縁系の立体地図を作り上げる。

私が与えられたのは〝敬愛〟だった。私は目を閉じて、アインシュタイン、キング牧師、シドニー・カートン（ディケンズの小説『二都物語』で、愛する女のためにその夫の身代わりとなって死刑に処せられる弁護士）らを漠然と頭に思い浮かべた。しかし制御室では、私の感情の波を妻が眺めている。妻のことを考えた私は次に、その四年前の冬に中西部でともに過ごした夜のことを思い出した。

　アリッサはちょうど中西部地区統括役を任されたばかりで、ウィスコンシン州責任者を引き継ぐことになった男が無能なことがわかり始めていた。彼女は二年に一度開かれる三日間の全国大会で訪れていたメリーランド州から長時間の電話をかけ、後継者に危機を乗り切らせた。彼女はその出張でひどい風邪を引いた。暴風雪のために帰りの飛行機は半日遅れた。私が彼女を空港で拾ったのは夜の九時。後部座席には幼いロビンを乗せていた。ロビンは彼女がいない間に中耳炎にかかっていた。そしてそんな彼の悲鳴が真夜中過ぎに収まってからようやく、アリッサは風邪と疲れでぐったりした頭を枕の上に置いた。

　ところが深夜一時半に電話が鳴った。些細なことで取り乱した新任の哀れな州責任者からだった。州北部ラインランダーの警察から連絡があって、ウォルマートの駐車場に駐められたトラックで、氷点下の気温の中、何時間も檻に入れられたまま放置された犬が十頭あまり見つかったらしい。トラックを足がかりにして悪質なブリーダーが見つかり、飼育場は閉鎖された。その結果、数百頭の犬がオナイダ郡に一つしかないシェルターに引き取られた。それで困った人々がアリッサのNGOに助けを求めたというわけだ。しかしそうした問題は、動物の権利保護を主眼に置いた彼女の団体の守備範囲からかなり外れていた。

　彼女の後任は、誰に話を持って行けばいいかと尋ねた。アリッサは言った。何を言ってるの？

さっさとあなたが現場に行って、手を貸せばいいじゃない。それは自分よりも給料の安い人間がする仕事だ、と男は言った。二人の話は二十分続いた。妻はゾンビ化していたにもかかわらず、口調はずっと理性的なままだった。男はそれでもなお拒否した。そこでアリッサは夜明けとともにバックパックに荷物をまとめて自分で車を出し、凍りついた州道を三時間半走ることになった。私は何度も訊いた。「本気か？」。それはそのときの彼女にかけるべき言葉ではなかった。

彼女はウィスコンシン北部を行ったり来たりしていくつかのシェルターに二百頭の犬を送り届け、四十八時間後に戻ってきた。車を降りたときの彼女は、肺病で死にかけている十九世紀フランスの小作農を演じるエキストラのようだった。彼女は泣き叫ぶロビンのところへその足で行き、それから一時間彼を慰めた。その後、翌日デモインでしなければならない演説の原稿を書いた。再び真夜中が過ぎ、彼女はおどけた顔で私を見て、へっとへと、と言い、五時間寝てからアイオワに向かって出発した。

妻が〝敬愛〟に値したのは、私が〝長身〟であるのと同じことだった。しかしその敬愛には具体的な感触がなかった。私の中を流れる感情はいわば幾何学的な証明のようだった。私は妻をあがめた。彼女はこの世界で彼女らしい人間として行動していたが、それが何を意味するかについて一度も振り返ることはなかった。私には到底そのまねはできなかった。私は今脳の中を流れている思考が、制御室のモニターの前にいる彼女の目に見えたらいいのにと思った。

終了時間が来て、私の忘我《トランス》状態は途切れた。技師たちが私にまた最初と同じ画像を見せ、十から一まで数字をカウントダウンさせて、ソフトウェアを再調整した。それからまたサイコロを振り、第二の課題を決めた。次は〝悲嘆〟だ。

その語がイヤホンから聞こえた途端、私の鼓動が急に高まった。本当のことを言うと、私はかなり迷信深い――頭では科学が優勢なのだが、体が反応してしまう。私の中では古い感情が力を持っている。悲嘆は意識そのものより古いに違いない。私の体は容易に、予想できる最悪の事態に反応する。妻に対する敬愛を抱いていた先ほどの数分間が、今度は正反対のものに変わった。私は鮮やかに記憶に刻まれたあの夜に引き戻された。今回はすべてが悪い方に展開した。息子の中耳炎は化膿し、惨事に至る。悪徳ブリーダーが妻を拉致し、拷問にかける。睡眠不足と過労が重なる彼女の車が凍てついた道路でスリップし、そのまま何時間も道路脇の水路に放置される。

悲嘆とは何か？　それは敬愛するものを奪われた世界だ。私に襲いかかったのはまったく意味のない不合理な出来事だった。しかし私はそれを、どこかよその惑星で実際に起きたことのように感じた。

私が制御室に入ると、アリッサが飛びついてきて私をハグした。ああ、かわいそうな子！

私たちは立場を交代した。私がカリアーと一緒に座り、アリッサが機能的磁気共鳴映像診断装置《fMRI》のチューブに入った。二人の技師がアリッサに映像と音楽を与えて装置を調整する間、私はカリアーに疑問をぶつけた。

「あなたがやっている方法は実験として充分に統制されていないような気がする。これだと結果が大きくばらついてしまうんじゃないかな？　つまりその……」

「つまり、被験者が感情に入り込む力とか演技力次第で？」。その顔はうれしそうだったが、声にはこちらを見下すような響きがあった。私は失礼のないように努力をした。アリッサが好きな人だからというのもそうした理由の一つだ。

「そう。言われた通りに感情をコントロールできる人ばかりじゃないから」

「その必要はない。私たちが調べているのは大脳辺縁系の特定領域だ。標的が示す反応の中には真正なものもあれば、それほど真正でないものもある。指定された感情を本当に感じている人もいれば、それについて考えているだけの人もいる。しかし数百回の実験を行えば、共通したパターンをＡＩが抽出して、顕著な特徴の立体マップを合成することができる。今はひとまず、被訓練者が八つの中核的感情の平均的特徴を区別して学習できるかどうかをテストしている段階だ」

「それで？　見込みはどうなんだ？」

彼はかつて私の妻と一緒に観察した鳥のように首をかしげた。「八つの選択肢から純粋な偶然で一つを選ぶということなら、人は標的の感情を八回に一回は正しく選ぶことになる。しかしフィードバック訓練を数回経ると、二分の一より少し高い確率で標的の感情を正しく選ぶことができる」

「そりゃすごい。感情テレパシーだ」

カリアーは眉を上げた。「そうとも言える」

私はまだ疑っていた。しかしもしも私が研究補助金選考委員会のメンバーなら、きっと彼に研究資金を出していただろう。結果はどうであれ、そのアイデアは探求に値する。共感装置。それは私のSF蔵書二千冊のどれかから取ってきたものであってもおかしくない。

部屋の反対側でスキャナーの内側にいる妻は、普段よりさらに小柄に見えた。彼女が与えられた感情は〝警戒〟だ。私なら〝警戒〟を感情と呼ぶこともなかっただろうし、まして八つの中核的感情に位置づけることはなかっただろう。しかしアリッサにとっての警戒は、中世の尼僧にとっての聖歌詠唱と同じだった。だから彼女がその感情に浸り始めてから三分後にカリアーがモニターの方へ身を乗り出して、「おお。すごい集中力だ」と言ったときも、私は驚かなかった。

「何が起きてるかはわからないだろう?」

しかし彼にはわかっていたのかもしれない。私たちはアリッサの脳がまるで指で描いたアニメのように活動するのを見た。ひょっとすると彼女は私と同じあの夜のことを思い出していたのかもしれない。だが、何十回も経験した他の夜でも充分に役に立っただろう。私はモニター画面を見て何かを学んだ。アリッサは人生の基本的な曲をどれでも全力で歌ったが、〝警戒〟はいわば彼女の国歌だった。彼女の全人生は一つのテーマの変奏だった。それはすなわち、あなたにできる仕事を今すぐやりなさい、次に行く場所にはあなたの仕事などないのだから、ということだった。

アリッサの脳の中で光のパターンが踊った。一人の技師が彼女に、深く息を吸って力を抜くように言った。力を抜く？と彼女はチューブの中から呼びかけた。まだウォームアップ中なんだけど！

次に与えられた課題は〝恍惚《エクスタシー》〟。「ちょっと待って」と私はカリアーに言った。「私は悲嘆だったのに彼女は恍惚？」

男はにやりと笑った。彼の魅力は確かに否定しがたい。「後で乱数生成器を確認しておくよ」

感情を輪の形に配置したプルチックの表では、警戒と恍惚は隣り合わせになっている。警戒は輪の外側に向かって薄まり、期待、そして関心に変わる。恍惚は喜びと平穏に広がる。喜びと期待との隙間に楽観がある。絶望的な選別《トリアージ》の日々はアリッサを圧倒していた。アイオワ州の家畜肥育場でこっそり撮影された動画を観て彼女が泣いているのを見たことを私は覚えている。彼女はかつて人類を呪い、生息環境破壊についての国連報告を部屋の反対側まで放り投げた。しかし妻の細胞はいつも楽観主義を分泌していた。鉄粉が磁場と同じ図柄を描くように、彼女の魂は恍惚に向かって列を作った。

私は至福を感じるアリッサの脳のパターンが画面に映し出されるのを見た。横で一緒にそれを見ていたのは、おそらく彼女を欲望している男。カリアーは目の前で展開されるパターンに見入っていた。「彼女は完璧だ！」。彼が何を見ているのか私にはわからなかったが、数分前の血流とまったく異なっていることはわかった。

私は他の誰より妻のことを知っていた。しかしアリッサがこの指示に従うためにどの思い出を用いているのかまったくわからなかった。私もそのどこかに関わっているだろうか？　喜びの中心に息子がいるだろうか？　あるいは彼女の内なる至福を引き起こすのは別のものだろうか？　私は画面に広がる色の起源をどうしても知りたくて、プルチックの輪にはない第九の原初的感情で頭の中がいっぱいになった。

　カリアーはモニターで彼女の間脳を調べた。彼は社会が科学を信じる限りずっと続く強力な探求の一部だった。しかし仮に彼のような人間が他人の頭の鍵の掛かった部屋をついに開けることに成功したとしても、実際その場所にいるのがどういう気持ちなのかは絶対にわからない。私たちはどこへ行っても、自分以外の視点からものを見ることはできないのだ。

　二人の技師はアリッサが機能的磁気共鳴映像診断《fMRI》装置のチューブから出るのを手伝った。彼女は看護師から新生児を渡されたときと同じように、喜びで頬を紅潮させた。制御室にいる私たちのところに来る足取りはややふらついていた。カリアーは口笛を吹いた。「装置の操り方をよく知ってたね」

　妻は私の首に手を置いた――まるで広い海で彼女の小さな筏を浮かべるには私の体が必要であるかのように。私たちは互いに手をつないで家まで戻り、子守《シッター》にお金を払った。そして子供に食事を与え、お気に入りのスター・ウォーズのレゴで気を逸らすように努めた。ロビンは何かが起きていることを察して、だだをこねた。私は理屈で言い聞かせた。

「パパはママと相談しなくちゃいけないことがある。しばらく静かに遊んでてくれたら、後でヨットを見に行こう」

　こうして時間を稼いだアリッサと私は寝室に入り、扉に鍵を掛けた。私が最初の激しい言葉をささやく前に、彼女は私を半分裸にした。「あのチューブの中にいたとき、何を考えてたんだ？　教えてくれ！」

彼女は鼓動以外に私が発する音をすべて無視した。彼女は私の胸に耳を当て、もっと下を手で探った。ああ、かわいそうな人。機械に入ってるときのあなたは今にも泣きだしそうだった！

それから私の上に乗ってすばやく体を起こすと、その体は大きく見えた。打ち上げのとき、彼女は何かの夜行性動物のように小さな声を上げた。私は彼女を黙らせようと手を伸ばしたが、スリルは倍増した。そのわずか二秒後に、扉をノックする音が聞こえた。パパ、ママ、大丈夫？

〝警戒〟と〝恍惚〟に浸る妻は必死に笑いをこらえて言った。うん、大丈夫よ！　パパもママも大丈夫。

十一月のある水曜の朝、私はキャンパスを歩いてカリアーのいる建物に向かった。かなり長い散歩になったが、私は予告のメールを送っていなかった。証拠書類を残したくなかったからだ。マーティンは私の姿を見て困惑したようだった。プルチックの感情の輪で言えば、最も近いのは〝不安〟。

「シーオ。やあ。どうしてた？」。その質問はまるで本当に近況を知りたがっているかのように聞こえた。長年人間の感情を研究してきた経験の成せるわざだろう。「アリッサのお葬式に出られなかったのは、本当に残念だった」

私は肩をすくめ、すぐに元に戻した。二年前の話。大昔のことだ。「そうだったか？　葬儀に誰が来ていて、誰が来ていなかったかわかる状態じゃなかったよ。そもそもあのときのことはほとんど覚えていない」

「で、今日は何の用事かな？」

「秘密で相談したいことがある」

彼はうなずき、私と一緒に廊下を歩いて建物の外に出た。私たちは医学部のカフェテリアに腰を下ろした。二人とも熱い飲み物を買ったが、それを飲みたいわけではなかった。

「ちょっと情けない話だ。あなたが臨床医じゃないことはわかってるが、他に相談する人がいなくて。ロビンが困ったことになってる。向精神薬を飲ませないと、保健福祉省に連絡をすると小学校から脅されてるんだ」

彼が〝ロビン〟が誰かを思い出すのに一瞬の間があった。「息子さんは何かの病気だと診断されたのか？」

「今のところ、二人の医者がアスペルガーだと診断して、一人はおそらく強迫性障害だと言って、別の一人は注意欠陥多動障害《ADHD》の可能性があると言ってる」

彼は苦々しく同情的な笑顔を見せた。「だから私は精神科の臨床医になるのを辞めたんだ」

「今のアメリカじゃあ、小学三年生の半分がさっきのカテゴリーのどれかに当てはまるだろう」

「そこが問題だな」。彼はカフェテリアの中を見渡して、話が聞こえてはまずい同僚がいないかを確認した。「息子さんはどの病気にされそうなんだ？」

「校長はきっとどれでもいいと思ってるんだと思う。大手製薬会社さえ儲かれば」

「しかし世間に出回ってる薬の大半は標準化されたものだよ」

「息子はまだ九歳だ」。私は自分が取り乱しそうなことに気づいて心を落ち着けた。「あの子の脳はまだ発達過程にある」

マーティンは両手を上げた。「向精神薬を飲ませるには確かに若いな。私も自分の子が九歳なら、あえて薬を飲ませることはしたくない」

賢い男だ。妻が彼を好きだった理由がわかる気がする。彼は私の言葉を待った。しばらくしてから私は白状した。「ロビンは友達の顔に水筒を投げつけたんだ」

「なるほど。私も昔、友達の鼻の骨を折ったことがある。でもそれは当然の報いだった」

「リタリンを飲んでいれば違っただろうか？」

「私の父が選んだ治療法はベルトで叩くことだった。その結果、私は見ての通り模範的な大人に育ったよ」

私は笑って、少し気が楽になった。巧みなわざだ。「そもそも私たちはみんなどうやって大人になるんだろう？」

妻の友人は目を細めて過去を振り返り、ロビンを思い出そうとした。「息子さんの怒りはどの程度ひどいのかな？」

「その質問にはどう答えればいいかわからない」

「相手にけがをさせたことは間違いないわけだ」

「息子だけが悪いわけじゃない」。何事も誰か一人のせいではない。手が勝手に動いちゃった。

「息子さんがまた誰かを傷つけるかもしれないという不安がある？　君が襲われたことは？」

「まさか。それはない。もちろんない」

私が嘘をついていることは彼にもわかっていた。「私は医者じゃない。仮に医者でも、きちんとした形で話を聞かなければ、信頼できる意見を述べることはできない。それはわかっているだろう？」

「どの医者も私ほど息子のことがわかってはいない。私はただ薬以外で、息子をおとなしくさせて、校長を黙らせる何らかの方法を知りたいだけだ」

男の顔がかつて妻の脳のスキャンを見ていたときと同じように、急に本気に変わった。彼はプラスチック製の椅子に座ったまま後ろにもたれた。「もしも薬を用いない治療法を探しているのなら、うちの実験に参加してもらう手がある。私たちは今、行動的介入として〝デクネフ〟がどれだけ有効かを試している。息子さんくらいの年齢の被験者はデータとしてとても貴重だ。謝礼があるから、息子さんにとってもちょっとした小遣い稼ぎになる」

おまけにリップマン校長には、息子はウィスコンシン大学の行動変容プログラムに参加したと説明できる。「被験者が子供の場合、何か懸念はないだろうか？」

「実験は非侵襲性だ。私たちは彼に、自分の感情に注意を払い、それをコントロールする訓練を施す。その点では行動療法と同じこと。ただし、私たちの方はスコアカードが即座に、目に見えるように表示される。学内の研究倫理審査委員会はこれよりはるかに危ういプロジェクトも承認している」

私たちは彼の研究室に戻った。木々は裸で、風の中で雪の結晶が横に波打っていた。今年は一年の終わりが少し早くなりそうだった。しかし学部生はそれでもまだ、ショートパンツでキャンパスをうろついていた。

カリアーはアリッサと私が標的被験者を志願して以来、どれだけ状況が変化したかを説明した。デクネフの技術は成熟しつつあった。アメリカやアジアの大学で次々に発見や追試が行われ、臨床応用の可能性が探られていた。デクネフは苦痛の除去や強迫性障害の治療に使える見込みがあった。神経結合フィードバックは抑鬱《よくうつ》、統合失調症、さらには自閉症の緩和に有効だという証拠が集まっていた。

「成績のいい被訓練者――フィードバックのコツを呑み込んだ人――は数週間にわたって症状の改善が見られた」

彼は実験でどのようなことが行われるのかを説明した。スキャニングを行うAIが、ロビンの脳内神経結合の活動パターン――脳の自発的活動――を既に記録されたひな型《テンプレート》と比較する。「その後、私たちが視覚・聴覚的合図《キュー》を通じてその自発的活動を操作する。まず彼に、数年にわたる瞑想を通じて高度に安定した精神状態に達した人たちの合成パターンを与える。そしてAIがフィードバックで彼を誘導する――つまり理想に近づいているとか、理想から離れているということを本人に伝えるんだ」

「トレーニングにはどのくらいの時間がかかる?」

「ときには数回のセッションで大きな改善が見られることもある」

「それでリスクは?」

「学校のカフェテリアよりも安全だと思う」

私は怒りをこらえた。しかし彼はそれに気づいていた。

「シーオ。すまない。今のは軽口だった。神経フィードバックは人を補助する手順だ。息子さんはいわば脳の中で自ら学習するということだ。内省、集中、そして練習を通じてね」

「読書みたいに。あるいは授業を聞いているみたいに」

「その通り。ただスピードと効果はこっちの勝ち。おそらく面白さでもな」

〝面白さ〟という単語を口に出すとき、彼の顔を何かの感情がよぎった。彼はアリッサのことを思い出している、と私の中の奇妙な直感が告げた。二人は何もない場所で何時間も並んで座ってじっと鳥を見ていた。野原に何か目印があって、そこに行けば必ず鳥が見られるってわけじゃない、とアリッサは私に教えた。その後、私は退屈のせいで彼女とバードウォッチングをするのをやめた。

鳥は形と大きさと印象で見分ける。五感で感じるの。種類を区別するためのそういう印象的な違いを私たちの間では〝ジズ〟って言う。

「マーティン、ありがとう。あなたは命の恩人だ」

彼は〝どうってことない〟というしぐさで手を振った。「どんな結果が出るかを楽しみにしようじゃないか」

私は研究室の扉の前で彼と別れた。私が手を差し出すと、彼は不器用に横から私をハグした。彼の背後の壁には、並木に縁取られたビーチのポスターが貼られ、そこにはこう書かれていた。

　地球の表面は柔らかく、そこには人の足跡が残る。
　心が旅をする道のりもそれと同様だ。

私は心的外傷のある息子を出世主義の神経科学者兼バードウォッチャーの手に委ねようとしている。その男はまだ私の亡き妻に思いを寄せていて、ソロー（ヘンリー・デビッド・ソローは米国の随筆家・詩人で、代表的著作に『森の生活――ウォールデン』がある）を引用するうさんくさいポスターを研究室に貼っている。

それってつまり、テレビゲームみたいな感じってこと？　息子はゲームが大好きだったが、同時にゲームを恐れてもいた。タイミングをぴったり合わせて跳躍しなければならない反射的なシューティングゲームや横スクロールゲームは彼をいらだたせた。ロビンは必死にゲームに取り組み、散々な目に遭って怒りとともに撤収した。そうしたゲームは子供たちの世界を支配する競争の序列を表していた。彼があるレーシングゲームで私のタブレットを部屋の反対側に放り投げ、そのゲームをプレーすることを私に禁じられたときには、ほっとした様子だった。しかし農場ゲームはとても気に入っていた。小麦を育てるために畑をクリックし、粉をひくために水車をクリックし、パンを焼くためにオーブンをクリックする。彼は一日中そんなことをしていても飽きることがなかった。

「そうだ」と私は言った。「少しゲームに似てる。頑張って画面上で点を動かしたり、音を小さくしたり大きくしたり、高くしたり低くしたりする。練習すればするほど簡単になってくる」

それを全部脳でやるの？　不思議だね、パパ。

「ああ。すごく変わってる」

待って。それって何かに似てる。どこか別のところで似た話を聞いたことがある。彼は片方の手で空気を叩き、反対の手で顎をゴシゴシとこすった。少し考えさせてほしいという意味だ。それから彼は指を鳴らした。パパの言ってた惑星の一つだ。「人がお互いに脳をプラグでつなぐ惑星」。

「ちょっと違う気がする」

そのスキャナーを使ったら絵ももっと上手になるかな?

それはいつかカリアーが試す価値のある実験のように思われた。「絵は今でも完璧だ。他の人が絵をもっと上手に描けるように君の脳のデータを使うのはありかもしれない」

彼は笑顔を見せて、最新の傑作――トリバネヌマガイ――を私に見せるために紙挟みを取りに行った。既に鳥、魚、菌類がコレクションに加わり、今はカタツムリと二枚貝に取り組んでいるところだった。

ファーマーズ・マーケットでは大きなテーブルが必要になりそうだよ、パパ。

私は両手で絵を広げ、考えていた。どんなセラピーもこれにはかなわない、と。しかしそのとき、息子が上から絵を覗き込み、申し訳なさそうに紙のしわを伸ばしたので、私は怒りで丸められた痕跡がそこにあることに気づいた。彼は後悔しながら指先で絵をなぞった。見てみたいなあ。って、これの本物を。

私はカリアーにもらった資料をリップマン校長に渡した——その研究は治療にも使える可能性があると論じる三本の論文と一緒に。校長は満足げだった。ロビンは脳を使ったお絵描きができるという話に興奮し、慈愛に満ちた静かな二週間を過ごした。私はその二週間、しばらくおろそかにしていた仕事に戻り、被害の回復に努めた。

感謝祭の日、私たちはシカゴのウェストサイドに住むアリッサの両親のところへ車で行った。戦後郊外に建てられたチューダー様式の家は、いつものように圧力鍋みたいな状態だった。ブドウ糖で燃料を補給したいとこたち、壁掛けテレビに二十四時間映し出されている誰も見ていないスポーツ中継、大声で交わされる政治的な議論。アリッサの親戚のうち半分は大統領予備選挙で対立候補の一人を支持している。残りの半分は半世紀前の世界を取り戻そうとする喧嘩腰の現職大統領支持派だ。木曜の昼までに、アメリカ国内にいる人全員に市民権を証明する書類または在留ビザを携帯することを求める新たな大統領令が出され、停滞した前線でロビンの親戚たちが繰り広げていた塹壕戦はさらに激しさを増した。

ロビンの祖母は夕食の席で感謝祭の祈りを唱えた。テーブルに着いた全員がアーメンと言って四つの異なる向きに料理を回し始めた。ロビンは言った。今の祈りは誰も聞いてないんだよ。僕らは宇宙の中で岩石惑星の上にいて、同じような岩石惑星は他にも何千億個もあるわけだけど。

アデルおばあちゃんはぞっとして、口を開けたまま私を見た。「この子はどんな育て方をしてるの？　この子の母親なら何て言うでしょうね？」

私は彼女の娘が言いそうなことを答えなかった。代わりにロビンがこう言った。ママは死んだ。神様はママを助けてくれなかった。

罵り合いのテーブルが急に静かになった。誰もが私の方を見て、息子をたしなめるのを待った。私が口を開く前にアデルがロビンに言った。「坊や、私に謝りなさい」。彼女は私の方を向いた。私はロビンの方を見た。

ごめんなさい、おばあちゃん、と彼は言った。するとテーブルを囲む皆がまた罵り合いに戻った。ロビンがなついているおばと私――彼の両隣に座っていた二人――だけが、彼がガリレオみたいにぼそっとつぶやくのを聞いた。でも、おばあちゃんは間違ってる。

食事の間、ロビンは豆とクランベリーと肉汁をこまめに取り除いたポテトをつついた。クリフおじいちゃんはテーブルの反対側から彼に何度も声をかけた。「少しは七面鳥を食べろ。感謝祭だぞ！」

ロビンがついに切れたとき、その怒りは地熱のようだった。彼は大きな声を上げた。僕は動物は食べない。僕は動物は食べない！　僕に無理やり動物を食べさせないで！

私は彼を外に連れ出さなければならなかった。私たちは歩いてあたりを三周した。彼は何度も言った。家に帰ろうよ、パパ。さっさと帰ろう。家の方がもっと落ち着いて感謝ができるから。

私たちはマディソンに戻り、感謝祭の残りは二人きりで過ごした。彼はその次の月曜の午後に治療を始めた。そして、かつて母親が中に消えたのと同じ機能的磁気共鳴映像診断装置《fMRI》のチューブに入った。技師たちは彼に目を閉じたままじっとして、何も言わないようにと言った。しかし「月光」のメロディーが聞こえると、息子は笑って大声を上げた。僕知ってるよ、この歌！

「画面の真ん中にある点を見て」。上に映し出されたモニター映像をスキャナーの中で観ているロビンは小さく見えた。頭部はパッドで左右から固定されていた。マーティン・カリアーは制御室でパネルに向かっていた。私はその隣に座った。彼はイヤホンを通じてロビンに指示を与えた。「さあ、その点を右の方へ動かしてみて」

息子はもじもじした。マウスをクリックするとか、手を伸ばして画面をスワイプするとかしたいのだ。どうやって？

「忘れちゃいけないぞ、ロビン。しゃべるのはなしだ。とにかくリラックスして、じっとすること。君の気分がいい感じになると、点がそれを察知して動き始める。後はその気分を維持して、点が自然に動くのに任せる。高さは真ん中に保つようにしてほしい。あんまり上の方や下の方に行きすぎないように」

ロビンの体が動かなくなった。私たちは制御室のモニターで成果を眺めていた。点は池の表面にいるアメンボのように小刻みに動いた。

カリアーは再び私に実験の概要を聞かせた。「ロビンがやるのは基本的に集中力《マインドフルネス》の訓練だ。瞑想するのに似ているが、逐次、強力な手掛かりが与えられるから、目標とする感情状態に到達しやすい。要領がわかってくれれば、容易にその感情を得られる。それを何度も繰り返せば、補助輪は要らなくなる。自分で感情を操れるというわけだ」

私は息子が自分の思考を相手に目隠し遊び（目隠しした子が他の子を捕まえて名前を当てる遊び）をするのを見た。冷たい、冷たい、温かい……

カリアーは左上の象限《しょうげん》に飛び込んだ点を指差した。「ほら。彼は思うようにならず、だんだんと腹を立てている。やや悲しいという感情も混じっているかもしれない」

私はロビンが目指している右側中央を指差した。「ここにはどんな意味が？」

カリアーが見せたおどけた表情は私をいらつかせた。「悟りの第一段階」。三十秒が経過した。それからさらに三十秒。点の動きは落ち着き、画面中央に戻った。「要領がわかってきたらしい」とマーティンはささやいた。「きっと大丈夫だ」。その言葉はまた別の常軌を逸した意味で私を不安にさせた。

息子の特異な頭の中で特定の瞬間に何が起きているのか、私にはまったくわからなかった。毎日のように私を驚かせることが起きた。息子が暮らしている惑星について私が知っていることは、グリーゼ667Cc（約二十二光年離れた位置にある太陽系外惑星で、二〇一一年に発見された）について知っていることよりも少なかった。しかしロビンが何かに夢中になるとその集中力は容易に途切れないことを私は知っていた。点は用心深く、不機嫌に円を描いた。それから彼の力に押されて――時々押し返しながらも――じわじわと右に移動した。点は腰が重く、気が進まなそうに動いた。その動きは、私たちが見ようとすると動いてしまう目の中の浮遊物と似ていた。それは道路脇の雪に突っ込んだ車のようにじわりと進み、揺り戻し、また進んだ。

勝利の展望が見えて、ロビンは興奮していた。ゴールラインのところで彼が笑うと、点は左下の象限に移動した。ロビンがチューブの中でちくしょうとささやいた。すると今度は点が画面のあちこちを激しく移動した。彼は直後に後悔した。言葉遣いが悪くてごめんなさい、パパ。一週間、お皿洗いは僕がやる。

マーティンと私は噴き出した。技師たちも笑った。皆の笑いが落ち着いて、セッションを再開するまでに一分かかった。しかしロビンはコツを見つけていた。息子と点はまた二度か三度スタートに失敗したがすぐに立ち直り、一緒に目標を達成した。

ジニーという名の技師がスキャナー内にいるロビンの体勢を直した。「わお」とジニーはロビンに言った。「君は才能があるみたい」

カリアーはソフトウェアをいじり、新しい課題を始めた。「今回は点を背景の影と同じ大きさまで膨らませてくれ。大きくなったらその状態を保つんだ」

新たな点は画面の中央にあった。その背後に色の薄い丸が描かれていて、それがカリアーの言う目標だった。点はロビンの頭の違う領域の活動と呼応して、痙攣するように縮んだり膨らんだりした。「今度は強度の訓練だ」とカリアーは言った。点はオシロスコープの波か昔のステレオのボリューム表示灯のように拡大縮小した。ロビンは忘我状態《トランス》に入った。点の周波が落ち着いた。それは十セント硬貨の大きさから、五十セント硬貨大まで成長した。そして標的ゾーンまで拡大し、そのまま行きすぎてしまった。それでロビンは動揺し、点は元に戻った。彼はまた最初から始め、揺れ動く気持ちの力だけで丸を膨らませた。

点が目標のサイズになるたびに、色がピンクに変わった。点が背景の影を埋めてから一定時間が経つと、ピカッと光り、成功を示す短いベルの音が鳴り、点が元に戻った。

「さあ、今度は色を緑に変えるゲームだ」。新しい感情要素のための新しいフィードバック。ロビンが怒り出すかもしれないと私は思った。スキャナーに入れられてからもうすぐ一時間になる。ところが実際には、彼はうれしそうな笑い声を上げ、またゲームに夢中になった。彼はあっという間に点を七色に変えることを学んだ。カリアーは意地の悪い乾いた笑みを見せた。

「次は今のを全部まとめてみよう。点を緑色にして、背景の影と同じ大きさに膨らませて、真ん中右まで持ってくる。そしてできるだけ長くその状態を保つ」

ロビンはその日最後の課題を、皆が驚く速さでクリアした。ジニーの手でスキャナーから出されたロビンは成功で頬を赤らめていた。彼は制御室まで歩いてきて、私とハイタッチをするために高く手を上げた。その顔は、私が夜に惑星の話を聞かせるときと同じ表情をしていた。銀河でくつろいでいる顔だ。

こんなに面白いゲームはしたことがない。パパもやってみてよ。

「話を聞かせてくれ」

要するに、点の心を読まないといけないの。点がこっちに何を考えてほしいと思っているかがだんだんわかってくるんだ。

私たちは次週のセッションの予約をした。私は建物を出るのを待ってから、息子を質問攻めにした。スキャン映像、データ、ＡＩによる分析はカリアーに譲る。私が欲しいのはロビン自身の口から語られる言葉だ。私はそれを聞かずにはいられなかった。

「気分《・・》はどうだった？」。私はできれば息子にプルチックの輪の絵を手渡して、相当する位置を正確に指で示してもらいたかった。

まだ成功の余韻が残るロビンは私の脇腹に頭突きをした。変な感じ。いい気分だよ。練習したら何でもできそうな感じ。

その言葉は私の肌にしわを寄せた。「どうやってあの点を操ったんだ?」

彼は頭突きをやめ、真面目な顔になった。絵を描いている気持ちになったんだ。やっぱ、違う。待って。点が僕を描いていた感じかな。

二度目のセッションには私は付き添わないことになった。私がいるとロビンの注意が逸れる可能性があるとカリアーは考えたのだった。〝子育て〟と呼ばれる苦痛に満ちたフィードバック訓練の一環として、私はロビンを他人の手に預けた。

終了時間にラボに迎えに行った私には、セッションが上首尾だったことがわかった。カリアーはうれしそうな顔をしていたが、手の内を明かすことはなかった。ロビンは足が地に着いていない様子だったが、いつものように強迫的なこだわりは感じさせなかった。奇妙に新しい畏怖が彼を包んでいた。

今回は音楽をやったんだよ、パパ。すっごく変なゲーム。音を高くしたり、低くしたり、テンポを速くしたり、遅くしたりできるんだ。クラリネットをバイオリンに変えることもできるんだよ。頭で念じるだけで！

私はカリアーに向かって眉を上げた。彼の微笑みは穏やかだったが、かえってそのせいで私は不安になった。「音楽のフィードバックもすごくよくできたよ、なあ、ロビン？　脳の関連領域間の結合を誘導している段階だ。一緒に発火する神経細胞《ニューロン》の間には結合ができる」

驚いたことに、ロビンはよその男に脇腹の敏感な部分をくすぐられても怒らなかった。カリアーは言った。「〝習慣は生まれながらの性格を変えてくれる〟（シェイクスピア『ハムレット』第三幕第四場の台詞）だな」

何それ？とロビンは言った。詩か何かの言葉？

「君は大したもんだ」とカリアーは言って、三回目のセッションの予約をした。

ロビンと私は神経科学棟から、私が車を駐めている駐車場まで歩いた。彼は私の前腕を握っておしゃべりをした。人前で私にしがみつくなんて、八歳の頃からずっとなかったことだ。コード解読神経フィードバックはリタリンに劣らず彼を変えていた。とはいえ、地上で起きているすべてのことが彼を変えていた。昼食時に友達から言われた攻撃的な言葉の一つ一つ、ネットで目にした動画のすべて、夜に読んだすべての物語、私が聞かせた物語の一つ一つ。一人の〝ロビン〟は存在しなかった。変化を続ける自我の中でずっと変わることのない一人の巡礼者というのは存在しない。さまざまな人格が時空の中で繰り広げる万華鏡のような野外劇自体が〝進行中の作品〟なのだ。

ロビンが私の腕を引っ張った。あれって一体誰なんだと思う？

「〝あれ〟って？」

僕がまねしようとしてる脳の持ち主。

「それは一人の人間じゃない。何人かの違う脳を平均化したパターンだよ」

彼はボールを軽く空中に放るように、下から私の手を叩いた。そしてもっと幼い頃によくしていたように、少し顎を上げ、数メートルスキップした。彼はそこに立ち止まって私が追いつくのを待った。うれしそうな息子の顔を見て、私の背筋が寒くなった。

「どうしてそんなことを訊くんだ、ロビン？」

何だか、僕のうちにみんなが遊びに来るみたいに感じるんだ。僕の頭の中で、一緒にいろんなことをしているみたい。

今夜私がこうして文章を綴る間に裏庭の蛍が放つ光を支配しているのと同じ法則が、十億光年先で爆発した星から出た光をも支配している。場所によって何かが違うということはない。時間によって何かが変わることもない。ひと組のルールがあらゆる時代、あらゆる場所でゲームを支配する。これは私たち地球人がこの短い繁栄時間の中でこれまでに見いだした——あるいは今後を含めても——最大の真実だ。

しかし宇宙は広い。私は息子にそれを教えようとした。「どのくらい大きいか、私たちには想像することもできない。まず、どう考えてもありえないような場所を思い浮かべてごらん……」

鉄でできた惑星とか?

「たとえばそういうこと」

純粋なダイヤモンドでできてるとか?

「それは実在する」

海の深さが百六十キロある惑星? 太陽が四つある惑星?

「うん、それをさらに二倍してもいい。でもそれよりもっと奇妙な場所が、ここと宇宙の縁との間には必ず見つかる」

オーケー。じゃあ、完璧な惑星を考えたよ。百万に一つしか存在しないような場所。

「百万に一つ存在する場所なら、天の川銀河だけでおおよそ一千万個あることになる」

私たちの日常は、私のひいき目ではなく、いい方向に向かっているように見えた。十二月に出された学校の成績は、これまでで二番目にいいものだった。担任のケイラ・ビショップ先生は通知表の下に、ロビンの創造性は自制心とともに成長しています、と記していた。ロビンは午後にスクールバスから降りてくるときも鼻歌を歌っていた。ある土曜日には、ほとんど知らない近所の子供たちと一緒に橇《そり》遊びをしに出かけた。彼が最後に私以外の誰かとどこかに行ったのがいつだったか、私には思い出せなかった。

冬休み前の金曜に学校から帰ってきたとき、彼のベルト通しに麻紐が貼り付けられていた。私はそれを指で触りながら尋ねた。「これは何？」

彼はいつものようにジンジャーヘーゼルナッツミルクを電子レンジに入れながら肩をすくめた。

僕の尻尾。

「最近の理科の授業で、遺伝子工学でもやってるのか？」

彼の笑顔は、五月に似た十二月のように穏やかだった。クラスの子が嫌がらせに貼ったんだ。あれだよ、ほら。〝動物好き〟とかそんな意味。僕はそのまま放っておいただけ。

彼は画材が数週間前から置きっ放しになっているテーブルに温めたミルクを置き、次に絵を描く候補を考え始めた。

「あぁ、ロビン。ろくでもない連中だ。ケイラ先生は知ってたのか?」

彼はまた肩をすくめた。どうってことないよ。みんな笑ってたけど。面白かったんだろうね。彼は作業から顔を上げ、何かの啓示を見たかのように私の背後の壁に目をやった。その目は澄み、顔は求知心に満ちていた。母親がまだ元気だった頃、調子のいい日に見せていた表情だ。尻尾を持った生き物にとっては実際どんな感じなんだろうね? 尻尾の感覚って。

彼はにやりと笑った。そして絵を描きながら、静かにジャングルの音を模倣していた。きっと頭の中では木の枝から逆さまにぶら下がり、空中で両手を振っていたのだろう。

パパ、僕はあの子たちをかわいそうに思う。本当に。みんな自分の中に閉じ込められてるんだ。誰でもそうだけど。彼はしばらく考えた。でも僕は違う。僕には仲間がいる。

私はその口ぶりを聞いてぞっとした。「仲間って誰だ、ロビン?」

知ってるでしょ。彼は顔をしかめた。僕のチーム。頭の中にいる仲間のことだよ。

クリスマス休暇にはまた、シカゴにいるアリッサの両親の家に行った。クリフとアデルが私たちを出迎えるそぶりはややぎこちなかった。二人は感謝祭の折に幼き無神論者が自分たちの心からの信仰に対して加えた攻撃をまだ許していなかった。しかしロビンがそれぞれの腹に耳を押し付けると、祖父母の気持ちもその抱擁で和らいだ。彼は続けていとこ一人一人とハグをし、いとこたちもそれをはねつけることはなかった。その結果、ロビンはわずか数分のうちに、アリッサの親戚一同を見事に煙に巻いた。

それから二日間、彼はおとなしくフットボールと宗教をやり過ごし、苦手なピンポンの試合に加わり、いとこたちが微妙な嘲りを隠しながら自分からのプレゼント――絶滅危惧種を描いた絵――

に反応するのを見ていた。彼は一度も切れることなくそのすべてをこなした。ついに切れそうな兆候を見せたときには、既に出発の間際になっていたので、私は彼を車に押し込み、アリッサの死以来初めてもめ事の起きなかった休暇が台無しになる前に脱出した。

「どうだった？」と私はマディソンに戻る途中で彼に訊いた。

彼は肩をすくめた。楽しかったよ。でも、みんな結構怒りっぽいね？

惑星スタシスは地球によく似ていた。流れる水、私たちが着陸した緑の山、森を形作る木々、花を咲かせる植物、カタツムリに地を這う虫、空を飛ぶ甲虫、骨を持つ生き物たちも私たちが知る生物に似ていた。

どうしてこんなに似てるの？と彼は訊いた。

私は現在の一部の天文学者の考えを説明した。天の川銀河だけで地球に劣らず幸運な環境を持つ惑星が少なくとも十億個以上ある。直径九百三十億光年の観測可能な宇宙内には、地球のような珍しい惑星が雑草のようにたくさん生じた、と。

しかしスタシスで数日過ごしてみると、そこが非常に奇妙な場所であることがわかった。惑星の自転軸にほとんど傾きがないことは、どの緯度でもずっと季節が変わらないことを意味していた。濃い大気が気温の変動を抑えていた。大陸プレートは地球のそれよりも大きく、大陸をリサイクルする際に破局が生じることはほとんどなかった。周囲には巨大な惑星が並んでいたので、隕石が落下することもめったになかった。その結果、惑星スタシスはその誕生以来ほぼずっと、気候が安定していた。

私たちは緯線に沿ってパフェみたいな層になった生物相を観察しながら赤道まで歩いた。帯はそれぞれに膨大な生物種を抱え、特化された生物に満たされていた。各捕食者が一種類の被食者を狩った。どの花にも独自の受粉者がいた。渡りをする生物はいなかった。多くの植物が動物を捕食した。植物と動物は多様な形で共生していた。大型の生命体は一個の生物ではなく、合体物、連合体、合議体になっていた。

私たちは一方の極まで歩いた。生物群系《バイオーム》間の境界は土地の境界線のようだった。それは季節の変動によってぼやけたり、あやふやになったりすることがなかった。落葉性の木々がずっと続いていたかと思うと突然、ある場所から針葉樹林が始まった。スタシスにあるすべてのものは、自らのいる場所の問題を解決するために作られていた。すべてが一つの無限に深い事実を知っていた——当該緯度の世界のすべてを。ある場所で生きているものはそれ以外の場所では生きられない。数キロだけ北か南に移動するだけで、しばしばそれが命に関わった。

知能を持つ生き物はいるかな？と息子は訊いた。意識を持った生き物とか？

私はいない《ノー》と答えた。スタシスにいる生物はどれも、〝今〟以外のものについて記憶したり、予知したりする必要がない。このように安定した環境では、調整したり、工夫したり、他者を出し抜いたり、世界を模式化したりする必要がない。

彼はそれについてしばらく考えた。知能を生むのは混乱だってわけ？

私はそうだ《イエス》と言った。危機と変化と動乱。

彼は驚き、声が悲しげに変わった。じゃあ、僕らよりも賢い存在は見つからないだろうね。

技師たちはロビンの出来に大興奮していた。彼らはしばしばロビンをからかい、驚いたことに、ロビンもからかわれて喜んでいた。彼は自分一人で例の交響楽的なフィードバックを楽しみ、訓練の一環としてアニメーションを動かすのを面白がっていたが、それに劣らず、技師たちとのやりとりも楽しんでいた。ジニーは言った。「君は本当にすごいね、頭脳少年君《ブレイン・ボーイ》」

「間違いなく、コード解読の名人だ」とカリアーは言った。私たち二人はカリアーの研究室に座り、おもちゃ、パズル、錯視図、生を励ますポスターに囲まれていた。

「子供だからかな？　子供だと努力しなくても新しい言語が身についたりするけど、そんな感じ？」

マーティン・カリアーは首をかしげた。「可塑性は人生のすべての段階で認められている。生得的な能力を伸ばそうとする際、年を取るにつれて習慣がその邪魔をする。だから私たちは最近、〝成熟〟とはすなわち〝怠け者〟の別名だと言うようになった」

「じゃあ、ロビンがこの訓練で優秀な成績を収めている理由は何？」

「彼は水際立っている。というか、そうでなければこの訓練に加わっていなかっただろう」。彼は机に置かれていたルービックの十二面体を手に取り、いじり回した。その目はうつろで、彼が誰のことを考えているのか私にはわかった。彼は私に向かってというより、独り言のように言った。

「アリッサは信じられないほどバードウォッチングがうまかった。あれほど集中力がある人は見たことがない。彼女も並外れた人だった」

私の頭は一瞬のうちに敵意と怒りでいっぱいになった。妻のことなど何も知らないくせに気持ち悪いことを言いやがって、と私が言う前に扉が開き、ロビンが部屋に入ってきた。

今まででいちばん楽しかったよ。

「今日のブレイン・ボーイは最高得点を上げましたよ」とジニーが言って、試合に勝ったボクサーのマッサージをするコーチのように後ろからロビンの肩をつかんだ。

みんながこれをやるようになったらすごくクールだと思うんだけど。

「それこそがまさに私たちの考えていることだ」。マーティン・カリアーは十二面体を机に置いて、両手を上げた。ロビンはそこに近づき、両手でハイタッチをした。息子を連れて家に帰った私は、未来の守護神のような気分だった。

私には週ごとの変化がはっきりとわかった。ロビンは前よりもすぐに笑い、前よりも切れにくくなった。落ち込むより、浮かれることが増えた。夕暮れ時にはじっと座って、鳥の声に耳を傾けた。そうした性質のうちどれが彼のもので、どれが彼のチームに由来するものなのかはわからなかった。日々の小さな変化は彼に溶け込み、その一部となっていた。

ある夜、私は息子のために一つの惑星を作った。そこでは数種の知的生命体が気性や記憶、行動や経験の一部を互いと交換し合っていた——地球の細菌が遺伝子の一部を交換するのと同じように容易に。私が話の先を続ける前に、彼は笑顔で私の腕をつかんで言った。僕はその話のネタ元を知ってるよ！

「え、そうかい？　誰に聞いたのかな？」

彼は指を広げて私の頭をつかみ、何かを吸い取るような音を口まねして、人格の一部が交換されるふりをした。みんながあの訓練をするようになったらクールだと思わない？

私は彼の頭に指を当て、同じようにそれらしい音を添えながら、指先から彼の感情の断片を吸い取った。私たちは笑った。彼はその後、まるでベッドに入る前に心を落ち着かせるように私の肩を叩いた。そのしぐさは不自然なほどに大人びていた。それは前の週には存在しなかった場所から来ていた。

「で、どう思う?」私はさりげなく面白がっているふりを装った。「ネズミさんは。変化しつつあるのかな?」

彼の目がパズルをとらえた。物語の記憶がよみがえり、答えが目に浮かんだ。ネズミはネズミのままだよ、パパ。ただ、今は手を貸してくれる仲間がいる。

「どうなっているのか話してくれるかい、ロビン」

馬鹿な人としゃべると自分まで馬鹿になった気がすることってあるでしょ?

「うん、わかる。とてもよくわかる」

けど逆に、頭のいい相手とゲームをやると、こっちも賢い手が思い浮かぶ。

私は息子がひと月前にこんなしゃべり方をしたことがあったか思い出そうとした。

まあ、そんな感じ。校庭に出るみたいな。でも、すごく頭がよくて面白くて、力も強い仲間が三人いるんだ。

「その人たち……名前はあるのか?」

誰のこと?

「その三人の仲間」

彼はずっと幼い子供のように笑った。本物の人間ってわけじゃないよ。ただの……仲間。

「でも……それが三人いるわけか?」

彼は少し守りに入ったみたいに——私の息子らしく——肩をすくめた。三人。いや、四人かな。よくわからない。そこはどうでもいいの。とにかくただ、僕と一緒に舟を漕いでくれるって感じ。船員仲間《クルー》かな。

私は息子に、君は私のネズミの中のネズミだと話した。ママは君を愛していた。ボートに乗っていて面白いことがあればいつでも何でも話してほしい、と。

部屋を出るとき、私は息子を強く抱き締めすぎたのかもしれない。彼は私の二の腕をつかんで体を離そうとした。

パパ！　そんな大げさな話じゃないよ。ただ……。彼は両手の人差し指と中指をまっすぐ伸ばして交差させた。ハッシュタグ、生きる《ライフ》スキル。ね？

春の最初のファーマーズ・マーケットを待っていた以前の短気が疾風のようにロビンを揺さぶった。彼は絵を何枚か学校に持って行って買い手を探してみると言いだした。郵送用の紙筒を脇に挟み、スクールバスに乗るために片足を玄関から踏み出したところで、彼はその考えを突然口にした。

「いや、ロビン。それはやめておいた方がいい」

どうして？　彼の声は今にも平静を失いそうだった。下手くそだから？

調子のいい期間が続いたことで私は油断していた。もう危険は脱したものだと私は考えていた。彼のチームのおかげでもう私たちは安全な水域にある、と。

「いや、逆に上手だからさ。クラスメイトにはとてもその絵の正当な値段を払うことができない」

彼は背中を丸めた。お金は少しだって構わない。毎年数千の生き物が絶滅してる。なのに僕はまだそれを救うお金を0ドル0セントしか稼いでない。

何もかも息子の言う通りだった。彼は挑むように紙筒を高く掲げた。私が顎を一センチだけ上下させると、彼は外に飛び出していった。

午前中の私はずっといらいらして集中できなかった。一時半には興奮が限界に達し、私は学校に電話をかけ、放課後は車で学校まで迎えに行くと伝えた。私が最悪の事態に備えて平静を装う練習をしながら駐車場で待っていると、ロビンが車に乗り込んできた。

セント。

「どうだった?」

まるで絵は全部中に入ったままだと言うかのように彼は紙筒を掲げた。結局やっぱり、〇ドル〇セント。

「どういうこと?」

車が一キロ半進む間、彼は何も言わず、ひたすら紙筒で緩《アンダンテ》やかにダッシュボードを叩いていた。それをやめさせるには、肩に手で触れなければならなかった。彼の息遣いは人工呼吸器をつけているようだった。

みんなは僕が変だと思ったみたい。意地悪を言うんだ。「変わり者博士《ドクター・ストレンジ》」(映画化もされているアメコミのキャラクター)とか。そんな感じ。その後は絵の悪口。

「絵の悪口って?」

ジョゼット・ヴァッカーロは周りに誰もいなかったら一枚買ってくれてたかも。僕はしまいに「欲しいのがあったらどれでもあげる、値段はそっちで決めていい」って言ったんだ。ジェイデンはアムールヒョウなら二十五セント出すって言った。だから売ることにした。

「おいおい、ロビン」

イーサン・ウェルドはそれを面白がって、自分はヒガシゴリラに五セントを出すって言った。僕が絶滅したときの形見にするからって。そしたら他の子たちも小銭を出し始めた。僕は思ったんだ。まあ、売れないよりはいいかって。少なくともそれでいくらか寄付ができるんだから。ところがそこにケイラが現れて、お金は全部返しなさいって言われた。絵も返してもらった。

私は生徒が先生をファーストネームで呼ぶことにまだ違和感があった。「先生はおまえを救おうとしたんだろう」

でも、僕はマイナス点をもらっちゃったよ。学校の敷地内でものを売るのは規則違反、生徒手帳にも書いてあるって。だから僕は先生に訊いたんだ。僕らが先生の年になる頃には地球上の大型動物の半分は絶滅するって知ってましたかって。そしたら今は生物じゃなくて社会の時間です、これ以上口答えするとさらに減点しますよって言われちゃった。

私は運転を続けた。役に立つことは何も言えそうになかった。人間は救いようがない。私は家の前に車を停めた。彼は私の二の腕に手を置いた。

僕らはどうかしてるよ、パパ。

その言葉もまた正しい。私たち二人はどうかしている。他の七十六億人とともに。そこで誰かを救うには、デクネフよりも速く、強く、効果的なものが必要だ。

三月の初め、大統領が一九七六年制定の国家緊急事態法を援用し、一人の女性ジャーナリストを逮捕した。彼女はホワイトハウス内からリークされた情報を公表し、情報源を明かすことを拒んだ。そこで大統領は司法省に命じ、彼女に関する〝疑わしい行動の報告〟を財務省から公表するように求めた。それらの報告と〝海外勢力からの信頼できる情報〟と大統領が呼ぶものに基づき、大統領は彼女を軍の手で拘束した。

マスコミは上を下への大騒ぎになった。少なくともメディアの半数はそうなった。次の秋に選挙を控えている野党候補のトップ3が発表したコメントに対して、大統領はそれを「アメリカの敵を援助し、扇動するものだ」と非難した。上院の野党の指導者は大統領の行動を、アメリカが近年経験したことのない深刻な憲政上の危機と呼んだ。しかし憲政上の危機は既に日常となっていた。

誰もが議会の動きを待っていた。議会は動かなかった。大統領と同じ党の上院議員たち――票で武装した老人――は法律に違反しているわけではないと言い張り、憲法修正第一条で保障される報道の自由に反するという指摘をあざ笑った。シアトル、ボストン、オークランドでは激しい衝突が起きた。しかし私を含む一般大衆はまたしても、人間の脳の高度な順応性を証明した。

すべては白昼堂々となされた。恥知らずの前では怒りは無力だ。二日後、危機はまた違った風味の狂気に変わった。しかしその二日間、私はずっとニュースに張り付いていた。夜になると、暗いニュースばかりを追ってＳＮＳに流れる情報をいつまでも眺め、その間、ロビンはダイニンググループのテーブルで絶滅危惧種を描いていた。

　私は時々、コード解読神経フィードバックのせいでロビンがおとなしくなりすぎたのではないかと不安になった。彼の年齢の男の子がこれほどの集中力を見せるのは自然とは思えなかった。しかし国家の危機に嗜癖した私には息子と話をする余裕はなかった。

　ある夜、私が最も信頼していないニュースチャンネルが、色あせつつある憲政上の危機の話題から、世界で最も有名な十四歳とのインタビューに切り替わった。活動家のインガ・アルダーはチューリッヒからブリュッセルまで自転車で移動するという新たなキャンペーンを始めていた。途中で十代の自転車乗りの軍団と合流して、欧州連合《EU》に圧力をかけ、各国が大昔に合意した二酸化炭素排出量削減に応じるよう追い込むのだ。

　記者は彼女に、何人がキャラバンに合流したのかと尋ねた。正確な数字を把握していないミス・アルダーは顔をしかめた。「人数は毎日変わります。でも今日は一万人を超えていました」

　記者は尋ねた。「みんな学校には行ってないんですか？　授業があるんじゃないですか？」

　きつく髪を編み、卵形の顔をした少女は不服そうに舌を鳴らした。彼女は十四歳には見えなかった。見かけはかろうじて十一歳くらい。しかし彼女がしゃべる英語はロビンのクラスメイトよりも上手だった。「私の家は今、火事で燃えています。学校の終業ベルが鳴るのを待ってから、走って家に帰って火を消せばいいとあなたは言うのですか？」

　記者は偉そうな質問を続けた。「学校と言えば、あなたは世界の指導者たちに指図をする前に経済学を勉強した方がいいとアメリカの大統領が発言しましたが、それに対してあなたはどう答えますか?」

「経済学を勉強したら、自分の巣で糞をして、卵を全部外に捨ててしまう理屈が理解できると言うのですか?」

色白で変わり者の息子がダイニングからふらりと出てきて、私の横に立った。それ誰? まるで催眠術にかかったような声の調子だった。

インタビュアーは訊いた。「この抗議が成功する可能性があると思いますか?」

この子は僕と似てるね、パパ。

私の頭皮がかっと熱くなった。インガ・アルダーの口調がいつも少し現実離れして感じられる理由を私は思い出した。彼女は以前、自分の抱える自閉症を特別な能力と呼んだことがある。「自閉症は私の顕微鏡だし、望遠鏡だし、レーザーです。そのすべて合わせたものなんです」と。彼女は深い鬱の症状を経験し、自死を試みたことさえある。その後、この生きた惑星に意味を見いだしたのだ。

彼女は戸惑う記者を上目遣いに見た。「何もしなければ失敗するのは間違いありません」

僕と同じことを言ってる! まったく一緒だ!

ロビンはあまりにも激しく体を揺らしたので、私は彼を落ち着かせようと手を伸ばした。落ち着きなど求めていなかった彼はその手から逃げた。息子が私から一メートルしか離れていないところで初めての恋に落ちた瞬間、なぜ私があれほどの苦痛と不確かさを感じたのかは今もわからない。

彼はかつて母親の動画を観たがったのと同じように、インガ・アルダーを観たがった。私たちは少女が行進し、旗を振るのを観た。そして彼女の投稿を追った。彼女はありふれたことを正直にしゃべっているだけなのにそれが差し迫った啓示のように聞こえる、そんなドキュメンタリーを観た。G7の会合が開かれているトスカーナの丘の町を彼女が見下ろすのも観た。「もしも歴史が存在するなら、あなた方は歴史の記憶に刻まれるだろう」と彼女が国連で演説するのを観た。

ロビンは心底、彼女に入れあげていた——九歳児だからこそ年上の女性に対してそこまで惚れ込めるのだった。しかしそれは稀な種類の恋愛感情——欲求や欲望に左右されない純粋な感謝——でもあった。インガ・アルダーはデクネフが鍵を外していた息子の心を一撃で開き、私が一度もまともに把握したことのない真実へと導いたのだった。すなわち、世界は何が有効かを考えるための実験室であり、それを裏付けるのは信念だけだ、と。

四月下旬、今年初の屋外ファーマーズ・マーケットが開かれた。私たちは州議会議事堂の向かいにある大きな広場に行った。出店は少なく、品数も多くなかった。しかし、レモンの香りがする山羊乳チーズと、前年秋に収穫されたリンゴとジャガイモの最後の残りがあった。そして人参、ケール、ほうれん草、ヤングガーリック。それに加え、大地が再び生き返ったことを喜ぶ人々。アーミッシュの人々は多様な信条に合わせたカラフルなケーキやクッキーを持ってきていた。さまざまな土地の料理を売るキッチンカーもあった。手作りの陶器、くず鉄で作った宝飾品、マンドリンとサクソフォンのデュエット、オークの風倒木をろくろで加工した鉢、マーブル模様のショットグラス、エナメル塗料で地元の風景が描かれているのこぎり。鉢から垂れ下がるツタ、トリトマ、オリヅルラン。その太陽系の外縁には、寄付を集める人、地元ラジオの関係者、社会奉仕活動の人たちがいた。その一角に定められた通りの出店料を払ったブースがあり、客はそこで、もうすぐ記憶の中だけの存在になろうとしている生物をペンで書き写し、水彩で着色した百三十六枚の絵から好きなものを買うことができた。

　五時間後、ロビンは別の人間に変わっていた。ひょっとするとそれは、毎年一兆ドルが広告につぎ込まれ、世の子供たちの目をくらませてきた結果なのかもしれない。地上の九歳児は皆、ものの売り方を心得ていた。しかしロビンがここまで巧妙に、あるいは上手に商売をするとは私は想像もしていなかった。彼はあまりにも商売上手だったので、この土曜は丸一日、すっかり地球人に溶け込んでいた。

　彼は巡回セールスマンの手引きにありそうないかさまじみたトリックを自ら編み出していた。ふさわしい値段はいくらだと思いますか？　それは描くのに何時間もかかったんです！　そのタターサルシファカ（マダガスカル産の霊長類）の目はあなたの目とそっくりです。みんなこのシックリップパプフィッシュ（メキシコのチチャンカナブ湖に固有の小魚）は要らないって言うんです。何でだろう。彼は二十メートル離れたところから白髪の女性たちに呼びかけた。美しい生き物を死なせないために力を貸していただけませんか？　数ドルでできる最高のお買い物ですよ。

　人は彼の話が愉快だからという理由で絵を買った。セールスマンのわざに感心した数人は、未来の起業家に褒美を出したがった。彼を哀れんだ客もいたし、自分の中の罪悪感をなだめたくてお金を払った客もいた。百人近い購入者の中には、ひょっとすると本当に絵が気に入って壁に掛けたいと思った人もいるかもしれない。しかし足を止めて絵を買った人の大半はただ、的外れな希望を胸に何か月もかけてほとんど価値のないものを作った子供に褒美を与えていただけだった。

六時間後、彼は九百八十八ドルを稼いでいた。出店料を受け取りに来た男はクロムネトゲオイグアナ――ロビンの作品の中で特にいい出来とは言えなかった作品――を十二ドルで買って、総収入をちょうど千ドルにしてくれた。ロビンは喜びでわれを忘れた。数か月にわたって一心に打ち込んできたことが大成功を収めた。これほどたくさんの0が付いた数字は彼にとってまさにひと財産だった。この額があればどれだけのことができるだろう？

パパ、パパ、パパ。今日中に振り込みに行っていい？

何か月も努力を続けてきて一刻も早くゴールしたがっている彼を私は止めなかった。私たちは銀行にお金を持っていった。私は息子が何時間も悩んだ末に選んだ環境保護団体に宛ててお金を振り込んだ。その夜、ベジタリアン向けのハンバーガーを食べ、インガの動画を二本観た後、私たちはソファーの両端に寝そべり、互いの足で境界争いをしながら、読書をしていた。彼は本を閉じ、筋模様のある天井を見つめた。

最高の気分だよ、パパ。この幸せな気分のまま死んでもいいくらい。

「やめてくれ」

あぁ、オーケー、と彼はおどけた口調で言った。

その二週間後、彼は自分が選んだ非営利団体《NPO》からの手紙を受け取った。学校から帰ってきた彼がすぐに見つけられるよう、私はそれを居間のテーブルの上に置いた。彼は大興奮で封筒を破って開けた。それは寄付に対する礼状だった。そこには、寄付金一ドルにつき約七十セントが直接あるいは間接に、十か国の生息環境破壊を抑えるために使われるという事実が誇らしげに書かれていた。もしもさらに二千五百ドルを寄付するつもりがあるなら今が最高のタイミングだということも書き添えられていた。というのも、今なら外貨レートでアメリカドルが高く、マッチングファンドも有効なので、この四半期の募金目標に到達できそうだから、と。

マッチングファンドって？

「誰かが一ドル寄付をすると、大口のスポンサーもそれに応じて一ドル寄付をしてくれるってこと」

つまり大口のスポンサーはお金を持ってるくせに……誰かが寄付をするまでは出さないって……？

「誘い水《インセンティブ》だよ。君もファーマーズ・マーケットでやってたじゃないか、一枚の値段で二枚売る、みたいな」

それは全然違う。邪悪な思考が彼の眉間にしわを寄せた。だって、お金を持ってるくせに出し惜しみしてるってことでしょ？　それに僕が寄付したお金の中で七百ドルしか動物には届かないわけ？　生き物が絶滅しかけてるのに、パパ。千ドルだよ！

彼は手を振り回しながら私に向かって叫んだ。私は夕食にしようと言ったが、彼は拒んだ。彼は自分の部屋に入り、乱暴に扉を閉め、大好きなボードゲームに誘っても出てこようとしなかった。部屋の中からものが壊れる音がするのではないかと私は耳を澄ましたが、静まり返っているのが不気味だった。私はそっと外に出て、窓から部屋の中を覗いた。彼はベッドに横になり、ノートに何かを書き付けていた。今後の計画が周囲に散らばっていた。

十四か月前、彼は寝室の扉を殴り、手の骨を二本折った。原因は私が間違って彼のトレーディングカードを一枚捨ててしまったことだった。今回、期待を裏切る礼状を受け取った彼は、一人で必死になって今後の行動方針を考えていた。この驚くべき変貌については、マーティン・カリアーの神経フィードバック訓練に感謝しなければならない。しかしなぜか、外で冷たい春風に吹かれながらカエデの赤い花のシャワーを浴びていると、そのとき感じている感情があの分類図の上で〝感謝〟にあたるものだとは信じられなかった。

ロビンは就寝時刻の直前、部屋から出て来た。そして手書きのメモの束を振って私に見せた。デモの許可を申請できる？

小さな黄色の警告標識が私の頭の中で増殖した。「何に抗議するんだい？」

彼は軽蔑に満ちたまなざしを私に向けたので、まるで私の方が子供で、彼をがっかりさせてしまったような気がした。彼は答える代わりに、A３の画用紙を差し出した。もっと大きなプラカードを作るための下書きだ。横長の長方形の中央にはこう書かれていた。

私は死にそう
助けて

これらの言葉を囲むように、まもなく地上から消えようとしている植物と動物が漫画的なタッチでたくさん描かれていた。私はその上手な絵に誇りを覚えたが、標語に対する当惑でそれが帳消しになった。

「デモってひょっとして……一人で?」

一人だと意味がないってこと?

「いや、そうじゃない。ただ、デモは普通、他の人と一緒の方が効果的だ」

僕も参加できるデモってあるかな? 私は首をかしげた。彼は私の手首に手を触れた。とりあえずどこかから始めないといけないんだ、パパ。ひょっとしたら誰かに刺激を与えられるかもしれない。

「どこでデモをしたい?」

彼は唇を歪め、首を横に振った。インガ・アルダーの動画を彼と一緒に観た男――彼の母親と結婚した男――がそんな質問をするのは自分が馬鹿だと白状しているようなものだった。

決まってるじゃん。州議会議事堂前だよ。

人民には平和的な集会を開く権利がある。

息子は私にそう言った。しかし私たちは条例の関連条項を繰り返し読んだ。そして憲法と各地域の法執行の実態との間には齟齬《そご》があることがわかった。合法的なデモが決して現状を脅かすことがない理由を知る社会の授業としては、それだけでも充分だった。

あぁあ。すごく面倒だね？　もしも本当にひどいことが起こって、その日のうちに誰かがデモをしたいと思ったらどうしたらいいの？

「いい質問だ、ロビン」。ひと月ごとに彼の質問には磨きがかかっていた。どれほどひどいことになっても民主主義では必ず解決策が見つかる、と私は言いたかった。しかし息子は物事をごまかさないことにこだわりを持っていた。

彼は三日を費やしてポスターを作った。完成したポスターは美しかった。それは装飾写本と『タンタンの冒険』とを掛け合わせたような作品だった。色遣いはシンプルで線は明瞭、今にも動きだしそうな動物たちは遠くから見てもわかる大きさだった。他人の心を理解するのに苦労していた子供にしては悪くない出来だ。彼はウィスコンシン州で絶滅の危機に瀕している二十三種の生き物を描いたチラシも用意していた。カナダオオヤマネコ、シンリンオオカミ、フエチドリ、カーナーブルーバタフライ。他に何が必要かな、パパ？　他に何？

「議員に向けた短いメッセージを添えるのはどうだろう?」

どういうこと?

「議会にどういう行動を取ってほしいかを書くんだ」

当惑の表情が苦悩の顔に変わった。わが親がこれほど何も理解できない愚か者なら、世間に何が期待できるだろう? 僕は動物殺しをやめてもらいたいだけだよ。

彼が考えた標語は面倒の原因になりそうな気がしたが、口を出すのはやめておいた。**私は死にそう。助けて。**どんな言葉が人を動かすかはわからない。神経フィードバック訓練を数か月受けている彼の共感力は私をしのぎつつあった。アリッサがごく自然に生きていた世界に、私と息子はようやく一緒に入ろうとしていた。

パパ? みんなはいつあそこに集まるの?

「みんなって?」

州知事とか州議会議員とか。ひょっとしたら高等裁判所の人とかも? できるだけたくさんの人に見てもらいたいから。

「たぶん平日の朝だな。でも、もう学校を休むのはなしだぞ」

インガはもう学校に通ったりしてないよ。あの子は言ってた。存在しない未来のために勉強するなんて――

「インガの教育観は私も知ってる」

私たちはリップマン校長と担任のケイラ・ビショップ先生と取引をした。ロビンは家で宿題をし、翌日登校した際には議事堂で経験したことを口頭で報告するという約束だ。

彼は服装を整えた。母親の葬式で身に着けたブレザーを着たがったが、二年前の服を着るのはまるで蝶をさなぎに戻そうとするようなものだった。私は彼に重ね着をさせた。この時期、湖を越えてくる風で天気がどう変わるか予想がつかないからだ。結局彼が身に着けたのは厚手の綿のシャツ、クリップ式のネクタイ、折り目のついたスラックス、セーターベスト、ウィンドブレーカー、念入りに磨いた子供用のドレスシューズだった。

どう？

その姿は小さな神のようだった。「堂々として見える」

適当にあしらわれたら嫌だからね。

私は彼を車に乗せて、二つの湖に挟まれた細い地峡に向かった。議事堂は羅針盤の中心のようにそこに建っていた（ウィスコンシン州議会議事堂はメンドータ湖とモノナ湖に挟まれた場所にあり、上から見ると十字形をしている）。ロビンは後部座席に座り、発泡スチロール製の持ち手の付いたポスターを膝に抱えていた。この行動には集中力が必要だった。議事堂前に着くと、立ってもいい場所を警備員が教えてくれた。上院につながる南棟階段の脇だ。ロビンは外れに追いやられたことに腹を立てた。

中に入る人からよく見えるように扉の横に立ったら駄目ですか？

警備員が〝ノー〟と返事するのを聞いて彼は不服そうだったが、切れることはなかった。私たちは指示された抑留地点に移動した。ロビンは静かな朝の光景に驚いてあたりを見回した。州政府の役人は三々五々階段を上がっていった。学童たちが権力の廊下を巡る前にガイドが説明を聞かせていた。一ブロック先にあるメイン通りとキャロル通りの交わる交差点では、歩行者たちが多様な人種のホームレスの間を必死にかいくぐりながら、カフェインとカロリーを求めてさまよっていた。

選挙で選ばれたように見えるけれども実際にはおそらくロビイストでしかない人々が、スマホを耳に押し当てたまま目の前を通り過ぎた。

その静かな様子がロビンを困惑させた。他に誰もデモをしてないの？　州のみんなは今の生活のすべてに完璧に満足してるってこと？

彼のイメージにあるこの場所は、母親の動画で見たものだった。彼が求めていたのは、ドラマや対決が起きたり、懸念を抱いた市民が正義を要求したりする光景だった。代わりにそこにあったのはアメリカの姿だった。

私は息子の横に陣取った。彼は爆発した。そしてあいた方の手で空を切った。パパ！　何してるの？

「デモ隊を二倍の大きさにしてる」

駄目。絶対。嫌。あっちに立ってて。

私は約十メートル先まで移動した。彼は追い払うように手を振って、さらに離れるように求めた。もっとあっち。誰も僕の連れだと思わないところまで離れて。

彼の言う通りだ。私たちが二人で立っていると、大人が子供をだしにしているように見える。でも九歳の子が**私は死にそう　助けて**と書いたプラカードを持って一人で立っていれば、人が立ち止まって声をかける気になるかもしれない。

私は自分が不安にならないぎりぎりのところまで離れて立った。善意の通行人がデイン郡児童福祉局に通報したりすると困る。ロビンは満足そうにまた、絵を添えたプラカードを手に取り、宙に掲げた。そうして私たち二人は地上の政治という塹壕に陣を構えた。

私は数え切れないほど何度も、この同じ階段の下に立ったことがある。この州のほとんどの人が聞いたこともない法案について証言を終えたアリッサをここで待っていたからだ。彼女はしばしば仕事がうまくいったとうれしそうな顔をしていた。時には大得意だったこともある。しかし百パーセント満足していたことはない。彼女は階段を下りてくるとくたくたに疲れた様子で私に抱きついた。そして私の脇に手を回し、これがスタートと言った。

最終的に彼女の担当は十州にまで増えた。出張が増え、ロビー活動は減り、人を指導して証言させる側になった。しかしアリッサがいつも〝現状〟と戦っていた階段を歩く息子を見ていると、私の中で時間が逆行し始めた。私の雑多なＳＦ蔵書にある本はどれも意見が一致していた。時間旅行《タイムトラベル》は可能なだけではない。それは義務だった。

結婚式のとき、私は妻になる女性から、予想をしていなかった誓いの言葉と一緒に卵形のチャバッタ（オリーブオイルを使ったイタリアのパン）をもらった。これは象徴じゃない。比喩でもない。ただのパン。私の手作り。私が焼いた。これは食べ物。今夜、一緒に食べてもいい。それぞれが能力に応じて働く、ね？　私と一緒にいてほしい。春夏秋冬。すべてを失ったときにも私といて。私もあなたといる。食べるものならいつでも充分にある。

私は涙をこらえきれなかった。馬鹿だ。パンは好物ではなかった。でも泣いたのは私一人ではなかった。同じく想定になかった間《ま》の後、アリッサはため息をついて言った。オーケー。まあ、比喩ってことにしてもいい。すると泣いていた人たちが皆笑った。私の母も。そして式の後、盛大なパーティーを開いた。

私は悪夢にうなされることがよくある、と彼女は結婚生活の初めに警告をした。シーオ、私は普段から嫌なものを扱ってるの。毎日のように。それが夢に出てくる。夜中に悲鳴を上げる人と一緒に寝ることになるけど、本当にそれでいい？

夜中に話し相手が欲しくなったら起こしてくれていいよ、と私は言った。

うん、もちろんあなたは目を覚ますでしょうね。ていうか、そこが問題なんだけど。

実際に初めてそうなったとき、私は彼女が部屋に入ってきた誰かに向かって叫んでいるのだと思った。私は跳び起きた。心臓が胸から飛び出しそうだった。私が急に動いたせいで彼女は目を覚ました。彼女は夢うつつのまま泣きだした。

「ダーリン」と私は言った。「大丈夫だよ。私はここにいる」

全然大丈夫じゃない！

彼女の言葉はあまりにも乱暴で、私はそのまま立ち上がって別の部屋で寝ようかと思ったほどだった。午前三時、愛する人が暗闇の中で泣いているというのに、私はどれだけ自分が傷ついたか彼女に言いたい気分だった。それこそがこの地球の支配的な物語だ。私たちの生は愛と自我の間で宙吊りになっている。よその銀河では事情が違うのかもしれない。しかし、どこでも同じという気もする。

「何があったんだ、アリッサ？　話してくれ。そうすれば恐怖は消える」。すべてを話してくれ、何から何まで、と私たちは言いたがる。しかしその背景にはいつも、本当に恐ろしすぎて口にできないものはないという暗黙の条件が付いている。

話すなんて無理。それに話したって消えたりしない。

彼女が目を覚ますにつれ、すすり泣きが収まる。私はもう一度声をかける。「私に何ができる？」

彼女がその方法を教えた。口をつぐんで抱き締めること。それはあまりに些細なことで、誰にでもできそうに思えた。彼女は私の腕の中で眠った。

彼女は朝早くに目を覚ました。朝食の頃には、まるで夜中に何も起きなかったかのようだった。彼女は何か強力な植物のようにたっぷりと陽光を浴びながら電子メールを片付けた。どんな恐ろしいものを見て悲鳴とともに目を覚ましたのか、今なら話をしてくれるかもしれない、と私は思った。しかし彼女は話そうとしなかった。

「昨日の夜は大変だったね。悪い夢を見た？」

彼女は身震いした。ああ、ダーリン。訊かないで。

彼女の表情は二度とそのことを訊かないでと言っていた。彼女は私を信用していなかった。私は彼女の説明を本心では信じてはいなかったが、その気持ちを隠した。彼女はそれを見透かしていた。

人生で最悪の夢。彼女は細かいことに立ち入らずに私を納得させる方法を探して部屋を見回した。

「私が今までに見た最悪の夢の中では、外国の街で君が迷子になって、そこにサイレンが鳴り始める。だけど私は君を見つけることができない」

彼女は私の手を握ったが、顔の笑みは消えた。私たちは今はるかに大きな破局のまっただ中にいるのに、そんな些細なことにエネルギーを使うのは無駄だ。

私たちはただの神経症だとあの人たちは思ってるのよ、シーオ。私たちは頭がおかしいんだって。私はそのさげすまれた〝私たち〟には含まれていなかった。彼女が言っているのは、生物種の線引きを超えて共感を持てる仲間たちのことだった。

みんな今起きていることに目を向けるのがどうしてそんなに難しいんだろう？

私はいつしか夜の悲鳴に慣れ、すっかり目を覚ますことはなくなった。彼女は少しずつ話を聞かせてくれるようになった。夢の中では人間以外の生き物がしゃべり、彼女はそれを理解することができた。動物たちは今この地球で実際に何が起きているかを彼女に話した。想像を絶する規模で、目に見えない苦痛が広がっているという話。人類の食欲をどうにかするしか解決法はなかった。

昼間の彼女は働きづめだった。ロビー活動が必要な日、私は彼女を州議会議事堂まで車で送り、夜は南階段の下に迎えに行った。彼女は多くの場合、一日の成果に満足していた。しかし帰宅後、赤ワインを二杯飲んで、犬に詩を読み聞かせた後はまたパニックに陥った。

動物がいなくなったらどうするわけ？　人間だけになったら？　いつまでこの調子を続けるつもり？

私は何も答えられなかった。私たちは互いに寄り添うようにして互いを慰め、眠りに落ちた。そして数日ごとにまた、彼女は悲鳴を上げて目を覚ました。

しかし最後の最後まで戦いは続く。彼女の体はそれに耐えられるようにできていた。ある日の午後、私はバスルームの鏡の前で戦いに備える彼女を見た。頰紅、マスカラ、ヘアジェル、リップグロス。彼女は動物の権利を北中西部で広めるため、要請文を起草する手伝いをしていた。それはつまり、十州で男女の議員の動物的感情に訴えることを意味していた。

さあ、徹底的にやるわ。見ててよ。

その日の夜からあちこち遊説して回る活動が始まった。まずは地元ウィスコンシン州議会議事堂の南棟だ。彼女は身なりを整えながら鼻歌を歌った。きれいなカッコー、飛びながら鳴く。カッコーの声は、夏が近づいたしるし。彼女が後押ししていた法案は世の中の数十年先を行っていた。どう考えても成立する見込みはなかったし、彼女にもそれがわかっていた。しかしアリッサは事態を長い目で見ていた——残された時間ずっとプレーし続けるゲームとして。

バスルームから出て来た彼女は神々しかった。そして色っぽい目で私を見た。あら、そこのあなた！　子供の頃に治ったはずの私の吃音を復活させた人じゃないの！　彼女はこの意地悪な言葉と引き換えに、少しだけ体に触れさせてくれた。

彼女は車を必要としていた。議会での証言の後にレセプションがあったからだ。そうなると街中に車を駐めなければ仕方がない。私は家の前まで一緒に歩いて彼女を見送った。彼女は片方の手を運転席側の扉に置いて体を乗り出し、わざとらしいしぐさで空を指差した。さあ、いくぞ。アベンジャーズのみんな、集合だ！　彼女は私の唇を噛むようにキスをし、州議会議事堂に向かった。私がこの地球で次に彼女を見たのは、遺体の身元確認をするときだった。

前を通る人が増えてきた。徐々に人がロビンの存在に目を向け始めた。数人の女性が様子をうかがうようにそばまで近づいた。男性たちはそのまま通り過ぎた。白髪をきれいに整えた黒いスカートスーツ姿の女性――アリッサの母親に似た人――が一人、警察に電話をしそうな勢いでロビンのそばに近づいた。私は話に割って入ろうと立ち上がったが、ロビンが女性を説き伏せた。彼女はハンドバッグに手を入れ、数枚のお札を取り出し、無理に受け取らせようとした。ロビンは困った顔で私の方を見たが、規則のことは彼も知っていた。デモの許可証では、寄付金集めに類する行動は厳しく禁じられていた。

彼はどうにか数枚のビラを手渡すことに成功したが、相手は大半が困った顔を見せ、その場で中身に目を通すことはなかった。ほとんどのビラは庭園の隅に置かれたくず入れより先には届かなかった。彼の参加型民主主義への挑戦はせいぜい一時間ほどで終わり、翌日は学校に行って口頭で短く報告をするくらいが関の山だと私は高をくくっていた。しかし聖なる大義と何度も行われた神経フィードバックのセッションとが組み合わさった結果、私の息子は禅僧の落ち着きとブルドッグの粘り強さを手に入れていた。彼は踏ん張りを見せ、コンクリートと切石に囲まれた一帯を通る人々にさまざまな口調で茶目っ気たっぷりに呼びかけた。

私は背もたれのないベンチでノートパソコンを開き、三十光年先でつい最近見つかったばかりの巨大地球型惑星《スーパーアース》上で進化しうる大気をシミュレーションしていた。私は息子より先に腹が空いた。私は冷たいジュースの入った魔法瓶と前の晩に彼が作った大きな弁当を掲げながら息子のいる方に近づいた。彼はフムスとアボカドのサンドイッチを半分がつがつと食べると、私にまた監視ポストに戻るように言って、その数分の埋め合わせをするようにプラカードを振った。

昼食後、まるで相対性理論の思考実験のように時間の流れは遅くなった。私は携帯でネットにつないだノートパソコンを膝の上に置いて仕事をするふりをしながら、片方の目では見習い中の活動家を見守った。

電子メールの受信箱には急ぎの用件が次々に届いた。研究科の中国人大学院生たちが持っている学生ビザが取り消されたらしい。熱狂的なグリーンベイ・パッカーズ（ウィスコンシン州グリーンベイに本拠を置くアメフトチーム）のファンで私の助手でもあるジンジン――アメリカという国については彼女の方が私よりも詳しいというのに――までもがそんな境遇に置かれている。外国の勢力とそれを支えるエリート科学者に対して大統領が仕掛けた両面戦争の誤爆に巻き込まれた犠牲者。どうやら神は私たちの惑星のみに生命を作り、そこで最も優勢な生物種が作った一つの国だけに惑星の管理権を与えたらしい。研究科はその日の午後遅くに臨時教授会を招集していた。

私がロビンの様子を確認しようと顔を上げると、彼はグレーのパリッとしたスーツを着た白髪の黒人男性に絡まれていた。息子は手書きのプラカードを振り、事実と数字を並べ立てていた。男は怪訝な顔で話を聞いた後、ロビンをさらに問い詰めようとした。

私はパソコンを閉じて近くまで行った。「何か問題でも？」

男が振り向き、私をじろじろと見た。「ここにいるのはあなたの息子さん？」

「すみません。何か息子がやっていることで問題でもありましたか？」

「あなたが問題なんですよ」。男は大声で、ふざけた態度を許さない様子だった。「あなたが子供にこんなことをさせてるんですか？　この時間に学校に行っていないのはおかしいでしょう？　見知らぬ人間にアピールするためなら子供を使ってもいいというのがあなたの考えですか？　あなたは要するに何がしたいんです？」

　これは僕が考えたデモ活動です、とロビンは言った。さっきもそう言ったじゃないですか。僕がやってることは父さんには関係ありません。

「あなたは子供から目を離していましたよね」

「そんなことはありません。私は向こうに座っていました」

　男はロビンの方を向いた。「じゃあどうしてそう言わなかったんだ？」

　とにかくすべて法律に従ってやってます。僕はみんなに本当のことを知ってもらおうとしてるだけです。

　男は私の方に向き直り、プラカードを指差して言った。「**私は死にそう、助けて。**こんなプラカードと一緒に子供を一人で人前に立たせたりして、あなたはそれで何の問題もないと――」

「すみません」。私は背中の後ろで手を組んで震えを抑えた。前回、人の話を途中で遮ったのがいつのことだったか、私は思い出せなかった。「子供の育て方について口出しするのはやめてもらえませんか？」

「私は下院の野党院内総務の筆頭秘書で、四人のよくできた子供の父親です。あなたはこの子に何を教えてるんですか？　こんなものを持たせて、こんなところに一人で立たせたりして。既存のグループに参加させてやったらいいでしょう。そうすれば他の子供を仲間に誘う手伝いができる。どこかに手紙を書くとか。何か特定の有益なプロジェクトに取り組ませるとか」。彼は私の目を見て首を横に振った。「虐待ということであなたを通報した方がよさそうだ」

そうして男は反対を向いて階段を上がり、議事堂の中に消えた。私は後ろから叫んでやりたかった。〝よくできた子供〟ってどういう意味だ?と。

ロビンの方を見ると、彼はポスターの隅を折り曲げていた。初めて議会での敗北を味わっていたのだ——まだ法案の草稿さえできていないというのに。

パパはこっちに来ないでって言ったのに、と彼は大きな声で言った。僕一人で対処してた。

「ロビン。もうずいぶん時間が経った。家に帰ろう」

彼は顔を上げなかった。首を横に振ることさえしなかった。

「ロビン。私は会議に行かなくちゃならない。もう出発しないと」僕は動かないよ。明日もまた来る。

息子の目には同類に対する嫌悪が現れていた。プラカードに記された言葉と同様に明白に。彼の脳は周波数を上げると同時に下げようと——頭の中の劇場で点を思い通りに動かし、それを大きくしたり小さくしたりしようと——格闘していた。彼は肩を落とし、反対を向いた。今にも駆けだすか、大声を上げるか、プラカードを地面に叩きつけそうに見えた。再び口を開いたときには、声は小さく、元気もなかった。

ママはどうしてこれを続けられたんだろう?　来る日も来る日も。何年間も。

私は惑星アイソラを見つけることができなかった。何年もかけて、広い範囲を調べた。私と一緒に来てくれた息子は、弱り切った私の姿を見ただけだった。

「このあたりにあるはずなんだ。すべてのデータがそう言ってる」

彼はもうデータをあまり信じていなかった。息子は他の惑星を信じる気持ちを失いつつあった。

奇妙なことに、離れた場所からだと惑星は見えた。トランジット法、視線速度法、重力マイクロレンズ法（いずれも太陽系外惑星を探知する主要な方法）はすべて一致して、その正確な位置を指し示していた。質量も半径もわかっていた。自転と公転の速度もかなりの精度で割り出していた。しかし息子と私が数千キロの距離まで近づくと、それは消えた。それがあるはずの場所ではどちらを向いても、空っぽの空間しかなかった。

息子はわかりきったことを理解しない私を哀れんだ。パパ、彼らは隠れてるんだよ。アイソラの生き物は僕らの心に働きかけて、姿を消してるんだ。

「え？　どうやって？」

彼らは十億年前から存在してる。そういうわざを身に付けてるんだ。

息子は疲れていた。現実を理解しない私にしびれを切らしていた。他種との遭遇がよい結果につながる確率はどれだけあるか？　この疑問に対しては人類の歴史で答えが出ていた。

だから宇宙は黙ってるんだよ、パパ。みんな隠れてるんだ。少なくとも頭のいい連中は。

「しかし前進していたのは確かだ」とマーティン・カリアーは言った。「それは否定できない。予想を超える進歩だった」

　私たちはがらんとした点心の店でブース席に座っていた。アジア系学生のビザが取り消されたために店は開店休業状態だった。キャンパス全体――アメリカの学究世界全体《アカデミア》――が危機に瀕していた。在留許可が取り消されなかった留学生も屋内に引きこもっていた。普通なら多国籍的な人であふれる夏期講習には、わずかばかりの安全な白人だけが参加していた。

　カリアーの顎が要点を念押しした。「そもそも私たちは治療を約束したわけじゃない」

　彼がカップを口元に持っていくとき、私はその底を叩いてやりたいと思った。「あの子はベッドから出ようとしない。起こして着替えさせるだけでも大喧嘩を避けられない。外にも出たがらない。お昼を食べた途端にもう、寝る気になっている。今はありがたいことに夏休みだからそれでもいい。そうでなければまた学校から責められるところだ」

「それで、いつからそんな状態に……？」

「もう何日にもなる」

　カリアーは箸で水餃子を口元まで持って行き、噛んだ。お茶に溶けないグルテンと自負《プライド》の塊が喉仏に引っかかっていた。「そろそろ抗鬱剤を微量から使い始めることを考えるべき時期なのかもしれない」

私は〝抗鬱剤〟という言葉を耳にしただけで内心、パニックを起こした。彼はそれを察した。

「アメリカでは八百万人の子供たちが向精神薬を使っている。薬は理想的とは言えないが、役には立つ」

「向精神薬を飲んでいる子供が八百万人もいるのなら、そもそも何かがおかしい」

上級研究教授は肩をすくめた。それが私の反論を認めるしぐさなのか拒否するしぐさなのかはわからなかった。私は議論の出口を探った。「ロビンはひょっとして……よくわからないが、セッションに対する耐性というか、習慣性ができ始めているんだろうか？　効果が薄れるスピードが速まっているとか？」

「何とも言えない。大半の被験者ではトレーニング後の数週間は持続的な改善が見られている」

「それならどうしてロビンはまた坂を転がり落ちているんだ？」

カリアーは視線を上げて、テーブルの向かい側の壁にあるテレビモニターを見た。記録的な猛暑の中、致死性バクテリアがフロリダの海岸部で集団発生《クラスター》を起こしていた。大統領が記者に向かってこう言っていた。これは完全なる自然現象かもしれない。ひょっとするとそうではないのかもしれない。今のところは……

「あの大統領の言葉にも一理あるのかもな」

「それはどういう意味？」と私は訊いた——うすうすその意味はわかっていたけれども。

彼のしかめ面は驚くほど笑顔に似ていた。「精神の健康とは何なのかという問題について、臨床医と理論家とはめったに意見が一致しない。厳しい環境の中で前向きに生きるのが精神の健康なのか？　それともむしろ、状況にふさわしい反応をするのが健康なのか？　今の世界に生きながら常に明るく楽観的でいるというのは必ずしも……」。彼はテレビに向かってうなずいた。

私は恐ろしいことを考えた。ひょっとするとこの数か月にわたる神経フィードバックはロビンを傷つけていたのかもしれない。土台から壊れているこの世界の中で共感力を高めることはさらなる苦しみを意味する。問題はなぜロビンがまた坂を転がり落ちているかということではない。問題は私たち皆がどうしてここまで理不尽に能天気でいられるのかということだ。

カリアーは空中で手をひっくり返した。「あの子は自己制御と順応力で以前よりずっと高いスコアを出している。ここに初めて来たときと比べると、不確定性を扱う能力もはるかに伸びた。もちろん確かに、怒りは収まっていない。いまだに気分は沈んでいる。しかし正直に言ってもいいかな、シーオ？　もしも今の状態で感情的な混乱を見せなかったとしたら、そっちの方が心配だと思うんだ」

私たちは食事を終えた。私が彼の分も勘定を払うと言うとマーティンはそれは倫理的にまずいという意味の反論を口にしたが、真剣な争いにはならなかった。私たちはキャンパスを端から端まで歩いた。私は日焼け止めを塗り忘れるというミスをした。まだ六月だったが、息もできなかった。カリアーも苦しそうだった。彼はサージカルマスクを顔にぴったりと押し付けた。「すまない。この格好は馬鹿みたいに見えるだろうね。しかしアレルギーがひどくて」。少なくともそこは南カリフォルニアではなかった。向こうでは、山火事による非常事態レベルの空気で数百万の住民が家に閉じ込められていた。

デクネフの保護力は限界に近づいているようだった。しばらくの間、そのおかげでロビンは落ち着き、私としても息子に向精神薬を与えずに済んだ。しかし今ではカリアーまでが薬を勧め始めた。学校でまた問題が一つでも起きれば、もう私に選択の余地はないだろう。

「アリッサは何年間も負け戦を戦って、それでもくじけることがなかった。どうしてそんなことができたんだろうって、あの子はいつも私に訊くんだ」。マスクを着けたカリアーの表情は読み取れなかった。私はそれでも話を続けた。「私も同じことを考える。彼女もよく腹を立ててた。落ち込むこともあった。頻繁に」。私は彼女のバードウォッチング友達だった男に、彼女が悪夢にうなされたことまでは話さなかった。「けど、彼女はくじけなかった」

マーティンが笑顔を浮かべたことはマスクをしていてもわかった。「あの子の母親の脳と体で起きていた化学反応はかなり特別なものだったんだろう」

私たちはユニバーシティー通りにあるディスカバリー・センター託児所の近く――私たちの行き先が分かれる場所――で立ち止まった。私は子供の脳に薬のカクテルを試してはどうかともう一度言われるのではないかと身構えた。しかしカリアーはマスクを外し、意図の読めない表情を見せた。

「私たちは彼女の秘密を知ることができるかもしれない。ロビンに教えてもらえばいい」

「一体何の話だ?」

「アリッサの時のデータがまだ残っている」

怒りがあらゆる方向から私に襲いかかったが、どれも役には立たなかった。「残ってる? データを残してたって言うのか?」

「一つだけ」

訊かなくても私にはわかった。彼は私の〝敬愛〟と〝悲嘆〟、そしてアリッサの〝警戒〟を捨て、彼女の〝恍惚〟を残しておいたに違いない。

「つまり、昔アリッサの脳をスキャンしたデータを使ってロビンのトレーニングができるということか？」

カリアーは足元の地面を見たまま、驚嘆すべき実験に思いを巡らせた。「息子さんはかつて母親が生じさせた感情を実際にわが身で学ぶ。彼もこれでまたやる気になるかもしれない。疑問に対する答えも得られるかも」

カラフルなプルチックの感情の輪が私の周囲で回った。オレンジ色の〝関心〟の刃が緑色の〝恐怖〟の破片に道を譲った。過去は未来と同様に穴だらけで曖昧なものに変わりつつあった。私たちは過去――この場所での生命の物語――を作り上げていた。私が息子にまだ寝物語として聞かせ続けているよその惑星の生命体の話と同じように。

私は歩道に刻まれた長い枡目を見た。見渡す限り、アジア系学生の姿はなかった。私は三十年にわたる読書生活、そして二千冊のＳＦ蔵書にもかかわらず明らかな事実を見逃していた。この世界よりも奇妙な場所はないということを。

ロビンは質問を耳にしただけで跳び起きた。彼は星々が生まれる場所のような顔で私を見た。ママの脳があるの？　実験に参加してたわけ？

私ははしゃぐことなく冷静に返事をしたが、そんなことは問題ではなかった。ロビンは私に飛びかかる勢いだった。

やばいよ。パパ！　どうして今まで教えてくれなかったの？

彼は両手で私の顔を挟み、嘘ではないと本気で誓わせた。それはまるで、今まで誰もその存在を知らなかった動画——永遠に封印された一日の記録——を私たち二人が偶然に見つけたかのようだった。彼は落ち着きを取り戻した。結果がどうであれ、もう万事は大丈夫といった様子だった。彼は寝室の窓に顔を向け、夏の雨を見つめた。その目には静かな決意が感じられた。世界から何を投げつけられようと、二度とくじけることはない、と。

私がラボのロビーを行ったり来たりしているところに、第一回のセッションを終えたロビンが現れた。トレーニングは九十分にわたっていた。カラフルな点や音の高低などのフィードバックを通じて母親の脳のパターンを探り、それに同調する訓練だ。私は平静を装って微笑んだが、内心は穏やかではなかった。私が事細かに報告を聞きたがっていることはロビンにもわかっていたに違いない。

彼はジニーに連れられて実験室から出て来た。ジニーはロビンの肩に腕を回し、ロビンはその白衣の袖をつかんでいた。ジニーはリラックスした様子――私も同じくらい平静でいたかった――だった。彼女は腰をかがめて尋ねた。「さてと、ブレイン・ボーイ？　少しの間、私の研究室で休憩する？」

彼はジニーの机で、彼女が集めているはやりのコミックスを読むのが大好きだった。普段ならその申し出に飛びついていただろう。しかし彼は首を振った。今日は大丈夫。そして母親が元気な頃に何度も言い聞かせていた通りにこう付け加えた。でもありがとう。

彼は一時間半、アリッサの大脳辺縁系を手探りしてきたばかりだった。音程を上げたり下げたり、あるいは画面上の標的に向かってアイコンを動かしたりするたびに、何年も前にアリッサが浸っていたのと同じ至福――私たちが日頃楽しんでいた、他の点ではごく普通の生活――へ近づいていた。

他の場所では無理だとしても、ロビンは頭の中では再び母親と会話をしていた。私は彼女が何と言っているのかを知りたかった。

彼はロビーの反対側から私を見つけた。その顔が興奮とためらいで明るくなった。彼が今経験したことをどれだけ話したがっているか、私にはわかった。しかしその惑星を表現する言葉を彼は持っていなかった。

彼はジニーの袖から手を離し、腕の下からするりと抜け出した。冷静な彼女も〝捨てられた〟という表情をちらりと見せた。私に近づいてくるロビンの足取りには、以前とは違うものがあった。ペースは前よりゆっくりで、探るような歩き方だった。そして私から三メートルほどのところで首を横に振った。私の前まで来ると上腕をつかみ、胸に耳を当てた。

「どうだった？」。生気の抜けた声が私の口から漏れた。

間違いなくママだったよ、パパ。

私の脚は後ろ側が急に熱くなった。ロビンのように想像力過剰な子供がこうして意味深長な曖昧図柄を見せられたときに何を思い描くか、そのときようやく私は気づいたが、既に手遅れだった。

「つまり感じが……違ってたってことか？」

彼は首を横に振ったが、それは私の質問に対してではなく、私がしらばくれようとしたことに対してだった。私たちは次週の予約をした。私はジニーと二人のポスドクを相手におしゃべりをした。それは私が昔から何度も見ている悪夢——一般の人向けに講演をしている途中で、自分の肌が緑色をしていることに気づくという夢——のように感じられた。ロビンは私の背中をぽんぽんと叩き、私を玄関へと促した。感情の培養器の内側から外の世界へと。

私たちは駐車場に向かって歩いた。私は彼に次々と質問を浴びせたが、一つのことだけは、大人として尋ねることができなかった。彼はいらだっているというより困った表情を浮かべ、簡単に一言で返事をした。私が駐車場の機械にチケットを入れ、ゲートが上がったときにようやく、彼は重い口を開いた。

パパ？　山小屋で過ごした最初の夜のことを覚えてる？　望遠鏡を覗いたときのこと。

「覚えてるよ。はっきりと」

ちょうどあんな感じだった。

彼は両手を顔の前で広げた。何かの記憶――暗闇か、それとも星々の姿か――が彼を驚かせていた。

私は道路を見つめたまま、キャンパス通りに出て家に向かった。すると助手席に座った異星人《エイリアン》が微かに聞き覚えのある声でこう言った。ママはパパを愛してる。知ってた？

私は息子の変化に目を光らせた。ひょっとすると私は、彼が模倣しようとしている感情が誰のものかを知っているためにひいき目になっていたかもしれない。しかしたった二度のセッションを経ただけで、州議会議事堂での挫折以来ロビンを覆っていた暗雲は見事に散ったようだった。

六月下旬の土曜日、私は彼を起こしに部屋に行った。彼は目覚めのショックと突然の朝日にうなり声を上げた。しかし少なくともしばらくすると枕から頭を上げ、うなりながら笑顔を見せた。

パパ！　今日はトレーニングの日？

「うん」

やったぁ！と彼はおどけた小さな声で言った。だってほら、早くやりたい気分なんだ。

「セッションの後で少しボートもやるか？」

ほんとに？　湖で？

「いや、裏庭でと思ってたんだけど」

彼は歯をむき出しにして喉の奥でうなった。僕が肉食でなくてラッキーだったね。

彼はその日着る服を選びながら物思いに沈んだ。うわ、このシャツ。すっかり忘れてた。いいシャツなのに！　何でずっと着なかったんだろう？　彼は身支度の途中でリビングに入ってきた。ママが買ってくれたふわふわの靴下を覚えてる？　指が一本ずつに分かれてて、小さな鉤爪みたいになってるやつ。あれはどうしたんだっけ？

そう問われた私はひるんだ。それは息子の元の脳に長い間慣れていたせいだった。私は嵐が来ることを予感した。「ああ、ロビン。あれはサイズが今とは全然違うぞ」

だよね。仕方ないか。ちょっと知りたかっただけ。ていうか、今でもどこかに置いてある？　それとも今頃はよその子供があれを履いて、熊になりきってるかな？

「急にあの靴下のことを思い出したのはなぜ？」

彼は肩をすくめたが、何かをごまかそうとしているわけではなかった。ママ。私は少し気味が悪くなった。しかし私がさらに質問をする前に彼が言った。朝食は何？　お腹空いた！

彼は目の前に置かれたものなら何でも食べた。そして、オートミールはいつもと何が違うのか（何も違わない）、そして今日のオレンジジュースがツンとするのはなぜか（理由はない）、と尋ねた。彼は私が食器を片付けた後もテーブルに向かったまま、私の知らないメロディーを口ずさんでいた。遠い昔記録に残されたアリッサの〝恍惚〟の起源について私が抱いた激しい好奇心が再びよみがえってきた。私の息子——彼女の息子——はそれを覗き見たが、私に何も説明することができなかった。

私はロビンをまた母親の脳の記録と接触させるために、ラボに連れて行った。ロビンとジニーはいつもの手順《ルーティーン》を始めた。私は数分間、彼が念動力《テレキネシス》によって画面上で図形を動かすのを見た。その後、廊下の先にあるカリアーの部屋に行った。

「シーオ！　会えてうれしいよ！」。同じ言葉を用いていても、彼の意図は他の人とは少し違っていたに違いない。彼が発する一音一音が私をいらつかせた。私も彼の共感機械で一度か二度のセッションを受けることを必要としていた。「息子さんの調子はどうだい？」

　私は控えめな楽観を伝えた。話を聞くマーティンの顔は慎重だった。

「あの子はおそらくかなりの部分で自分に暗示をかけているんだろう」

　ロビンが自己に暗示をかけるのは当然だ。私も自分に暗示をかけていた。変化があったというのは百パーセント思い過ごしかもしれない。しかし脳科学の知見によると、実際、空想でも脳細胞を変化させることがある。

「今回のトレーニングには何か新しい点があるのか？　AIからのフィードバックの仕方が違うとか。今回使っているアリッサの記録は脳の違う部位のものだとか」

「違い？」。カリアーの肩が上がった。彼の口は笑みに近づいた。「それはある。私たちはデータの解像度を上げた。AIはロビンについて学習を続けて、トレーニングの効率を上げている。それから、そう、アリッサのスキャンデータは、以前のセッションで用いていた標的データとは違って、進化的に見て脳のより古い部位のものだ」

「じゃあ、言葉を換えると……今までとは全然違うってことか」。それは私がずっと抱えていた疑問だった。かつそれが私のいちばん知りたかったことを除くすべてだった。そしてアリッサが私に話そうとしなかったことについてカリアーから何かが聞けるとは思えなかった。

　しかしその後で思い直した。ひょっとすると彼から何かを聞き出せるかもしれない。伝導性のある冷たい皮膚からそんな考えが忍び込んだ。ひょっとするとアリッサの脳記録を訪問したのはロビンが一人目ではなかったかもしれない。しかし私は、そんなことを尋ねたら正気を疑われるのではないかと恐れた。あるいは返ってくる答えを恐れていたのかもしれない。

ロビンはボートを膨らませることさえ楽しそうにこなした。普段なら面倒くさそうに二分ほどポンプを踏んだだけで音《ね》を上げていたのに、その日は私の手を借りようともしなかった。息子が何も不満を漏らさない間に、平べったかったポリ塩化ビニール製のボートがすっかり形になった。

私たちはスペイン語と中国語とモン語（ウィスコンシン州最大の民族集団は東南アジア系のモン族で、その言語）で遊漁区域を示す看板のそばまで行った。ロビンはボートを湖に出しながらそこに乗り込んだ。靴が泥に埋まり、膝まで水に浸かると悲鳴を上げた。しかしボートに上がった途端、困惑した顔で自分の脚を見ていた。やれやれ。変な感じ。水に濡れたくらいで大騒ぎするなんて。

私たちは平底ボートで沖に漕ぎ出たが、百メートル先まで行くのに永遠の時間がかかった。ロビンはオールを漕ぎながら目を凝らして岸の方を見ていた。彼が何を見ているのか、私はすぐに気づくべきだった。鳥だ。かつて母親を夢中にさせた生き物。ロビンも昔から鳥に興味があった。しかしその興味が、彼女の脳記録に基づいてトレーニングを受けることで、背骨に深く埋め込まれた愛情に変わっていた。

滑らかな灰色の影が舳《へ》先《さき》をよぎった。彼は漕ぐのをやめてというしぐさをした。息子は数日ぶりに気落ちした声を出した。今のは何、パパ？　何だった？　僕には見えなかった！

珍しい鳥ではないので私でも名前がわかった。「ユキヒメドリだと思う」

目が黒い種類？　それとも体が灰色？　彼は私が知っているものと信じてこちらを向いたが、私にはわからなかった。彼の母親が私の耳元で言った。コマツグミ《ロビン》は私が大好きな鳥。

私たちはさらに沖に進んだ。ボートは人類が知る最もスローな移動手段だ。深い場所まで行くとロビンはパドルを水から上げた。漕ぐのを任せてもいいかな、パパ？　ちょっと考え事をしたいから。

私は船尾で一本のパドルを使い、ボートが回転しないよう左右交互に漕いだ。どんなステンドグラスよりも驚異的な柄《がら》の一羽の蝶が、船縁《ふなべり》に置かれたロビンの腕――産毛の生えた腕――に止まった。ロビンが息を止めていると、蝶はまたひらひらと飛び立ち、今度は顔に止まった。そして閉じたまぶたの上を歩いた後、飛び去った。

ロビンは船縁にもたれ、空を眺めた。その目は私たちがグレートスモーキー山脈の夜に見た何千もの光点を探していた――それらはすべて今もそこにあるのだが、太陽の光によって消されている。ボートに乗った私たち二人は目に見えない星々の下、穏やかな湖面を滑らかに進んだ。

そこにいるのは二人きりだと私は考えていた。しかしロビンの様子を見ているうちに、徐々に周りにいる他の存在に気づかされた。空を飛ぶもの、水の中を泳ぐもの、湖の表面を滑るもの。岸から枝葉を伸ばし、生きた組織の雨を水に与えているもの。あらゆる方角から聞こえるおしゃべりは、ランダムに選んだラジオ局から流れてくるものをコーラスみたいに組み合わせた前衛音楽のようだ。そしてボートの舳先にいる一つの巨大な生命体。それは私であると同時に私ではなかった。彼が口を開くと私は激しく驚いたので、危うくボートをひっくり返すところだった。

その日のことを覚えてる？

私はまったく話に付いていけなかった。「いつの話だい、ロビン？」

二人で感情をコンピュータに記録した日。

私は妙にはっきりとその日のことを思い出した。実験の後で互いを激しく欲したこと。自分たちの部屋で固く抱き合ったこと。彼女が〝恍惚〟の源についてどうしても話してくれなかったこと。閉じた扉の向こう側にいる息子に、何もかもすべてが〝大丈夫〟だと言って安心させたこと。

二人ともどこか変だった。パパもママも様子がおかしかった。

ロビンがそんなことを覚えているはずはない。まだかなり幼かったし、あの日の午後については記憶に残るほどのことはなかったはずだ。

何か二人だけの大きな秘密があるみたいな感じだった。

そのとき妻が耳元でささやいた。シーオ、あなたはその秘密のことを覚えてる？

私はボートが回転しないように漕ぎながら、呼吸を整えた。「ロビン。どうしてそんなことを思い出したんだ？」

彼は答えなかった。アリッサは私をからかい続けた。この子は覚えているのよ、当たり前でしょ。両親の振るまいが変だったんだから。

「カリアー先生があの日のことを何か言ってたのか？　何か訊かれた？」

ロビンが腹ばいになったのでボートが大きく揺れた。彼は過去に目を凝らすように目を細めて反対側の岸を見た。ママの体には刺青《タトゥー》か何かがあった？

ロビンがそれを知っているはずがない。しかしどうして知っているのかと聞き返す勇気は私にはなかった。彼女は法科大学院《ロースクール》で一年目に大変な苦労をして、それを乗り切るための精神的な後押しを必要としていた。やる気を削ぐ法科大学院初年度に対抗しようとして世界でいちばんおとなしい無茶を犯した。四枚の花弁に囲まれた小さなおしべと葯《やく》をデザインした刺青。

「小さな花の絵だった。自分の名前の元になった花だ」

ニワナズナ《スイート・アリッサム》だね。

「そうだ」

それで刺青はどうしたの？

「ママは出来映えが気に入らなかった。ニコちゃん《スマイリー》マークの出来損ないみたいだって誰かに言われたらしい。それで、彫り師に頼んで蜜蜂に変えてもらった」

ところがその蜜蜂も出来が悪かった。

私は不安になった。「その通り。でも蜜蜂で我慢することにした。気が付いたら体中に変な馬の刺青が入ってた、みたいになるのが嫌だったから」

ロビンは湖面を見ていた。その顔は笑っていなかった。

「ロビン？　どうしてそんなことを？」

彼の肩甲骨は切除した翼のようにポロシャツの中で突き出ていた。パパ。ママは何を考えていたんだと思う、あの日？　すごく妙な感じがするんだ。何て言うか……百万年前からある森に分け入ってるみたいな感じ。

私も知りたかった。教えてほしい――彼女に何があったのか、そのわずかな断片でもいいから。私は彼女の彼女らしさ、手応えのようなものを見失っていた。ロビンはそれを私に教えることはできない。あるいは教えてはくれない。

彼は顎を船縁に預け、湖を見つめた。上下する水面は別の惑星の海だった。私が彼よりもう少し大きくなってから読んだ物語に出てきた海。彼は大気を呼吸するものたちの目から逃れて深緑色の海に潜んでいる数千の魚を見ていた。

パパ、海ってどんなところ？

海ってどんなところ？　私から説明するのは無理だ。海は大きすぎ、私のバケツは小さすぎた。しかも私のバケツには穴があった。私はロビンのふくらはぎに手を置いた。それが私に与えられる最善の答えだった。

世界のサンゴはあと六年で死滅するって知ってた？

彼の声は穏やかで、口元の表情は悲しげだった。世界で最も壮観な共生体が絶滅しかけているのに、彼はそれをもう目にすることがない。彼は顔を上げて私を見た。その脳にはアリッサの幽霊が植え付けられていた。じゃあ、僕らは今からどうしたらいいんだろう？

初めてテディアが死滅したとき、彗星の衝突で惑星の三分の一が失われて月になった。テディアにいた生物はすべて死んだ。

それから数千万年後、大気が回復し、再び水が流れ、二度目の生命が生まれた。細胞は互いと結合する共生のわざをまたしても会得した。そしてまた大きな生き物が惑星の隅々にまで広がった。その後、遠方で起きたガンマ線バーストによってテディアのオゾン層が破壊され、紫外線が降り注いだことでほとんどの生物が死んだ。

一部の生命が深海に生き残ったので、次の復帰は早かった。独創的な森がまた大陸を覆った。一億年後、クジラ目《もく》の一種が道具と芸術品を作り始めたとき、近くの恒星系が超新星爆発を起こし、テディアはまた最初から始めなければならなかった。

問題はこの惑星のある場所が銀河系の中心に近すぎたことだった。周囲では他の星の災害が頻繁に起きていた。未来には常に絶滅があった。しかし荒廃の合間には恩寵《おんちょう》の時代もあった。四十回のリセットを経て、穏やかな期間が長く続き、文明が根を下ろした。知的な熊人間が村を作り、農耕を習得した。蒸気を操り、電気を利用し、簡単な機械を作るようになった。しかし過去に何度も生命が途絶えていることを考古学者たちが明らかにしたとき、社会は壊れ、自滅した——次の超新星が惑星を滅ぼす何千年も前に。

こうしたことも繰り返し起きた。

でも、見に行ってみようよ、と息子は言った。とにかく見てみよう。

私たちが着いたときには、惑星は死滅と再生を千一回繰り返していた。太陽は燃え尽きかけて、もうすぐ拡大期に入り、惑星ごと呑み込みそうだった。しかし生命は果てしなく新しい生活基盤を組み立てていた。それ以外のことは知らなかった。それ以外のことはできなかった。

私たちは若くて険しいテディアの山脈の上で生き物を見つけた。それは管か枝のような形で長い間地面にじっと張り付いていたので、私たちは最初それを植物と勘違いした。しかし彼らはようこそという意味の言葉を直接私たちの脳に送り込んで私たちに挨拶をした。

彼らは息子を探った。彼らの思考が息子の中に流れ込むのを私は感じることができた。私たちに警告を与えるべきか、迷っているんだね。

おびえた息子がうなずいた。

私たちに心の準備をさせたい。しかし苦痛は与えたくない。君はそんなふうに考えている。

息子はまたうなずいた。目から涙がこぼれていた。

心配しなくていい、と死すべきさだめの円筒状生物が言った。〝永遠〟には二種類ある。私たちが知っている永遠は、もう一つよりもすばらしいものだ。

メキシコ湾岸一帯を襲った夏の洪水は三千万人が利用する飲み水を汚染し、肝炎とサルモネラ症を南部に蔓延《まんえん》させた。大草原地帯《グレート・プレーンズ》と西部では熱中症で高齢者が亡くなっていた。サンバーナーディーノ（カリフォルニア州南部の都市）で山火事が起き、後にカーソンシティー（ネヴァダ州の州都）でも発生した。X理論《セオリーX》と名乗る武装集団が大草原地帯で町を巡回し、不特定の外国人侵入者を捜索した。その頃、中国の黄土高原では新種の黒さび病が広がり、小麦の収穫に打撃を与えていた。七月下旬にテキサス州ダラスで行われた〝真のアメリカ〟のデモは人種暴動と化した。

大統領はまたしても国家緊急事態を宣言した。そして六つの州で州兵を動員し、不法入国者と戦うため国境に軍を派遣した。

すべてのアメリカ人にとって安全上最大の危機だ‼

南東部一帯を襲った嵐が引き金となって、ローンスター・ダニ（*Amblyomma americanum*）が大発生した。ロビンはそれを面白がった。そしてそれに関する記事なら何でもいいから読んで聞かせてほしいと私に頼んだ。それって悪いことじゃないかもしれないよ、パパ。僕らを救うことになるかもしれない。

彼はその頃、奇妙なことを口にするようになっていた。私はいちいちそれを責めることはなかった。しかしそのときは違った。「ロビン！　何てひどいことを言うんだ！」

ううん、真面目な話。感染症を起こした人は肉アレルギーになるんだ。肉を食べる人がいなくなったらすごいでしょ。人類の食料が今の見込みより十倍先までもつかもしれない！

私はそれを聞いて落ち着かない心持ちになった。そしてアリッサに手を貸してほしいと思った。しかし問題はそこだった。彼女は既に介入していたのだ。

彼は母親の〝恍惚〟のひな型で四度目のトレーニングを受けた。そして五回目。彼は毎回うれしそうな一方で少し当惑した様子も見せた。じっとものを見たり、何かに耳を傾けることは増えたが、口数は徐々に減った。ノートにスケッチをするときは、植物が伸びる速度で手を動かした。

夕食後、私がプログラムを書いているとロビンが書斎に来た。僕は今日より昨日の方がよかった？

「どういう意味？」

つまり僕は昨日、〝矢でも鉄砲でも持ってこい〟っていう気分だったんだけど、今日は全然。あぁあ！

彼は母親が馬鹿げたお役所仕事と向き合うたびにいつもしていたように短気ないらだちのうなり声を上げた。しかし私に当たるときも、名付けられない挫折感に震えるときも、彼が発するオーラは大きくゆったりとして感じられた。今の彼は心が落ち着いていた。

日々は明るくなった。彼は何時間もずっとデジタル顕微鏡を覗いていた。単純なものをスケッチするのに午後の大半を費やすこともあった。裏庭の巣箱、フクロウのペレット（猛禽が吐き出す不消化物の塊）の中身、オレンジに生えたかびまでもが彼を魅了した。いまだに、前みたいにおびえたり怒ったりすることもあった。しかしそれはすぐに収まり、引き潮の後に残された静かな潮だまりにはさまざまな宝物が現れた。

州議会議事堂の階段に立って手作りのプラカードを振っていた少年はもういなかった。私はほっとするのが当然だった。しかし私は夜ベッドに入るとき、以前は心配だった子供のことをまるで喪に服するように思い返した。

私はひどいことをした。息子のノートを覗き見したのだ。この数千年間、何百万もの親がもっとひどいことをしてきたが、それにはもっとましな理由があった。彼は決して監視を必要とする状態ではなかった。彼が何を考えているかを覗き見する理由は私にはなかった。私はただ彼がアリッサとどんな霊的交信をしているのかを知りたかったのだ。

それは八月一日のことだった。ロビンは庭でキャンプをしてもいいかと訊いた。外で夜を過ごすのはすごく楽しい。いろんなことが起きてる。あらゆる生き物があらゆるものに話しかけてるんだ！

家の中でもその音は充分に聞こえた。アマガエルの歌声、セミの大合唱、それらを餌食にする夜鳥の独唱。しかしロビンは外で音に囲まれることを望んだ。臆病な息子が夜に一人屋外で過ごしたいと言ったことに私は驚いた。私は喜んでその背中を押した。世界は崩壊に向かっているとしても、うちの裏庭はまだ安全だと感じられたからだ。

私はテントの設営を手伝った。「本当に一人で大丈夫か？」。そう言う私も本気ではなかった。既にそのときには、こっそり息子のノートを見ようと考え始めていた。

私はテントの明かりが消えるまで待った。彼の数冊のノートは学習机の上で、晶洞《ジオード》のブックエンドに挟まれていた。彼は私を信じていた。私がノートを覗き見することは決してないと彼は思っていた。私は現在使われているノートを見つけた。表紙には〝ロビン・バーンの私的メモ〟と大きく記されていた。その中身を一ページずつ読み始めたときには罪悪感は感じなかったが、そこに書かれた中身を理解するにつれて気持ちが変わった。そこには母親について一言も書かれていなかった。ついでに言うなら、私に関しても。個人的な希望や恐れについてもまったく触れられていなかった。ノートは一冊丸ごとスケッチ、メモ、描写、疑問、思索、評価――他の生命についての証言――に捧げられていた。

雨のときアトリはどこに行くのか？
シカは一年で何キロ歩くのか？
そのコオロギは迷路から出る方法を覚えることができるのか？
そのコオロギを食べたカエルは、より早く迷路から出られるのか？
僕は蝶を息で温めて生き返らせた。

ほぼ真っ白なページにはこう書かれていた。

僕は草が好き。草は上からじゃなく、下から伸びる。何かが草の先を食べても、植物を殺すことにはならない。ただ生長が早まるだけ。まさに天才!!!

その宣言の下には草が描かれ、それぞれのパーツに名前が添えられていた。葉身、葉鞘《ようしょう》、節《ふし》、頸《けい》領《りょう》、分蘖《ぶんげつ》枝、穂、芒《のぎ》、苞穎《ほうえい》……。彼はどこかからその名前を書き写していたが、観察は自分で行なっていた。だから開いた葉鞘を丸で囲み、隣に疑問符を付けてこう書き込んでいた。間の襞《ひだ》は何という名前か？

私は二つの意味で恥ずかしくなった。一つは息子のノートを覗き見したことに対して。もう一つはイネ科の草をじっくり観察したのが初めてだったことに対して。私は非常に奇妙な感情に襲われた。そこに書かれているのは墓場から発せられた内容だった。私はノートを元に戻した。翌朝彼が家に戻り自分の部屋に入ったとき、ノートに残った指の匂いに気づかれるのではないかと私は不安だった。

冒険してみない？とロビンは言って、私と近所に散歩に出た。これほどゆっくり、そしてこれほどきょろきょろと周囲を見ながら歩く彼を私は見たことがなかった。〝恍惚《エクスタシー》〟というのは正しくない。アリッサのエネルギーはロビンの中で和らぎ、もっと流動的かつ即興的なものに変わっていた。世界にいる生物種の半分が死にかけている。でも世界はいつまでも緑だし、今後はさらに緑になっていくだろう、と彼の顔は言っていた。彼は来るべき災厄と冷静に向き合うことができた――屋外に出られる限りは。

驚いたことに、向かい側から歩道を進んで来る若いカップルに彼は声をかけた。今日はどこまで出かけるんですか？

相手は質問を聞いて笑った。ちょっと近所まで、と二人は言った。

僕らもそうです。そのへんを一周するくらいかな。わからないけど。

若い女性は私を見た。目を囲む筋肉は、いい子育てをしてますねと私を褒めていた。私は自分の子育てとは無関係だと目で訴えた。

さらに先に行ったところでロビンが私の肘をつかんだ。聞こえた？　セジロコゲラ《ダウニー・ウッドペッカー》が二羽でおしゃべりしてる。

私は耳を澄ました。「どうしてわかる？」

簡単。〝セジロ《ダウニー》は声が下がる《ダウン》〟。さえずりの最後の方がちょっと低くなるでしょ？

「ああ、うん。でも訊きたかったのは、〝セジロ《ダウニー》は声が下がる《ダウン》〟なんてどこで覚えた？」

イエミソサザイもいるよ。パー・チッコ・リー！

私は彼の肩をつかんで揺さぶりたくなった。「ロビン。そんなこと誰に教わったんだ？」

ママは鳥のさえずりに詳しかった。

彼は私が気味悪がっているのを察していたに違いない。ひょっとすると何も知らない私をたしなめていたのかも。結婚前にアリッサと付き合っていた頃はずっとバードウォッチングをしていたが、結婚した後、彼女のバードウォッチングのお伴は人任せにしていた。

「それは本当だ。ママは詳しかった。でも、それは何年間も勉強したからだ」

僕は全部を知ってるわけじゃないよ。知ってる分しか知らない。

「どこかで勉強してるのか？　ネットとか？」

勉強してるってわけじゃない。ただ声を聞いて、いいなって思うだけ。

彼が鳥の声を聞いている間、私はどこにいたのか？　よその惑星にいたのだろう。

私たちは歩いた。耳を澄ますロビンと、やきもきする私。私は完遂させる方法を知らない計算を実行していた。ロビンは数か月前とどれだけ違うのか？　元々スケッチが好きで、好奇心旺盛で、生き物を愛していた。しかし私の右肘のところにいる少年は、借りた山小屋で誕生日プレゼントの顕微鏡を覗いていた子供とは別種の生き物としか思えない——あれから一年も経っていないのに。自然との感応によって無敵の存在に変わっている。

それからさらに二歩進んだところで、彼は足を止めた。そして歩道の先を指差して、私に先に行けというしぐさをした。近くの鉄樹からコンクリートの上に木漏れ日が落ちていた。それは粗い紙に描いた水墨画を重ねて水に浮かべた不思議なアニメのように見えた。彼の顔には伝染性のある喜びが浮かんだ。しかしロビンの喜びと私の喜びは、上昇気流に乗ったアジサシとゴム動力の模型飛行機のようにまったく異なっていた。私は彼よりずっと早くそれに飽きた。彼は私が促さなければ午後の間ずっとその影絵芝居を眺めていたかもしれない。

私たちは家から三ブロックのところにある小さな公園に着いた。彼は隅にあるブランコのそばに生えている、噴水みたいな形の細い木を指差した。

あれが僕のお気に入り。〝僕の赤毛の木〟って呼んでるの。

「お気に入り？　どういうこと？」

赤い毛が生えてるから。ほんとだよ！　見たことないの？

彼は低いところにある枝まで私を案内した。木のそばまで行くと彼は一枚の葉を裏返した。裏には大小の葉脈に沿って赤い毛が密生していた。

スカーレットオーク。かっこいい木だよね？

「知らなかった！」

彼は私の背中をぽんぽんと叩いた。知らなくたって大丈夫だよ、パパ。知らないのはパパだけじゃないから。

通りの先から大きな声が聞こえた。ロビンより少し大きな三人の少年が〝一時停止〟の道路標識を外そうとしていた。ロビンの顔に懸念が浮かんだ。人って妙なことをするよね。

彼が葉から手を離すと、曲がっていた枝が元に戻った。私は幹に目をやった。どの葉にも赤い毛が生えているのが今ではわかった。「ロビン。いつの間にそういうことを覚えたんだ?」

彼は背筋を伸ばし、私――唯一その場から浮いている生き物――の方を向いた。〝いつ〟ってどういう意味? 昔から知ってるよ。

「でも、それは自分で覚えたわけ?」

彼の体全体が異議を唱えるのがわかった。ここにいるみんなが僕に自分のことを知ってほしいって言ってくるの。その一秒後には、彼は私が質問したことをすっかり忘れていた。そして私に蟻塚と、小さなあずまやの壁の下に掘られた巣穴を見せた。何の巣穴かはまだわからないの。彼は地面に座り込み、穴をじっと見つめ始めたので私は落ち着かなくなった。ここに巣穴を作った生き物は、何かわからないけど、いけてるよね。

彼はマリアナ海溝の底を探索するかのように、カエデと枯れかけたトネリコの下を歩いた。私はきょろきょろしながら進む彼の後ろを付いていった。しかし私に周囲は見えていなかった。何週間も前から頭に取り憑いた疑問を振り払うことができずにいたからだ。何とかそれを抑え込む新たな方法を考えようとしたが、結局は無駄だった。「ロビン? トレーニングをしているときの話だけど、ママがそばにいる感じなのかな?」

彼は立ち止まり、金網塀をつかんだ。ママはそこら中にいる。

「うん。けど――」

カリアー先生が言ってたことを覚えてる? 僕がパターンをマッチさせようと頑張ってるときに感じるのは……

それは彼女が感じていたのと同じものだ。プルチックの運命の輪でレモン色に塗られた〝当たり〟の部分。彼が〝恍惚〟を味わう一方で、私は〝不安〟〝嫉妬《しっと》〟あるいはもっとたちの悪いものから逃れられずにいた。

彼はまた歩きだし、私もその後を追った。彼は手を広げて郊外の通りを先までずっと指し示して言った。パパ？　ここは前に二人で行った惑星みたい。別々に生きている全部の生物がたった一つの記憶を共有しているあの惑星みたい。

彼は通りの先を指差した。そこには一時停止の標識を壊している少年たちがいた。何をしてるのか見に行こう。

そんなことをするなんてロビンらしくない。本物のロビンは家にいて、一人で農場ゲームをしたり、お気に入りの二人の女性の動画を観たりして、他の人類との接触は避けるはずだ。しかしここにいる男の子は私の腕をつかみ、引っ張った。

ちょっと挨拶するだけだから。ね？

それはアリッサが元気な頃、私を何かに引き込むときに千一回使った決まり文句だった。私はそのテストステロンの雲の中に突っ込むのは愚かな行為だと思った。その後、ひらめいた。息子が今やっている実験は私から受け継いだ最悪の特性を捨て去る訓練が中心なのだ、と。太陽系第三惑星というこの小さな無法地帯で私はおびえて暮らしていたのに、息子はなぜか自信にあふれていた。

十歳くらいの三人の子供たちは私たちが近づくと、壊れた標識から顔を上げた。二人は運動靴メーカーのロゴが入ったシャツを着ていた。もう一人は迷彩柄のズボンを穿き、シャツには〝星条旗は色落ち《ラン》せずにリロードする〟（「星条旗は色落ちしない」というのは米国の愛国主義的フレーズ。「ランせずにリロードする」というのは「逃げることなく銃に弾を再装填する」意味にもとれる）とプリントされていた。彼らは蹴るのをやめたが、私たちが立ち去ったらすぐに破壊を再開しそうな様子だった。私はその前の週に選挙前世論調査の結果を見ていた。アメリカ人の二十一パーセントが社会は徹底的に破壊される必要があると考えていた。一時停止の標識はその手始めにはもってこいだったのかもしれない。

私が威厳を装って家に帰るよう彼らに言う前にロビンが大きな声で呼びかけた。ねえ！　みんなで何してるの？

リロードのシャツを着た少年が鼻を鳴らした。「金魚の墓を掘ってんだよ」

ロビンは目を見開いた。ほんとに？　三人はあざけった。息子は少しひるんでからにやりと笑みを見せて反撃した。うちも前に犬の墓を掘ったことがある。ところでフクロウのこと知ってる？

少年たちはただじっとロビンを見て、精神に障碍を抱えている可能性を見極めようとした。三人の中でいちばん小柄な少年――〝俺はほんとはここまで醜男じゃない〟と書いた野球帽をかぶった子――がようやく口を開いた。「何それ？」

ワシミミズク。カトリック教会横のストローブマツに棲み着いてる。これがでっかいの！　彼は自分の身長の半分ほどに手を広げた。来て！　見せてあげる。

小柄な二人に顔色をうかがわれた大柄な一人は〝嫌悪〟と〝関心〟の間で揺れていた。ロビンは後ろを振り返り、後を付いてきてというしぐさをした。驚いたことに少年たちは後に続いた。

私たちはロビンを先頭にして角を曲がり、大きなストローブマツの枝下に茶色い針葉がマットのように積もったところまで行った。彼が指差した先を残りの四人が見上げた。しーっ。ほらあそこ。

「どこだよ？」不良の一人がぼやいた。

ロビンは再びいらついたように、しーっと言った。そして口を開けずにささやいた。うわー！　ほら。上。あそこ！

私は三十秒ほど探した後でようやく、今見ているのが堂々とした鳥の目であることに気づいた。体長は六十センチほどあったに違いない。しかし羽による見事な擬態《カモフラージュ》で、その姿はひびの入った松の樹皮に完全に溶け込んでいた。ただすぐ下の幹に付いた白い糞の跡と金色の輪の形をした無慈悲なまなざしだけが秘密を漏らしていた。もしも気づいていれば近所の人が全員その木の下に集まっていただろう。

〝リロード〟の少年が携帯を取り出して写真を撮った。〝ここまで醜男じゃない〟帽子の少年も携帯を出し、メールを書き始めた。もう一人の少年が「くそ！」と言うと同時に、巨大生物は身をかがめ、二度伸びをしてから飛び立った。先の尖った巨大な翼は、広げると私の身長ほどになった。鳥は翼で重い空気を押さえるようにして通りの反対にある家を越え、屋根の向こうに消えた。

ロビンは鳥を驚かせた少年たちを叱りつけそうに見えた。しかし実際にはただ、貴重な秘密を教えてしまったとため息をついただけだった。彼は私と目を合わせ、無言で頭を動かして避難ルートを伝えた。そして彼らに声を聞かれないところまで離れてから口を開いた。

ワシミミズクは保全状況で言うと〝低危険種〟。馬鹿げてると思わない？　絶滅するまでは心配要らないって言ってるようなものだよ。

彼の感情は怒りにまで気前の良さが加わっているようだった。私は彼の肩に腕を回した。「一体どうやってあれを見つけたんだ？」

簡単だよ。ただ見るだけ。

昼は徐々に短くなり始め、夏は終わりに近づいた。八月半ばのある夜、就寝前に彼はよその惑星の話をしてほしいと言った。私は惑星クロマットについて話した。クロマットには衛星が九つ、太陽が二つあった。一つは小さくて赤く、もう一つは大きくて青い太陽だ。その結果、長さと種類の異なる昼が三つ、日の出と日の入りが四種、蝕《しょく》が数十種、宵と夜の状態には無数のバリエーションがあった。大気中の塵によって二種類の陽光が渦巻き模様の水彩画と化した。そこで話される言語は、緯度と半球次第で悲しみを表す単語が二百個、喜びを表す語が三百個あった。

彼は話を聞き終わると何かを考え込んでいた。枕の上に両手を組んで頭を乗せ、寝室の天井を見ながら、クロマットを思い浮かべていた。

パパ？　僕はもう学校に行かなくてもいいと思う。

その言葉を聞いて私の心は折れた。「ロビン。もうその話は終わったはずだ」

ホームスクーリングはどうなの？　彼は屋根の上にいる誰かを説き伏せているかのようだった。

「平日、私には朝から晩まで仕事がある」

教員ってことでしょ？

彼は風のない池に浮かぶボートのように穏やかだった。私は転覆しそうだった。そしてこう叫びたかった。どうして同じ年の他の子供たちと同じように教室でおとなしく座っていられないんだ、ちゃんとした理由を一つでも挙げてみてくれ、と。しかし理由がいくつもあることは既にわかっていた。

エディー・トレシュはホームスクーリングをしてる。両親は共働き。難しいことじゃないよ、パパ。書類を書いて、うちはそうしますってウィスコンシン州に説明するだけ。教材や課題は必要ならネットで手に入る。僕のために時間を割かなくても大丈夫。

「ロビン、問題はそういうことじゃない」

彼は私の方に顔を向けて反論を待った。私が何も言わずにいると、彼は片方の肘をついて体を起こし、ベッドの隣にある小さな学習机からぼろぼろのペーパーバックを取った。そしてそれを私に渡した。アリッサが昔使っていた、合衆国東部の鳥に関する検索図鑑《フィールド・ガイド》だった。

「どこから持ってきた？」。私は自分の口調にひるんだ。わが子を盗人扱いしているみたいだった。私の寝室にある本棚から持ってきたに決まっているのに。

勉強は自分でできるよ、パパ。試しに鳥の名前を言ってみて。どんな鳥か僕が説明するから。

私は本をぱらぱらとめくった。どの鳥にも、覚えたことを示すチェック印が付いていた。母親の方は既にホームスクーリングを始めていたらしい。

僕は鳥類学者になりたい。でも四年生の授業じゃ、そういうことは教えてもらえない。

検索図鑑は木星に持っていったみたいに重く感じられた（木星は質量が地球より大きく、その分、重力も大きくなる）。「学校での勉強は将来の職業に関することだけじゃない」。彼は私を見た。説得力のなさと疲労を気遣っているような表情だった。私はぎこちない手つきで指を組み合わせ、彼に教わったハッシュタグの形を作った。「生きる《ライフ》スキル。な、ロビン。人付き合いを覚えるのもその一つだ」

本当にそういうことを教えてもらえるのなら、学校に行ってもいい。彼はベッドの上で体をずらし、慰めるように私の肩に手を置いた。僕の考えを聞いて、パパ。僕はもうすぐ十歳。大人になったときに必要なことを僕にはすべて学んでほしいとパパは思ってるんだよね。てことは、学校は今から十年後の世界を生き延びる方法を僕に教えてくれないといけない。じゃあ……その世界ってどんなところなんだと思う？

私の首に掛かった縄がきつくなり、私はそこから逃れられなかった。息子はきっとインガ・アルダーの動画でこの論法を覚えたに違いない。

僕は本当にそれが知りたいんだ。

地球には二種類の人間がいる。数学ができて科学に従う人と、自分たちだけの真実に満足する人。しかし私たちは皆どこの学校に通っていようとも、日々の生活においては、明日はまるで今日のクローンであるかのように暮らしている。

パパの考えを聞かせて。だって、それこそが僕が勉強しないといけないことなんだから。

私は何も口に出して言う必要はなかった。ロビンは新たに身に付けた力で私の目を覗き、内なる点を動かしたり拡大したりして私の心を読むことができた。

パパのお父さんは病気がだんだん重くなってきて、でもお医者さんには行かなくて、結局死んじゃったでしょ。覚えてる？

「覚えてる」

今みんながやってるのはそれと同じこと。

私は父のことはあまり思い出したくなかった。底なしの破局について九歳の息子と議論することもしたくなかった。家は平和で、夜は穏やかだった。私は無数のチェック印であふれかえるアリッサの本を指先でめくった。

「ムナグロアメリカムシクイ」

ムナグロアメリカムシクイ、と彼は綴り字競技（単語の綴りの正確さを競う競技で、最初にお題の単語を発音した後、一文字ずつ綴り字を言う）のように復唱した。オス？　頭は黒から灰色。体は緑、腹部は黄色。尾の下側は白。

私は通う学校を間違えた。彼は教室で一年かけて学ぶことをひと夏で独学した。学校教育が否定しようとしていることを彼は自力で発見していた——すなわち、生命は私たちに何かを求めているということ、そして時間切れが近づいているということを。

絶滅寸前、と彼は締めくくった。既に絶滅している可能性あり。

「君の勝ちだ」と、まるでそれが勝負だったかのように私は言った。「じゃあまずは、ホームスクーリングというのがどういうものかを調べるところから始めよう」

私たちは州の学校教育局宛に理由書を書いた。私はちょっとしたカリキュラムを組んだ。読書、算数、理科、社会、体育。息子が今まで受けてきたものよりも、私のカリキュラムの方がよく出来ていた。学校に通うのをやめた初日、彼は「聖者の行進」を歌いながら家中を走り回った。歌詞はすべて覚えていて、あらゆる楽器を真似た。

生活を変えるには時間と汗、そしてさらにたくさんの子守り《シッター》が必要だった。私の勤務時間はいくらか融通が利き、彼は喜んで私と一緒にキャンパスに行った。困ったときには彼を図書館に行かせた。しかし私の他の教え子たちにとって、その学期は最高と言えるものではなかった。論文投稿は滞った。ベルビュー、モントリオール、フィレンツェで予定されていた学会発表はキャンセルせざるをえなかった。

一年で必要な授業時間数はわずか八百七十五時間だと知って私は驚いた。ロビンは週末にも勉強をしたがったので、平均すれば一日当たり二時間半にしかならない。公的カリキュラムを消化することには何の困難もなかった。彼はうれしそうにオンラインの自習テストを手早く片付けた。私たちは読書、算数、理科、社会、体育を口実にしてあらゆる場所に出かけた。自宅でも、自動車の中でも、食事中も、長時間森を歩きながらでも勉強をした。ゴールキーパーを交代しながら公園でペナルティーキックの練習をするのも、体育と統計学の勉強になった。

私は息子のために惑星探査応答機《PET》を作った。古くなったタブレット型パソコンにエナメル塗料を塗って、未来的でおしゃれな小道具に仕上げたものだ。私は息子専用に特別なアカウントを作った。ブラウザは子供向けに考えられた一部のサイトしか見られず、教育的なゲームしかできない小学生用のものをインストールした。ロビンは制約を気にしなかった。地球近傍軌道も、周回軌道の一種には違いない。

息子のカリキュラムの監督、学部生向けの講義を二つと生命存在指標に関する大学院生向けのゼミの準備、アジア人留学生のビザ危機にからんでまだ収まりがつかない騒動、締め切りを守れなかったことを同僚に詫びる大量のメールの送信――さまざまなことに振り回される私は、チャレンジャー号爆発事故直後のNASAみたいな気分だった。ストライカーは私に見切りをつけ、研究における協力関係を解消した。私はウィスコンシンに来て以来初めて、まともな業績が記されていない年間活動報告を提出しなければならなかった。

ある土曜日、日が昇る三十分前にロビンが私を起こした。数日ぶりに深く眠っていた私は、まだ二、三時間しか寝ていないところを起こされたのだった。とはいえ少なくとも、ロビンは癇癪を起こして私のところに来たわけではなく、うれしそうな様子だった。今日はどこに行くの、パパ？さあ、早く。新しい場所に宝探しに行かせて。

私は遅れている仕事を片付ける間、彼が専念できる課題を探した。

「地図を見て、西アフリカの国の輪郭を八つ描き写すこと。そしてそれぞれの枠の内側に、その土地の植物と動物を四つ描くこと」

お安いご用、と彼は言って部屋を飛び出し、信頼するPETのもとに向かった。午後三時には課題が仕上がった。彼が設定した勢いだと、四年生で勉強すべき八百七十五時間は夏の終わりまでに消化してしまいそうだった。

いいこと考えたよ、とロビンは言った。カリアー博士のラボは犬を扱うことが出来るよね。すっごくいい犬。でも別に犬じゃなくても、猫でも熊でも、鳥でもいい。鳥って人が思っているよりずっと頭がいいってパパも知ってるでしょ？　ていうか、磁場を見ることができる鳥もいる。かっこいいと思わない？

その日の午後、私は研究室に息子を連れて行き、新学年に向けた準備をしていた。彼は木星、土星、月、あるいは太陽系のどこかを訪れたときに自分の体重がどれだけになるかを示すプログラムで遊んでいた。

「犬を使って何をするんだ、ロビン？」。彼の思考は最近、しばしば本人にも説明できないほど豊かになっていた。

犬をラボに連れて行って、スキャンするの。すごく機嫌がいいときの脳をスキャンする。そうして、そのパターンを使って人間がトレーニングをすれば、犬の気分を知ることができる。

私にはわざとらしく褒めることしかできなかった。「いい考えだね。カリアー博士に教えてあげないとな」

彼は顔をしかめたが、私が示した反応に比べれば手ぬるいものだった。先生は僕の話なんて聞いてくれない。残念だけどね。だってほら、考えてみて、パパ。普通の学校教育に取り入れてもいいくらいだと思うんだ。他の生き物がどう感じているかを学ぶことがみんなの義務になるわけ。それだけでいろんな問題が解決できる！

私はそれにどんな返事をしたか思い出せない。三週間後、トロント大学の著名な生態学者が私の大気モデルを部分的に用いて、気温が徐々に上昇したときに私たち自身が暮らす地球の生態系がどう変化するかを分析した、と私は知った。エレン・コウトラー博士と院生の研究チームによると、互いに結び付いた数千の生物種が雪崩を打つように消え失せるらしい。段階的に衰退するのではなく、崖から落ちるように一気に。

ロビンの言う通りだ。私たちは全員が神経フィードバック訓練を受けることを義務化しなければならない。アメリカへの移民が合衆国憲法のテストに合格しなければならないように。あるいは車の運転に免許証が必要なように。ひな型に用いる動物は犬でも猫でも熊でも、あるいは息子のお気に入りの鳥でもいい。人間以外の生き物の気持ちを味わわせるものなら何でも。

彼はキッチンでガラス製のボウルをタイルの上に落とした。ボウルは割れて粉々になった。跳び退《の》いたときにはだしの足の裏が破片で切れた。一年前なら、大泣きして、あるいは怒り狂って暴れだすところだ。しかし今の彼はただ片脚立ちになって、けがをした足をつかんだだけだった。うわ、やっちゃった！　ごめん、ごめん！　二人で傷を洗って包帯を巻いた後、彼は自分で片付けをすると言い張った。これも一年前なら、箒《ほうき》の置き場所さえ知らなかっただろう。

「偉いぞ、ロビン。何だか人生に対する向き合い方がすっかり変わったみたいだ」

彼はスローモーションで私のお腹にパンチを入れて笑った。え？　まあ、そうかな。昔のロビンだととりあえず、〝うわぁ！〟だよね。彼は天井を指差した。新しいロビンはあそこにいて、下でやってる実験を眺めている感じ。

彼は両手の指の腹を唇の前で合わせて三角形を作った。まるでシャーロック・ホームズと交霊《チャネリング》しているみたいな、奇妙なしぐさだ。まるで彼と私が昔なじみの友人同士で、介護付き老人施設の共用スペースにある暖炉の前で長くて曲がりくねった人生を語り合っているかのようだった。チェスターが本を破いたり、カーペットの上におしっこしたりしてたのを覚えてる？　怒るわけにはいかなかったんだよね、だって相手はしょせん犬なんだもん、ね？

私は彼の思考が結論に達するのを待った。しかしそれは既に完結していた。

私はロビンをその夏最後のトレーニングに連れて行った。その頃にはラボの全職員がロビンの様子に目を見張っていた。ジニーはロビンにコミックスを渡し、彼に声が聞こえないように私を廊下に連れ出した。彼女は必要なことをどう伝えればいいのかわからず、首を横に振った。「おたくの息子さん。私としてはもうとにかく。かわいくて仕方がありません」

私はにやりとした。「私もです」

「驚くほどの変化です。あの子がそばにいると、何というのか……」。彼女は困ったように私を見た。「自分が今ここにいる実感が湧いてくる、みたいな？　伝染性があるんです。ウイルスみたいな感染力。あの子が来たときには私たちみんなが幸せな気分になる。予約の二日前になるとみんながざわつき始めるんですよ」。ジニーは当惑気味だがうれしそうな顔でトレーニングに戻っていった。

私は制御室からセッションを眺めた。ロビンは名人になっていた。彼はただ思考だけを使っていともたやすく画面上のアニメを操り、それに比例してうれしそうな表情を見せた。彼とＡＩは即興でデュエットし、ハモっていた。二人が奏でる交響曲を聴くことのできない私はそれを外から眺めた。ロビンの顔は細目、しかめ面、得意げな笑みなど自在に変化した。彼はネイティブ・スピーカーが二人しかいない言語で誰かとおしゃべりをしているように見えた。

私は同じ光景を見たことがあった。ロビンが七歳の頃の話だ。彼とアリッサは真鍮製のアームランプの明かりの下、折りたたみ式のカードテーブルの上でジグソーパズルを組んでいた。ピースは大きめで数も少なかった。アリッサは一人なら二分ですべてを仕上げていただろう。しかしそのときは遠慮気味にわざとのろのろし、ロビンに考えさせて夜を過ごしていた。それに報いるように彼はいろいろなパターンでうれしそうな表情を見せた。二人は探しているピースの形をまるで何かを解剖しているみたいに面白おかしく相手に説明し、少なくなっていくばらばらのピースの山から候補を探させたりして遊んでいた。四か月後にアリッサはいなくなる。あの夕べも彼女と一緒に消え去った――しかし再びロビンが彼女と遊んでいる様子を見ていると、あのときのことが不意によみがえった。

カリアーは研究室に来てくれと私に言った。私は机を挟んで彼の前に座った。机の上にはらせん綴じのノートが山になっていた。「シーオ、君に頼みたいことがある」

彼は値札を付けることのできないセラピーを無料で提供してくれた。そしてロビンを別人に変え、来るべき悲劇から救ってくれた。厳密に言えば、彼の頼みを聞くのが筋だろう。

カリアーは記憶にある長い手順を踏んだときにだけ蓋が開く、日本製の寄せ木細工のからくり箱をいじっていた。「われわれは今、一つの可能性が生まれたと考えている。この技術を治療に用いるという、非常に意義深い可能性だ」。私は一つうなずいた後、そのままじっとしていた――アリッサが読む詩に耳を傾けるチェスターのように。「息子さんはわれわれにとって非常に強力な実例となる。彼は最初の時からこの実験で好成績を収めていた。それでそろそろ……」。カリアーはまだ開いていないからくり箱を机に置いた。「実験の成果を公表したいと考えている」

「今までにも経過を論文にしているんじゃないのか?」

　そのとき彼が私に見せた笑みは、私が上機嫌で軽口を叩いたときに父が見せていた笑みとよく似ていた。「うん、それはそうだ」

「学会発表とか?　研究会とかでも?」

「もちろん。しかし私たちは今、研究資金を続けて確保するために奮闘しているところでね」

「詳しく聞かせてくれ」。宇宙生物学は十年ちょっとの栄光を味わった後、物乞いみたいな状態に陥りつつある。しかしカリアーがやっているような実用的な科学が金に困っているという話は私にとって驚きだった。あらゆる研究が〝儲かる〟ことを示さなければならないとは思ってもいなかった。とはいえ、進化論を教える小学校の予算を教育長官がカットするなどという事態も想像したことがなかった。

　具体的な話をする前から、カリアーの目は許しを求めていた。「今のうちに技術移転の可能性を考えておく必要がある。これは移転する価値が大いにある技術だから」

「つまり特許を取りたいということか」

「プロセスを丸ごと。多様な精神疾患に対して高度な順応性を有するセラピーとしてね」

　私の息子は〝疾患〟を持っているわけではない。「それで、頼みというのは何?」

「私たちはこの研究をさまざまな専門家の集まりで発表している。民間企業に勤める人たちやジャーナリストに。で、彼の動画を使わせてもらいたい」

　私は〝民間企業〟という単語に引っかかった。理由はわからない。この惑星上にあるすべてのものは商品化されていた――私が生まれるずっと前に。カリアーは私と目を合わせようとしなかった。

彼の注意はすべて、日本製のからくり箱に向けられていた。「最初の頃からトレーニングの様子を動画に撮ってきたが、それを使いたい」

彼が動画の話をした記憶は私にはなかった。きっと過去に同意していたのだろう。何らかの書面で。

「もちろん本名は伏せる。しかし、彼の進歩をこれほどめざましいものにしている要因には触れたい」

〝亡き母から幸福感を学ぶ少年〟とアピールしたいわけだ。

私の脳は慌ただしい計算に追いつくことができなかった。私は科学を信じていた。ロビンが大きな世界で一つの役割を果たすのはうれしい。彼はジニーが言っていたように幸福のウイルスになれるかもしれない。しかしマーティンの計画は私の中で警戒ブザーを鳴らした。

「その話はちょっと危険な感じがする」

「動画は二分間、見せる相手は研究者や医療関係者だ。顔はモザイク加工して、声は変える」

私は自分が急にケチで迷信深い人間になった気がした。いや、それよりひどい。利己的な人間。料理を平らげた後で支払いを拒んでいるみたいだった。「二、三日考えさせてくれないか？」

「もちろんだ」。彼は必要以上に安堵した様子だった。そして次にこう訊いたのは、重ねて恩に着せるためだったかもしれない。「あの子はラボにいるときと同じように、家でも輝いているのか？」

「この数週間はずっと幸福にあふれてる。最後に癇癪《かんしゃく》を起こしたのがいつだったか思い出せないよ」

「何だか不思議そうな口ぶりだな」

「不思議に思うのは当然じゃないのか？」

「彼がどんなものに取り囲まれているか、想像してみろ」

「〝想像〟するだけじゃあ私の気は済まないね」

カリアーは私の言っている意味がわからず、顔をしかめた。

「私だってトレーニングをさせてもらいたい」。ロビンがセッションを終えるたびに、私はますますそう思うようになっていた。私も亡き妻の心にアクセスしたかった。

カリアーのしかめ面が当惑した笑顔に変わった。「申し訳ない、シーオ。その費用は正当化できそうもない。今だって、正当な実験にかかる金を捻出するのに必死なんだから」

私は狼狽して話を逸らした。「私が訊きたかったのは……ロビンはトレーニングを重ねるにつれてアリッサに似てきているってこと。こめかみを指先でとんとんと叩く癖とか、〝実際《アクチュアリー》〟と言いながら考え込む様子とか……気味が悪い。アリッサが知っていた鳥も半分はもう覚えている」

彼はその話を面白がった。「はっきり言っておこう。トレーニングでそういう癖や記憶を身に着けることはありえない。彼が母親の脳のパターンから学ぶことができるのは、今模倣《エミュレート》しようとしている一つの感情状態だけだ」

しかし彼女が何らかの意味で息子を教育していることは確かだ。私はそれ以上食い下がることはしなかった。私は自分が魔法の積荷信仰《カーゴ・カルト》（船や飛行機に乗った先祖の霊がいつか文明の産物を届けてくれるとする信仰）に入れ込む迷信深い狩猟採集者になったように感じた。私は話を変えて言った。「正直に言うと、あの感情状態は本当は別人じゃないかと私は思っている」

「〝恍惚〟が？　アリッサじゃない？」

マーティンと私の間に火花が散った。フィードバック訓練をまったく受けたことがなくても、私はそれを読み取ることができた。男が私から目を逸らしたことで、私にはわかった。私はずっと故意に知らないふりを続けてきたが、その姿勢がばらばらに砕け、昔から抱いていた疑念の下にあった真実が明らかになった。単に私が底なしの不安を持っていたということではない。妻には私がまったく知らない時代が十年以上あった。彼女は一つの独立した惑星だった。

その夜、世界の天文学者は宇宙について、私が大学院に通った最初の二年間に集めたよりもたくさんの情報を集めた。私が当時なじんだカメラよりも五百倍大きなものが空に弧を描いた。恒星間意識が覚醒し、進化によって目を獲得しつつあった。

私は書斎で、大きな湾曲したモニターの前に座り、惑星に関して共有されたデータの海から水をすくっていた。息子は別の部屋でカーペットに腹ばいになって、自然環境関連のお気に入りサイトを自分の惑星探査応答機《PET》で覗いていた。不安を抱えた仲間たちがアメリカ中で戦争の準備を整えていた。私もそこに駆り出されようとしていた。

私は八年前からさまざまな惑星環境を作り、生きた大気を生成し、仲間の宇宙生物学者たちが〝バーン地球外生命体検索図鑑《エイリアン・フィールド・ガイド》〟と呼ぶものを徐々にまとめつつあった。それは基本的には、分光器で判別可能なあらゆる生命存在指標の分類カタログとなっていて、そこに存在する可能性のある地球外生命が段階別・タイプ別に整理してあった。私は自分のモデルを検証するために、地球を遠くから眺めてみた。地球の大気は月に反射した光を受けて、ぼんやりとした青白い画素として見えた。私はその画素を自分のシミュレーションに取り込み、スペクトルに書き込まれた黒い線でモデルの有効性を確認し、改良の手掛かりにした。

しかし私のライフワークは停滞状態に陥っていた。私は仲間の数百人の研究者と同様、データを待っていた――〝外〟に存在する現実の世界から送られてくる現実のデータを。宇宙は果たして呼吸しているのか、それを見極める第一歩を人類は踏み出そうとしていた。しかしその足は空中で止まったままになっていた。

　ケプラー望遠鏡は私たち全員の期待を超える大成功を収めた。それのおかげで、目を向けるすべての宇宙空間が新しい惑星で満たされた。数千の有望な惑星が確認待ちの状態になったが、確認をする研究者が足りなかった。私たちは地球のような惑星が珍しくないことを知った。そんな惑星は私が大胆に望んだのよりたくさん存在した。しかも意外に近い場所に。

　しかしケプラーは一つの惑星をじっと眺めるわけではなかった。それは大きな網を投じ、何パーセクも離れたところにある恒星のわずかな明るさの変化を見て、百万分の数十という正確さで光を集めた。恒星の明るさがほんの少しでも減じると、それは目に見えない惑星が手前を横切った証拠になった。それは今でも私を唖然とさせる。というのも、約四万八千キロ離れた場所から、街灯の上を這っている蛾を検知するようなものだからだ。

　しかし私が望んでいるものを与える力はケプラーにはなかった。ケプラーでは、どこかよその惑星に生命が存在することを疑念の余地なしに知ることはできなかった。どうしてそれが私にとってそれほど重要なのか自分でもわからなかった――他のたくさんの人にとってはどうでもいいことなのに。妻でさえ、結果がどうであろうとあまり気に懸けてはいなかった。ロビンは気に懸けていた。

　ある惑星が呼吸しているかどうかを知るには、大気の詳細なスペクトル的指紋がわかるくらい精細な赤外線画像を直接撮影することが必要だ。私たちにはそれを手に入れる力があった。私はロビンが生まれるより前、アリッサと交際し始めるより前から多くの研究者とともに、自分の考えたモデルに実際のデータを与えられる——そして宇宙が不毛なのか、生きているのかをついにはっきりとさせられる——宇宙望遠鏡を計画していた。私たちが考えている宇宙望遠鏡にはハッブルの百倍の力があった。それと比べれば今存在している望遠鏡は、盲導犬を連れ、黒い眼鏡をかけた老人のようだ。

それは膨大な金と努力を必要とする事業でありながら、この世界でほとんど何の有用性も持たない気まぐれな計画だった。それで未来が豊かになるわけでもなければ、一つの病気を治せるわけでもなく、人間の愚行がもたらした海面の上昇から誰かを救えるわけでもない。それは単に、ヒトが木から下りて以来ずっと問うてきた疑問に答えを与えるだけだ。神の御心は生命に味方しているのか、それとも地球にいる生物たちはお呼びでない存在なのか？

その夜、東はボストンから西はサンフランシスコまで、アメリカ中の研究者が集った。アメリカの連邦議会は地球類似惑星探査機《EPS》の予算を削減すると脅していた。同僚たちは緊急集会を開いた。私たちのライフワークを守るための、にわか仕立ての集合知組織。それは遠隔《リモート》会議だった。二十あまりのウィンドウに、同じ数の音声チャンネルが同期したりずれたりした。各人が言い分を述べるたびに、その言葉を発した弱々しい生命体の顔が画面いっぱいに映し出された。ウェブカメラでさえ、まっすぐに見ることができずにいる、シャツが料理の染みだらけの男。一文ごとに〝要するに〟という句を付け加える男。長年看護師として働いた後、世界で最も偉大な惑星探索者の一人となった女。アフガニスタンで即席爆発装置によって子供を亡くした男。私と同じように十四歳で酒浸りになり、私と違って最近でも酒をやめられずにいる男。

——忘れちゃいけない。次世代《ネクストジェン》の場合だって連邦議会は今までに二回、手を引くと脅してきた。

——だから次世代《ネクストジェン》が問題なんだろ！　この数十年、あれが予算を無駄遣いしてきた。

次世代《ネクストジェン》宇宙望遠鏡は私たちにとっていわば〝弱み〟だった。メインとなる装備の調達が十年近く遅れ、予算は四十億ドル超過していた。私たちはもちろん皆、それを欲しがっていた。しかし次世代《ネクストジェン》宇宙望遠鏡は惑星探査というよりも、宇宙論にかかわるものだった。なのにそれが他のすべての計画から資金を奪っていた。

——今はまさに、〝探査機《シーカー》をよろしく〟と言うには最悪のタイミングだ。大統領のツイートを見たか？

当然、私たちは見ていた。しかし手際のいい会議参加者——同時にアルコールにも依存している人物——が必要を感じてチャット欄にそれを投稿した。

どうしてさらにたくさんの金を底なし沼に注ぎ込まなけりゃならないのか？　そんな投資をしたって一セントも見返りはないのに？？？　〝科学〟とやらは事実を発明するのをさっさとやめて、ツケをアメリカ国民に回すのもおしまいにするべきだ。

――あの男が訴えかけているのは外国人嫌いの連中とアメリカ孤立主義者。要するに内向きな連中ばかりだ。

――ワシントンではその内向きな連中の意見がまかり通ってる。アメリカは天文学に飽き飽きしてるんだ。

――じゃあ、外向きな私たちがまたワシントンに行って、一席ぶたないと駄目なんだろう。

仲間が戦闘計画を立てるのを聞きながら、私の心は沈んだ。私には今かかりきりになっている以外の大義を引き受ける余裕は、一時間たりともなかった。ワシントンに行ったからといって、らちがあくとは思えなかった。探査機《シーカー》はアメリカで果てしなく続く内戦における新たな代理戦争にすぎない。地球のような惑星が発見されれば人類の集合的な知恵と共感が増すことになる、というのがわれわれの側の主張。知恵とか共感などというものはわれわれの生活水準を破壊しようとする左翼の陰謀だ、というのが大統領の側の主張だ。

私は画面から目を逸らし、リビングを覗いた。アリッサがお気に入りのエッグチェアーに座り、脚をぶらぶらさせていた――まるで、そろそろワインを飲んで、チェスターに読み聞かせる詩を選ぶ時間だと思っているかのように。彼女はこちらを見て、私をはっとさせるいつもの笑みを浮かべた。小さな白い歯、ピンク色で幅の広い歯茎の線。彼女は大して重要でもない話について大きく落ち込んでいる私のことを理解できず、首を横に振った。私は彼女に、私のことも犬に劣らず愛しているかと訊きたかった。私は彼女に、そのオポッサムは夫と子供を置き去りにするに値する存在だったのかと訊きたかった。しかし私の頭に浮かんだ疑問――幽霊相手に質問することに意味はあるのか？——は、それよりもさらにひどいものだった。アリッサ、ロビンは本当に私の子なのか？心を読む訓練を受けている息子がまるで合図《キュー》を与えられたみたいに、惑星探査応答機《PET》を手に書斎の入り口に現れた。

パパ。きっと信じてくれないと思うけどさ。アメリカ人の半分は地球にもう宇宙人が来てると思ってるんだって。

画面上で会議をしていた全員がどっと笑った。大手石油会社に息子を奪われた男が同じ国の遠い場所から呼びかけた。坊や、ワシントンで偉いさんにその話をしてみたらどうだい？

ロビンが家の裏にいると言うために、隣に暮らす人がわざわざうちに来た。「じっとしたままで、全然動いてないんです。どうかしたんじゃないかと思うんですけど」

私はこう言いたかった。ええ、息子はどうかしてます。いろいろなものを観察するのが好きなんです。しかし私は、それを知らせてくれたことに礼を言った。彼女はただ近隣に常時目を光らせて、誰も遠くに迷い出ないように気を配っているだけだ。

私は容疑者を探しに薄暗い庭に出た。彼はカバノキをスケッチするためにパステルクレヨンの箱を持って午後遅くに庭に出ていた。カバノキはまだ晩夏の緑の中で物々交換を続けていた。ロビンは帆布張りの小さなキャンプチェアーを持ち出していた。彼は冷たい草の上に座っていたので、私はその隣に腰を下ろした。あっという間に私のジーンズは濡れた。露が付くのは夜だということを私は忘れていた。私たちは朝に気づくからそれを朝露と呼んでいるだけだ。

「さてさて」。彼は私にパステルクレヨンで描いた作品を渡した。今はもう、木もスケッチも灰色に変わっていた。「これじゃあ出来については君を信じるしかないな、相棒。何にも見えないから」

彼の小さな笑い声は葉音に掻き消された。変だと思わない、パパ？　どうして暗くなると色が消えるんだろう？

それは光の性質が原因ではなく、目に問題があるのだと私は言った。彼は既にその結論に達していたみたいにうなずいた。彼は正面で息を吐いている木の方にまっすぐ頭を向けた。そして隠し部屋を探るように、顔の両側に構えた手で空中を叩いた。

もっと変なのはこれ。暗くなればなるほど、視野の端がよく見えるようになる。

私は試してみた。彼の言う通りだった。理由はぼんやりと記憶にあった。網膜の端には錐状体より桿状体が多いからだ（後者は光の明暗は感じるが、色彩を区別する能力はない）。「夜の宝探しには便利かもしれない」。彼はそれを実感する以外のことに興味はないようだった。

「ロビン？　実は、君の動画を他の人たちに見せてもいいかとカリアー博士に訊かれた」

私は二日間、その問いを避けていた。ロビンに起きた変化を他人が評価するということに私は抵抗があった。私の中にあるアリッサの思い出をカリアーが壊してしまうのが私は嫌だった。

私は濡れた草の上で仰向けになった。カリアーに対する気持ちは敵意しかない。しかし名付けようのない恩義も感じていた。善良な親が子供を商品のように扱うことなどありえない。しかしロビンと同じ目を持つ子供が一万人になれば、地球で生きていく方法が人間にもわかるかもしれない。

彼は木に顔を向けたまま実験を続け、私を目の端で見ていた。〝他の人たち〟って？

「ジャーナリスト。医療関係者。アメリカ各地に神経フィードバック施設を作る可能性のある人たち」

商売ってこと？　それとも人助けをしたいっていう意味？

それは私が持っているのとまったく同じ疑問だ。

だってほら、パパ。先生は僕を助けてくれたでしょ。すごく。それにママを連れ戻してくれた。

土の中にすむ何か大きな無脊椎動物が私のふくらはぎに大顎を沈めた。ロビンは土に爪を立て、約五十キロメートルの菌糸に包まれた一万種の細菌をその小さな手でつかんだ。そしてその一握りの土を払い落としてから、私の横で草の上に寝転び、私の腕を枕代わりにした。私たちは長い間、ただ空の星々――目に見える星のすべて、そして目に見えない星の半分――を見ていた。

パパ。僕はだんだんと目が覚めてきたみたいな感じがする。自分があらゆるものの中にいるみたい。周りを見て！　あそこの木。この草！

もしも少数でも、ある臨界値を超える数の人間が自然との絆を取り戻せば、経済学《エコノミクス》が生態学《エコロジー》に変わる、とアリッサはよく言ったものだった――私に向かって、州議会議員に向かって、同僚やゾログのフォロワーに向かって、そして耳を傾けてくれる相手なら誰にでも。私たちは違うものを望むようになる。私たちは向こうの世界での意味を見いだすようになる、と。

私は晩夏の星座でいちばんのお気に入りを指差した。私が名前を口にする前にロビンが言った。こと座。竪琴か何かなんでしょ？

頭が地面に付いていたのでうなずくことは難しかった。ロビンは空の反対側で地平線から昇りかけている月を指差した。

あそこからここまで光はあっという間に届くって言ってたよね？　それはつまり、月を眺めている人はみんな同じタイミングで同じものを見てるってことでしょ。もしも僕たちが離ればなれになったら、月を巨大な光電話みたいに使えるかもね。

彼はまた私の理解を超えたところまで行っていた。「その口ぶりだと、カリアー博士が君の動画をみんなに見せても問題ないってことかな？」

彼がすくめた肩が私の上腕二頭筋に当たった。あれは僕の動画じゃないよ。たぶんみんなのものなんだ。

アリッサがまた現れ、私の反対の腕を枕にしていた。私は彼女をどかそうとはしなかった。うちの子はお利口さん、と彼女は言った。

ママはこの木が大好きだったのを覚えてる？　この二年間、アリッサはどんな人だったかとロビンは私に繰り返し訊いていた。それが今は私に思い出させる側になった。ママはこの木を寄宿舎って呼んでた。ここに棲んでいる生き物をちゃんと数えた人もいないって言ってた。

私は本人にその言葉の真偽を確かめようとしたが、彼女はもう消えていた。この年最後の蛍の最初の数匹が私たちからわずか一メートルほどのところで光を放ったとき、ロビンは息を呑んだ。私たちは息を潜めて光の明滅を見た。蛍は夏の闇を漂うようにゆっくりと線を描いた。私たち父子が今までに訪れたすべての惑星から来た星間着陸用宇宙船が、うちの裏庭を侵略するため一斉に出現したかのようだった。

私はマーティン・カリアーに電話をかけた。「動画は使っていい。でも顔は完全に見えないようにしてほしい」

「それは約束しよう」

「もしも身元がばれるようなことがあれば、百パーセントあなたの責任だ」

「わかってる。シーオ。ありがとう」

電話は私から切った。私が悪態をついたのは、少なくとも回線が切れたのを確認してからだった。世界の歴史が終わりに近づいた今、すべてが商売に変わっていた。大学はブランド力を磨かなければならなかった。慈善行為の一つ一つが派手な売り込みを必要とした。友情は今、共有や〝いいね〟やリンクの数で評価された。詩人と司祭、哲学者と小さな子の父親——私たちは皆、あからさまで果てしない競争に巻き込まれていた。科学だって売り込みが必要なのは当然だ。私もようやく単純素朴な段階を卒業したということなのだろう。

カリアーは少なくともセールスマンとして威厳があった。関係者に成果を売り込む際も、データをねじ曲げることはなかった。この技術の臨床的限界を誤魔化したりすることなしに、そこに秘められた大きな可能性を示した。アップグレード依存症に陥ったこの世界において、来るべき黄金時代を慎重ににおわせる彼の口ぶりはジャーナリストたちを魅了した。

十月には、カリアー研究所のスポットコマーシャルが一般のメディアに現れ始めた。ロビンと私は『技術は今』という番組に出演する彼を見た。私は『新しい科学』『週刊新技術』『心理学最前線』の記事を読んだ。彼はそれぞれの媒体に合わせて、読者や視聴者の期待に正確に応えるように、少しずつ違った顔を見せていた。

そしてニューヨークタイムズ紙に半ページを使った大きな特集記事が出た。そこで取り上げられたカリアーは自信にあふれていたが、同時に慎重でもあった。ロビンの感情をいつもリアルタイムでスキャンする装置の隣に座る彼の写真には、こんなキャプションが添えられていた。「脳というのはネットワークをつなぎ合わせた複雑なものです。それをすべてマッピングすることは決してできないでしょう」。写真の男は手に顎を載せていた。

カリアーは記事を通して、コード解読神経フィードバックを現在主流となっている心理療法の後継と位置づけていた。「ただし今の療法よりずっと早く、効果的です」。効力についてはデータの数が証明していた。彼は実験の感情テレパシー的な側面には控えめにしか触れなかった。「強力な芸術作品の影響と比べるのがいちばんわかりやすいかもしれません」。しかし彼の説明を聞いていると、デクネフが次の革新的技術になるという印象は充分に伝わってきた。

幸福はウイルスみたいなものです。自分に自信を持った人がこの世界に一人でもいれば、それがまた数十人に影響を与えます。伝染性の幸福という流行病《はやりやまい》をあなたも見てみたいと思いませんか？

カリアーは記者に問い詰められてこう答えていた。「そんな事態が起こる臨界的な閾値《いきち》は、おそらく皆さんが考えるより低いはずです」

標準偏差とP値と治療効果という話の流れの中で、カリアーはしばしば、曲線の端にある興味深いデータについて触れた。実験に参加した九歳の少年は、最初はすぐに癇癪を起こすような状態だったが、終了時には小さな仏陀のようだった、と。カリアーは時々説明の中で、少年の母親は亡くなっているということも言った。時には少年が感情障碍を抱えていたという言い方をし、時にはかなりぼやかした形である種の〝障碍〟を持っていたという表現を使った。その後、ついに動画が登場した。初めてセッションを受けた日に実験関係者と話をする、顔にモザイクをかけたロビンの映像が三十秒間。チューブの中で画面を見ながらトレーニングをする様子が四十五秒間。そして一年後、仲良しのジニーと話をするロビン。編集された動画を初めて見た私は息を呑んだ。息子の物腰と態度、声の調子。それは実験的な免疫療法の前と後のようだった。彼は同じ人物ではなかった。同じ生物種と言えるのかどうかも怪しかった。

カリアーがどのような場所で見せても、その動画は注目の的になった。アメリカ公衆衛生学会の年次大会では、六百人の聴衆にそれを見せた。講演後のパーティーでは数人のセラピストを相手に、驚くべき動画の背後にあるさらに驚くべき物語を不用意に漏らした。そのときから、ロビンの未来が私の手を離れ始めた。

私はロビンに、ミシシッピ川に関する〝宝探し〟課題を与えた。自分がミネソタ州の氷河湖（氷河作用によって形成された湖）からメキシコ湾まで流れる一滴の水になったと考えなさい。どこの州を流れることになるでしょうか？　どんな魚や植物を見る可能性があるでしょうか？　途中でどんな風景を見て、どんな音を聞くでしょう？　それは無邪気な課題に思えた――三十年前に自分でも取り組んでいたかもしれない課題。しかし三十年前には、川の様子はまったく違っていた。

最近のロビンにはよくあることだったが、彼がやることは少し度を超していた。宝探しは丸一週間を要する大探検に変わった。彼は地図と図表を描き、ボートと艀《はしけ》と橋をスケッチし、水中を描いた絵には異国風の水生生物があふれていた。数日経つと彼は私の仕事部屋の机の横に来て、調査用に使っているタブレットを差し出した。応答機をアップグレードしてほしいんだけど。

「今のままで何か問題でも？」

ちょっと、パパ。「惑星探査応答機《PET》」って名付けてるけど、ブラウザは小さな子供向けのものなんだもん。これじゃあどこにも行けやしない。

「どこに行きたいんだ？」

彼は自分が何を探しているのか、それをどうやって見つけるつもりかを説明した。

「わかった。今日だけ特別に、〝シーオ〟でログインしていい。でも、用事が終わったら自分のアカウントに戻すんだぞ」

ありがと。パパは最高。前から知ってたけど。で、パスワードは？

「ママがいちばん好きな鳥の名前。ただし反対向きに飛んでいる感じで、綴りをひっくり返して」

彼の目はあまりにもわかりやすいパスワードを選んだ私を哀れんでいた。とはいえ、彼はうれしそうに作業に戻った。

私たちが二人とも一日の仕事を終えて食卓についたとき、彼はすっかり静かになっていた。私から水を向けなければ口を開こうとしなかった。「ミシシッピ川での暮らしはどんな感じだ？」

彼は離れたところからトマトスープを口に運んだ。いまいちだね、実際（「実際」はアリッサが考え込んだときの口癖）。

「どういうこと」

ひどい話だよ、パパ。本当に聞きたい？

「大丈夫だから教えてくれ」

何から話せばいいんだろう。たとえばアメリカに来る渡り鳥の半分はミシシッピ川を使うんだけど、もう生息域がなくなってしまってそれができない。そんな話、知ってた？　農家が畑で使っている化学物質が川に流れ込んでいるせいで、両生類に突然変異が起きてる。それに人間が使ってる薬がおしっこやうんちになって川を汚染してる。だから川の魚は完全に薬漬けってわけ。今じゃ、川で泳ぐこともできない！　海まで流れたらどうなるかって？　河口のあたりは？　周囲は何千平方キロにもわたって死の領域《デッド・ゾーン》さ。

私はその顔を見て、パスワードを教えたことを後悔した。本物の教師はこういうときにどうしているのだろう？　ミシシッピ川に遠足に行くとき、データを捏造したり、火を見るより明らかなことを無視したりせずにどう対応するのか？　世界は決して子供に見せられないものになってしまった。

彼はテーブルの上に置いた腕に顎を載せた。これは実際に確認したわけじゃないんだけど、他の川もたぶん同じようにひどい状況だと思う。

私はテーブルを回り込んで、息子の椅子の背後に立った。私は手を伸ばして彼の肩をつかんだ。

彼は顔を上げなかった。

みんなこのこと知ってるのかな？

「知ってると思う。大半の人は」

知ってて何もしないのはどうして……？

〝経済のため〟という標準的な答えは狂っていた。私は学校時代に何か大事なことを学び損ねたらしい。いまだに私には何かがわかっていない。私は息子の頭のてっぺんを撫でた。私が指を動かしているその下のどこかに、トレーニングで変質した細胞があった。「どう答えればいいのかわからないよ、ロビン。私も知りたいくらいだ」

彼は上を見ずに手を伸ばし、私の手をつかもうとした。いいよ、パパ。それはパパのせいじゃない。

いや、私にも責任がある、という確信が私にはあった。

僕らは単なる実験にすぎない。でしょ？　そしてパパがいつも言ってるように、実験で否定的な結果が出たからといって、それは実験が失敗だということにはならない。

「それはそうだ」と私は同意した。「否定的な結果から学ぶことは多い」

彼は気力に満ちた様子で、課題を仕上げようと立ち上がった。心配ないよ、パパ。僕らには解決できないかもしれないけど、きっと地球が答えを出してくれる。

私は彼に惑星マイオスの話をした。マイオスは私たちが訪れる十億年前から栄えていた。マイオスの人々は長距離・長期にわたる調査のために宇宙船を作り、たくさんのロボットを載せた。宇宙船は数百パーセクを旅し、原材料がふんだんに手に入る惑星を見つけて着陸し、そこを拠点にして宇宙船を修理し、同じ宇宙船をもう一つと、同じ数のロボット乗組員を作った。その後、瓜二つの宇宙船は違った方角に向けて出発し、また数百パーセク旅をして、新たな惑星を見つけ、再び同じ作業を繰り返した。

それっていつまでやるの？と息子は訊いた。

私は肩をすくめた。「それを止める者はいなかったんだ」

彼らは侵略するために別の惑星を探してたとか、そういうこと？

「そうかもね」

で、彼らは分裂を続けたの？　あっという間に百万くらいに増えちゃうね！

「うん」と私は言った。「次には二百万。それから四百万」

やっぱ！　そこら中がロボットだらけになっちゃう。

「宇宙は広い」と私は言った。

宇宙船からマイオスに報告は行ってたのかな？

「うん。でも、宇宙船が離れるにつれて、メッセージが届くのにますます時間がかかるようになった。そしてマイオスから返事が戻ってこなくなっても、宇宙船は報告を続けた」

マイオスはどうなったの？

「マイオスがどうなったか、宇宙船の側が知ることはなかった」

マイオスはなくなったのに宇宙船は旅を続けたってこと？

「そんなふうにプログラムされてたからね」

この言葉を聞いて息子は考え込んだ。すごく悲しい話だね。彼はベッドで起き上がり、手で〝待った〟のようなポーズをした。でも、パパ、それはそれでよかったのかも。ロボットたちはいろいろな惑星を目にしたんだもん。

「彼らは水素惑星や酸素惑星を見た。ネオン惑星に窒素惑星、水の世界、ケイ酸塩、鉄、一兆カラットのダイヤを包む液体ヘリウムの惑星。惑星はいつでも次々に見つかった。毎回違った種類のものだ。それが十億年続く」

すごい数だ、と息子は言った。それで充分かもね。たとえマイオスがなくなったとしても。

「彼らは分割し、複製し、銀河のいたるところに広がった。まるでそうしなくちゃならない理由があるみたいに。そして元の宇宙船の孫の孫の孫の孫の孫の一つが浅い海を持つ岩石惑星に降りた。その惑星はG型主系列星を中心とする、一風変わった小さな恒星系に属していた」

はっきり言ってよ、パパ。地球でしょ？

「宇宙船はなだらかな平原に着地した。周りには大きく左右に揺れる風変わりな構造物が高くそびえていた。それは乗員たちが見たこともないほど複雑な構造を持っていた。手の込んだ構造物は揺れ動きながら、さまざまな波長の光を反射していた。そしてその多くは先端が驚くような形になっていて、低い波長の光を返していた」

ちょっと待って。それって植物？　花。宇宙船は実はすごく小さかったってこと？

私は否定しなかった。彼は疑い半分、興味半分の様子だった。

それで？

「宇宙船のロボットたちは波を打つ巨大な緑と赤や黄色の花を長い間観察した。でも、その正体が何なのか、どういう仕組みのものなのかを突き止めることはできなかった。蜜蜂が花の中に飛び込んだり、花が太陽の動きを追ったりするのを彼らは見た。花がしおれ、種になるのも見た。種が落ち、芽吹くのも見た」

息子は話を止めるために手を上げた。仕組みを知ったらきっと彼らは死んじゃうね、パパ。きっとすぐに通信装置のあるところに行って、銀河中に散らばってる仲間の宇宙船に、システムをシャットダウンするように連絡するよ。

私はその言葉に鳥肌が立った。それは私が想像していた結末ではなかった。「それはどういう意味？」と私は言った。

だって彼らはついに悟るだろうから。花の行く手には未来があるけど、自分たちの向かう先には何もないって。

授業のある日には、私はロビンをキャンパスに連れて行った。彼は私の研究室の机に自分の本を広げ、私が講義をしたり、会議に参加したりする間に、長除法（割り算の筆算）を学び、文章題を解き、詩を読み解き、研究室の窓から見える木々が紅や金色に変わっている理由を調べた。彼はもう勉強という段階を越えていた。今ではひたすらいろいろなもので遊び、事物の変化を楽しんでいた。

大学院生たちは喜んで教師役を買って出た。十月の午前の長いゼミを終えて研究室に戻ると、宇宙のΛ-CDMモデル（宇宙項と冷たい暗黒物質を加えてモデル化した宇宙のこと）に内在する小規模の危機を研究しているヴィヴ・ブリテンが机を挟んで息子と向き合い、頭を抱えていた。

「先生。葉っぱの中で何が起きているか考えたことあります？　ていうか、本格的にって意味で。クソ、頭おかしくなりそう」

ロビンは自分が引き起こしたパニックを笑っていた。あ！　悪い言葉を使った！

「え？」とヴィヴは言った。「私は〝ウソ〟って言っただけ。だって、話を聞いてたらすっかり頭がおかしくなるほど難しいんだもの」

いつもそんな感じ、いや、それ以上だった。緑色の地球は活動を続け、大気を生み、必要上の形態を作り出していた。ロビンはそれらをノートに記していた。

私たちは湖の畔でランチを食べながら魚探しをした。ロビンはそれ以前に、偏光サングラスをかけると鏡のような水面の下にある新たな異世界が覗けることを発見していた。私たちが体長十センチほどの知的生命体の群れをうっとりしたように眺めていると、私の背後一メートルあまりのところから誰かが声をかけた。

「シオドア・バーンさん？（シオドアの愛称がシーオ）」

私くらいの年の女性がブラッシュシルバーのノートパソコンを胸に抱えて立っていた。彼女はトルコ石製のアクセサリーをたくさん身に着け、ぴったりしたジーンズをグレーのチュニックの襞《ひだ》が途中まで覆っていた。抑えたコントラルトの声は大胆な態度とは対照的に響いた。

「失礼ですが、以前にお目にかかったことがありましたか？」

彼女の笑みは半分当惑したようでもあり、半分愉快そうにも見えた。彼女は息子の方に顔を向けた。ロビンは今から食べるアーモンドバターサンドイッチをぽんぽんと叩いていたが、それはまるで万物に霊魂を見ているような、お気に入りの儀式だった。「あなたがロビンね！」

嫌な予感が首筋に走った。私が女に職業を尋ねる前にロビンがこう言った。あなたを見てると母さんを思い出す。

女は横目でロビンを見て笑った。アリッサと私の祖先もやはりアフリカから来たわけだが、目の前にいる女性の祖先がこの大陸に来たのは比較的最近だった。彼女はまた私に向かって言った。

「こんな形で突然お邪魔して申し訳ありません。少しだけお時間をいただけませんか？」

私はこう言いたかった。はっきり言ってください、何の時間ですか？　しかし〝恍惚〟の訓練を受けている息子が私の代わりにこう言った。時間ならたくさんあるよ。今は魚観察の時間なの。

彼女は私に、派手なフォントと色を使った名刺を手渡した。「ディー・レイミーと申します。

『新しい卵《オウヴァ・ノウヴァ》』のプロデューサーです」

その動画チャンネルは登録者が数十万人いて、個々の動画の視聴回数は多いもので百万近かった。私は観たことはなかったが、どんなチャンネルかは知っていた。

ディー・レイミーはロビンの方を向いた。「カリアー教授のトレーニング動画であなたを見たわ。すごいね、坊や」

「私たちのことを誰から聞いたんです?」。私は声に怒りがこもるのを抑えきれなかった。

「調査はしっかりしました」

そこでようやくひらめいた。私はSFを読んで育った人間にしては能天気すぎた――人工知能、顔認証、クロスフィルター、常識、そしてこの惑星の集合的な脳を少し覗き込むだけで、今やかなりのことが可能だ。私はようやく、馬鹿みたいに礼儀正しい態度を捨てた。「何の用です?」

見知らぬ人に無礼に接している私を見てロビンはショックを受けた。彼はサンドイッチを叩き続けたが、その手には余計な力が入り、テンポも速すぎた。『新しい卵』だって、パパ。肩の皮膚の中でウマバエを孵化させた人の話をやってたチャンネルだよ。

ディー・レイミーが大きな声を上げた。「わあ、観てくれたんだ!」

世界のすごさを見せるような動画に限ってだけど。

「うんうん! 私たちは今あなたに起きていることが〝この上なくすごい〟ことだと考えてるの」

ロビンは説明を求めるように私の方を向いた。私は視線を返した。事情を察したことが彼の表情に表れた。インフルエンサーが彼に三分間の完璧な動画を求めている。世界中の見知らぬ人から百万の〝いいね〟を稼ぐことができる動画。「亡き母の脳の中で生き返った少年」。いや、ひょっとすると、「少年の脳の中で生き返った母」といったところかもしれない。

生命は過ちを積み重ねることで自らを組み立てる。ディー・レイミーが息子を特集する計画を持って現れるまでに、私は自分が親としてどれだけの過ちを犯してきたか、既に数がわからなくなっていた。

ロビンは同じ地球に生きる奇妙な生物たちと並んで動画に取り上げられるのは面白そうだと言った。私がディー・レイミーを追い返した数時間後、彼はアイスクリームを食べながらこんなことを主張した。ねえ、パパ、よく考えて。僕は長い間、超最低な気分だった。でも今はそうじゃない。じゃあ、その話を聞いてみたいっていう人がいるかもしれない。教育的な効果があると思う。パパは教育者でしょ。それに、あのチャンネルはすごくいけてるし。

二日後、ディー・レイミーから電話がかかった。「あなたには息子のことがわかってない」と私は言った。「あの子は……普通とは違う。見せ物にするわけにはいかないんだ」

「見せ物にはしません。こちらは敬意を持って接しますし、世間が彼に興味を持つのは当然のことです。撮影の現場に立ち会っていただいても結構です。あなたが不快に思われることは決していたしません」

「申し訳ない。彼は特別な子なんです。保護してやらないといけない」

「わかります。しかし前もって申し上げておきますが、あなた方親子の参加意思にかかわらず、私たちは番組を作ります。既に手に入っている材料はすべて自由に、私たちの好きなように使わせていただきます。それがお望みでないなら、あなた方にも参加していただいて、ご意見を反映させる形にもできます」

スマートフォンは奇跡の道具だ。おかげで私たちは一種の神のような存在に変わった。しかしある一点では原始的だ――それは昔の受話器のように叩きつけて切ることはできない。

息子は厳密にはまだ匿名の存在だった。しかし『新しい卵』が調べられることは、他の人も遠からず突き止められるだろう。私は過ちを犯した。ここで何もせずにいると、状況をさらに悪化させることになる。話が公になるにしても、今ならまだ少なくともその道筋をコントロールすることができる。二日後、怒りが収まったところで私の方からディー・レイミーに電話をかけた。

「編集の最終段階で口を挟ませてもらいたい」

「お約束します」

「本名は使わないでください。今以上に身元がばれやすくなるコメントはＮＧです」

「承知しました」

息子はトラブルを抱えた子供で、世間の夢遊病的な人々の目には見えないものによって傷つけられていた。ところが一風変わったセラピーによって少し幸福になった。ひょっとすると彼の自然な姿をカメラの前に出す方が、『新しい卵』がカリアーの動画と宣伝文句を使って扇情的な番組を作るよりもいいのかもしれない。

ある夜、外には出かけないことにしてリビングのソファーに私と一緒に座り、私の腕の下で丸くなっていたロビンは、それをこんなふうに説明した。カリアー先生も言ってたよ。ひょっとしたら何かの役に立つかもしれないって。

私は粗編集を見るまでロビンに何が起きているのかわからなかった。動画の中で彼の名前はジェイだ。彼が画面に現れると映像に命が吹き込まれる。彼が振り向いてカモやハイイロリス、湖畔に沿って生えるシナノキを見ると、まなざしによってカメラの前でそれらが地球外生命体《エイリアン》に変わる。

次のショットで、彼は機能的磁気共鳴映像診断装置《fMRI》のチューブに入り、画面上の図形を心で動かしている。顔は少しいたずらっぽいが率直かつ朗らかで、自分の腕前に満足しているようだ。ディー・レイミーはナレーションの中で、ジェイは何年も前に保存された感情のデータに自分の脳の状態を近づけようとしているのだと説明する。しかしその説明は的外れだ。彼はまだ子供で、できることは限られていた。

次の場面で彼はディー・レイミーと向き合い、枝を広げた柳の下のベンチに座っている。彼女は尋ねる。「けど、実際にはどういう感じがするの？」

彼の鼻と口がぴくりと動く。説明に合わせて興奮した手がくねくねと動く。好きな人と一緒に歌を歌うときの感じってわかる？　違う音で歌ってるんだけど、一緒になるときれいに響く感じ。

ジャーナリストは一瞬よりも短い時間、悲しげな顔を見せる。ひょっとすると、仲のいい友達と最後に一緒に歌を歌ってからどれだけ時間が経ったのかを考えているのかもしれない。「お母さんとおしゃべりしているような感じなのかな？」

彼は眉をひそめる。その問いが好きではないらしい。質問の意味がよくわからないけど、別に言葉をしゃべったりするわけじゃないよ。

「でもお母さんの存在を感じる？　〝お母さんだ〟って感じがする？」

彼は肩をすくめる。いつものロビンだ。〝僕らだ〟っていう感じかな。

「お母さんが一緒にいるような感じがするのかな？　トレーニングのとき」

ロビンは細い首から伸びる頭をぐるりと回す。あまりに大きすぎて彼女に説明できないものを彼は見ている。そして片方の手を頭上に伸ばし、いちばん低い柳の枝をつかんで、指の間に通す。母さんは今もここにいる。

動画は瞬きをしてから、別の場面に切り替わる。

二人は湖畔を歩く。ジェイは片方の手を上げて、女の腰に当てる。その様子はまるで、破滅的とまではいかないが繊細な話を切り出そうとする医者のようだ。彼女は言う。「きっと今までとてもつらい思いをしてきたんでしょうね」

私は彼女が何かを言うたび、大きな声で抗議したいと思う。しかし少年は周囲の世界に目を向けていて、質問を聞いていない。

「つらい気持ちが始まったのはいつかしら？　お母さんがいなくなったとき？　それとももっと前？」

彼は〝いなくなった〟という表現に顔をしかめる。しかしすぐにその意味を把握する。*母さんはいなくなったんじゃない。死んだんだよ。*

ディー・レイミーの歩調が乱れ、立ち止まる。彼の言葉に打たれ、しっかり耳を傾ける気になったのかもしれない。ひょっとすると彼の言葉に興奮しているのかも。彼の不思議な言葉で〝いいね〟の数がさらに二千個増えそうだから。いや、私の考えは彼女に対して意地悪なのかもしれない。

「けど、あなたは自分の脳をお母さんの脳の活動パターンに近づけることを学んだわけでしょう。じゃあ今はお母さんの一部があなたの中にあるってことじゃない？」

彼は微笑み、首を横に振るが、それは彼女の言葉を否定しているわけではない。大人にはそれが理解できないということを彼は既に知っている。彼は両手を前に差し出して、芝生と空、湖を縁取るオークとシナノキを指し示す。爽やかな空気の中で手を上げ、目に見えない遠くのものまでそこに含める。大学、友達の家、州議会議事堂、ウィスコンシンを囲む他の州。みんなの中にみんながいる。

動画はトレーニングの初期段階に切り替わる。そこにいる少年はまるで別人だ。プラスチック製の曲線的なデザインの椅子に背中を丸めて座り、質問から逃げるように単調な声でおずおずと答える少年。彼は唇を噛み、些細なつまずきにうなり声を上げる。世界が総出で彼を罰しようとしている。次の場面で彼は絵を描いている。その表情は線と色彩にうっとりとしている。私はこの動画を数え切れないほど何度も観た。動画再生回数のうち千回は私の分だ。しかし二人の少年の対照的な姿は今でも私を唖然とさせる。

その後、彼とディー・レイミーはまた湖の畔にいる。「以前はずいぶんつらそうで、いらだっていたわね」

つらくていらだっている人はたくさんいる。

「でも今のあなたは違う？」

彼はくすくすと笑う。カリアーの動画に映る少年とは大違いだ。うん。今は違う。

ディー・レイミーは木々の下にあるベンチで彼のノートを一冊膝の上に広げ、ページをめくる。彼はスケッチを説明している。それは環形動物の一種。はっきり言って、信じられない生き物だよ。それはクモヒトデ。こっち？　これはクマムシ。緩歩動物って呼ばれることもある。宇宙でも生き延びられるんだ。ほんとだよ。宇宙を漂って火星まで行くことだってできるかも。

映像はミディアムショットに変わり、彼は彼女に何かを見せるため、遊歩道の先に案内する。カメラが寄ってクローズアップ画像を映し出す。鋸歯のある丸い葉を持つ植物に朝の雨が小さなビーズのようにたくさん付いている。彼は枝からぶら下がっている種の入った莢《さや》を指差す。こんなふうに莢の下に手を構えてみて。でもほら！　手が当たらないように気を付けて！

彼は冗談を言いながら、オチの決め台詞を言うのが待ちきれないでいるかのようだ。お椀のように構えた手が触れて莢が弾けたとき、ディーは驚いて声を上げる。そして手を広げて中を見る。爆発した緑色の奇妙なコイルが手のひらの上にある。「わあ！　何なのこれ？」

変わってるでしょ？　ツリフネソウ。種は食べられるんだよ！

彼は弾け終わったスチームパンク風の莢をつついて薄緑色の種を出す。カメラがディー・レイミーの顔をアップにする。彼女は「あなたを信じるわ」と言って種を口に放り込む。そして驚いた顔を見せる。「んん。ナッツって感じ！」

私はその植物について息子に教えた記憶はなかった。でも同じことを彼の母親になる女性から教わった日のことを覚えている。あれからの歳月が今、榴散弾の破片のように私の手の中にある。

息子は動画の中でその植物の別名を口にしない。〝触れるな草《タッチ・ミー・ノット》〟（イエスが復活後にマグダラのマリアに言ったとされる「われに触れるな」という言葉とも通じる）。彼はただ、こう言うだけだ。おいしいものはそこら中にあるよ。探し方さえわかればね。

みんな壊れてる、と彼は彼女に言う。二人は湖岸にひっくり返して置かれているカヤックに腰を下ろし、単一の太陽が地平線に近いところを赤く染めるのを見る。帆いっぱいに風を受けた二艘のボートが併走し、日が落ちる前に船着き場に戻る。

自分が壊れてるから、地球まで丸ごと壊そうとしてるんだ。

「私たちは今、地球を壊そうとしてる？」

そして今あなたが言ったみたいに、そうじゃないふりをしてる。彼女が見せた恥じらいの表情は画面を一時停止したときにしか確認できない。何が起きているのかは誰でも知ってる。それなのにみんな目を背けてる。

彼女はもっと詳しい説明を待つ。人々はどこが間違っているのか、どうすればそれをただすことができるのか、という説明を。

彼は言う。サングラスが欲しいな。

彼女は笑う。「どうして？」

彼は湖を指差す。あそこに魚がいるんだ！　サングラスがあったらよく見えるの。カワカマスって見たことある？

「さあ、わからない」

その言葉の意味がわからないと言いたげに彼の顔が曇る。え、わかるでしょ。カマスを見てわからないはずないもん。

二人の幼い子供を連れたカップルが湖畔を歩いて近くまで来る。ジェイはうれしそうに声をかける。彼は撮影隊のことを忘れている。そして喜びで腕を三百六十度振り回す。彼が三種類のカモを指差してそれぞれの鳴き声を真似ると、両親は微笑む。彼はミジンコをはじめとする小さな甲殻類について説明し、ハマトビムシの探し方を教える。幼い男の子と女の子は彼の話に夢中になる。

低速度撮影《タイムラプス》で日が落ちる。番組のテーマ曲が遠くから聞こえてくる。ジェイと新たにできた親友がひっくり返されたカヤックの上に座っている。街の明かりが二人の周囲で瞬きをする。彼は言う。パパは宇宙生物学者なの。宇宙で生き物を探してる。生き物はどこにもいないか、そこら中にいるか、そのどちらかなんだけど、どっちであってほしいと思う？

彼女は顔を上げ、彼が指差す夜空を見た。その表情が揺れる。まるで彼女は自分をある感情に合致させようとしているのに、口と目が言うことを聞いてくれないかのようだ。ひょっとすると彼女は今考えているのかもしれない――私との約束を破って最終的な動画に彼のこの最後の言葉をこのまま残そう、と。倫理などというつまらないもののために切り捨てるにはもったいなすぎる言葉だ。

ディー・レイミーは空を見上げる自分のショットにナレーションを重ねる。「私たちの大半は、宇宙に存在しているのは自分たちだけだと思っている。でもジェイは違います」

ショットは反対側のカメラに切り替わり、またロビンを映し出す。彼はここ最近誰に対しても分け隔てなく見せる愛情たっぷりのまなざしで彼女を見ている。彼の顔は内側から照らされているみたいだ。彼女は彼を見つめ返す。黄昏《たそがれ》の中のくしゃくしゃの笑顔。画面上の彼女は無言のままだが、後で吹き込んだナレーションは話を続ける。

「ジェイと一緒にいると、いたるところに仲間が見えてきます。私たちは自分の死で終わることのない壮大な実験に参加していて、墓の向こう側からも愛されているという感じ。私も自分で、そんな世界からのフィードバックを聞いてみたいと思うのです」

しかし最後の言葉を口にするのはロビンだ。教えて、ほんとに。彼は心から知りたそうに彼女に笑顔を向けて言う。どっちが素敵だと思う？

『新しい卵』が動画を投稿した一週間後、カリアーが電話をかけてきた。彼の声はプルチックの輪にあるいくつもの感情をめまぐるしく巡った。「息子さんが大変なことになってるぞ」

「何の話だ？　何があった？」。ロビンの脳のスキャン画像で悪いものが見つかったのかと私は勘違いした。

「三つの大陸にある十数の会社からうちに問い合わせが来た。それとは別に、トレーニングに参加したいって言う個人の問い合わせも殺到してる」

私はあらゆる種類の答えを思い浮かべ、すべて却下した。そして最後にこう言った。「私はあなたのことが心底憎らしい」

そこで沈黙があった。それはぎこちない間というより、何かを考えているような雰囲気だった。カリアーは結局、私の言葉を何かのたとえだと思うことにしたに違いない。まるで私が何も言わなかったかのように彼は話を続け、ここ数日に起きたことを詳しく私に説明した。

『新しい卵』はあの動画を「世界は再び終わろうとしている。では次は何？」と題されたシリーズの一つにして、ソーシャルメディアを使った大々的なキャンペーンとともに世に送り出していた。他のメディアもそれをニュースとして取り上げた——単に一日一日に割り当てられたニュース項目数を補うためであったとしても。ロビンの動画は最近急に影響力を拡大したインフルエンサーの目に留まった。この女性インフルエンサーはかなりの予算を費やした自身の動画チャンネルを持っていて、世界中の人々に元々本当は必要ではなかった品物を捨てさせる手伝いをしていた。世界中で無数の人々が彼女の屈強な愛に酔い、そんな二百五十万の人が自らを彼女の友達として登録していた。その女性は、ロビンがツリフネソウの莢を手で囲うようにしている画像とともにリンクを投稿した。キャプションにはこう書かれていた。

もしも今朝、皆さんの心がまだいろいろなものに痛めつけられていないようなら、こちらの動画をご覧あれ。

インフルエンサーはこの誘い文句にいくつかの謎めいた絵文字を添えていた。すると他のインフルエンサーやインフルエンサーでない人々が彼女の投稿を再投稿し始め、その結果、『新しい卵』のサーバーにアクセスが集中し、サイトには一時間つながらなくなった。無料のコンテンツでは、皆のアクセスが集まっているものが何より人の興味を惹く。

カリアーによると、事情通たちは火曜と水曜にラボに連絡をしてきた。主流メディアは木曜と金曜に到着。流行に乗り遅れた連中は週末に来た。どうやら誰かが動画をコピーして、二つのアーカイブサイトにアップロードしたらしい。別の誰かがロビンの映像をトリミングしてフィルターにかけ、加工してある声をさらに奇妙なものに変えていた。人々がそれをさまざまな場所で使っていた——掲示板、チャット、ショートメッセージ、メール末尾の署名など。

私は片手に携帯を持ったまま、反対の手でタブレットを使って検索をした。三つのありふれた単語を引用符にくくって入力すると、そこにロビンが現れた。はるか遠い銀河から来た訪問者のような姿と声。

「ちくしょう」

ロビンの部屋から笑い声が漏れ聞こえた。今の聞こえたよ。

「これはどうしたらいいと思う？　息子に何て言ったらいい？」

「シーオ。問題はジャーナリストからも問い合わせが来てるってことだ」

それはつまり、今この瞬間にも彼らが家に来るかもしれないということ。「駄目だ」と私は言った。同時に危うくつばを吐きそうになった。「もうたくさん。勘弁してくれ。もう誰の取材も受けない」

「それはそれでいい。というか、私も君は取材を受けない方がいいと思う」

カリアーの声はいたって平静に聞こえた。しかし考えてみると、彼はこの一時的流行から莫大な利益を受ける立場だ。ロビンは違う。

私たち親子がどれだけ大きな問題の中にいるのか、私にはわからなかった。ひょっとするとネットの中は熱しやすいのと同じくらい冷めやすいのかもしれない。動画に〝いいね〟を付けた人も大半はきっと最後まで視聴していない。これはちょっとした嵐みたいなもので、今日が終わる頃にはまた〝いいね〟すべき別の動画がいくつも現れ、再投稿されていくだろう。

しかし「心配要らない」とカリアーが言う間も、雪崩のような誤り訂正情報が電磁波となって地球表面を覆っていった。情報は間欠泉のように宇宙に向けて三万五千七百八十六キロメートル垂直に（静止衛星の回っている軌道の高度）吹き上がり、毎秒三十万キロメートルの速度でまた降り注ぐ。そしてファイバー電線管の中を平行光の束となって伝わった後、電波として散開する。それを気まぐれに操作するのは、静電式タッチスクリーン上数センチのところで数億の点から電子を動かす数千万の指だ。ロビンの動画は大衆的娯楽を求める人類の必死な努力におけるごく小さな光点でしかない。その番組の一部がこの一日を構成すると同時に消費するとはいえ、数千億ビット程度の情報はフルコースディナーの終わりに出てくるイチゴの表面に付いている一粒の種のようなものだ。しかしそれは私の息子に関する情報だ。そしてそれを正しく組み立てるとそこには、ある日の夕方、湖の畔で赤の他人に向かってみんなの中にみんながいると言っている彼の顔が収められている。

カリアーは言った。「とりあえず黙って、ことの行方を見守ることにしよう」

私は何度かやっているうちに、こちらから先に電話を切ることに抵抗がなくなっていた。

COGがマディソンにやって来た。以前にも来たことはあったが、数年ぶりのことだった。前回の収録では、数千兆キロ彼方にある生命を検知するために惑星の大気を通過する光の吸収線を使うというアイデアを私が手際よく売り込んだのだった。元々、学術講演の詩歌朗読競技会《ポエトリー・スラム》のようだったCOGはそれ以来、世間の人が科学研究について学ぶ主流の手段に変わっていた。

COGトークは毎回、生《なま》の聴衆に向けて五分以内で行われた。COGマディソンで最もユーザーの評価が高い動画は上位サイトのCOGウィスコンシンに上げられる。COGウィスコンシンの上位動画はCOG中西部《ミッドウェスト》、さらにCOGUS、最終的にはCOGワールドクラスに吸い上げられた。評価する権利を持つのは動画を最初から最後まで観た人のみだ。評価者の側も経験を積むに従って順位が上がっていく。こうして知識は民主化し、科学は群衆委託《クラウドソーシング》され、一口サイズに変えられた。私自身のトークはCOGウィスコンシンで一位になったが、中西部地区の競争で弾かれた。宇宙の話をしながら神に一言も触れないのはおかしいと怒った数千人のユーザーが原因だった。

COGマディソン2の主催者から私にEメールが届いた。私は最初の数行だけ読んで返事を書いた。申し訳ないけれども、以前に出演したことがあるので辞退する、と。二分後、補足のメールが来た。私が飛ばし読みをした先のメールの用件を詳しく説明する内容だった。それは私への出演依頼ではなかった。マーティン・カリアーがコード解読神経フィードバックについて話をする際にロビン・バーンに特別出演してもらいたいというのだ。

私は激怒し、キャンパス内を一キロ半ほど走ってカリアーのラボまで行った。幸運にも、彼の研究室に着いたときにはへとへとになっていたので、いきなりつかみかかるようなことはなかったが、大声を上げることはできた。「この馬鹿野郎め。約束したじゃないか」

カリアーは一瞬ひるんだが、それ以上は動じなかった。「何の話かわからないな」

「COGに息子の身元を教えただろ」

「そんなことはしていない。COGと話をしたこともない！」。彼は携帯を取り出し、メールを確認した。「なるほど。メールが来てる。君の息子と一緒に舞台に上がらないかというお誘いだ」

私たちは二人とも同時に事情を察した。COGは直接私に連絡を取ってきたのだ。彼らがしたのはディー・レイミーや『新しい卵』がやったのと同じこと。手掛かりがたくさん与えられた今、ジェイの正体を突き止めるのはたやすいことだった。息子の身元は完全にばれた。事態はもはや手遅れだ。

私の手は震えていた。私は彼の机からパズルおもちゃを取った。木製のパーツをスライドさせて巣から木製の鳥を救い出すおもちゃ。問題はどのパーツもびくともしなかったことだ。「あの子は有名人になってしまった」

「うん」とカリアーは言った。彼にとってそれは謝罪に近かった。トレーニングを受けた心理学者である彼は私の顔を見た。私は自分が納得するまでおもちゃをいじり、鳥の巣は壊れていてパズルは解けないのだと証明しようとしていた。「しかし彼はたくさんの人に希望を与えた。人々はこの話に感動している」

「人はギャング映画にでも感動するし、コードを三つしか使わない曲や携帯電話料金プランのコマーシャルにでも心を動かされる」。私はまた頭に血が上り始めていた。原因は何をどうしたらいいのかわからないパニックだった。カリアーはただじっと私の顔を見ながら待っていた。しばらくして私が口を開くと、そこから言葉が出て来た。「ロビンに訊いてみる。これは本人が決めることで、私たちが口出しする問題じゃない」

カリアーは顔をしかめた後、うなずいた。私の中の何かが彼をぞっとさせていたが、それには相応の理由があった。私は自分が息子になったように感じていた。そしてもうすぐ十歳になろうとする少年の目から、初めて大人の正体を見抜いていた。

ロビンはこの問題をよく考える一方で、用心も忘れなかった。みんなは僕を見たいのかな、それとも実はジェイを見たがってる？

「みんなが見たがっているのは間違いなく君だ」

すごいや。でも、何をすればいいの？

「別に何もしなくていい。嫌ならそもそも〝はい〟と言う必要さえない」

みんなはトレーニングとかママの脳とかについて聞きたいわけ？

「その辺のことは君が舞台に上がる前にカリアー博士が説明するだろう」

じゃあ、僕のすることは？

「普通にしてればいい」。その言葉は私の口の中で無意味に響いた。

彼の目はいつものように遠くを見ていた。見知らぬ人との接触を何年も避けてきた臆病な息子が今、大きな舞台の縁から一般人に向かって人生の秘訣を語る楽しみを計算していた。

イベントの一週間前、私は補償作用喪失（心的な混乱を避けようとする防衛機制を失うことを表す心理学用語）に陥り始めた。そして息子が何かに同意するのを許した自分のことを悔やんだ。もしも今回へまをすれば一生傷が残るかもしれない。もしもうまくいけば、動画ははしごを登るようにCOGの地域版や全国版で紹介され、ファンは今の十倍にまで膨れ上がるだろう。どちらのシナリオも私をぞっとさせた。

イベントの前夜、ロビンはその日最後の算数の課題を終え、書斎にいる私のところに来た。私は目の前に未採点の学部生の試験答案を山のように積んだまま何もせず、気持ちだけあせっていた。彼は椅子の後ろに回り、私の首元に手を置いた。そして、私が昔彼の緊張を解くために言っていた言葉を口にした。はい、体をゼリーにして！

私は体の力を抜いた。

はい、体をジャムにして！

私は筋肉に力を入れた。それを数回繰り返してから、彼は私の横に来て、椅子の肘置きに尻でもたれた。パパ。落ち着いて！　大丈夫だから。ていうか、別に僕が演説をしなくちゃならないとか、そういうのじゃないから。

彼がベッドに入るとすぐに、私はＣＯＧの地元主催者に電話をかけた。マーティンと私を担当するのはトロッキーみたいな風貌の男だ。「もう一つ条件がある。トークの収録が終わった後に私が気に入らないと言ったら、公開するのはやめてもらいたい」

「それはカリアー博士次第です」

「いや、私も拒否権が欲しい」

「それは無理だと思います」

「じゃあ、息子が明日舞台に上がることはない」

奇妙なことに、人は特に勝とうと必死になっているわけではない交渉には必ず勝つものだ。

三百人が講堂を埋め尽くしていた。午前に行われた別の講演が終わるにつれ、人がさらに増えた。ショーが始まる十五分前、私たち三人は舞台裏に入った。技術スタッフがカリアーとロビンにマイクをセットし、二人に立ち位置を確認させた。

「舞台正面に赤い時計が見えますから、四分四十五秒という表示が出たら……」。技術スタッフは人差し指で首を切る動作をして喉を鳴らした。マーティンはうなずいた。ロビンは笑った。私は今にも床に吐きそうだった。

トークが始まっていることに私が気づいたときには既に、カリアーが観客の喝采に迎えられて舞台中央に立っていた。私はまるで捕まえていないとロビンが舞台に飛び出していくかのように、彼の肩に腕を回していた。ロビンを挟んで反対側には技術スタッフが立ち、手持ちのモニターを振り回しながらヘッドセットのマイクに何かをささやいていた。

カリアーは今までに何度も人前で自分の研究を売り込んできたが、その割に彼の口調は初々しかった。彼はこの研究について、いまだに結果に驚いているかのようにしゃべった。神経フィードバックの説明に五十秒、次の四十秒で機能的磁気共鳴映像診断装置《fMRI》と人工知能ソフトウェアの説明、そして三十秒で効果をまとめた。次の一分間はロビンの動画。聴衆は感銘を受け、声を上げた。息子もそうだった。暗くて狭い舞台袖で私の隣に立ち、再び自分の映像を観ながら言った。へえ。僕ってあんなふうに変わったんだね。

四分に入ったところで種明かしが始まった。カリアーは別のデータを一つ紹介するみたいにさりげなく切り出した。母親の死によってどん底へと落ちた子供の魂が、よみがえった母親の手で健康を取り戻したという話だ。ロビンは私の腕の下でぴくりと動いた。私はすぐ隣にある小さな惑星を見下ろした。私はその肩を強くつかみすぎていた。しかし彼は、まるでどん底から救われた少年の姿に魅了されたかのように笑顔を崩さなかった。

カリアーは一人で舞台に立つ最後の三十秒間で研究成果を自分なりに解釈した。「この技術がはらむ潜在的な可能性はまだほんの一部しか見えていません。将来いつか、可能性の全体像が見えてくるでしょう。それまでの間、こんな世界を想像しようではありませんか。一人の怒りが別の人の落ち着きによって慰められ、あなたの密かな恐怖が見ず知らずの誰かの勇気によって和らげられ、ピアノのレッスンを受けるみたいに容易に苦痛を取り除くことができる世界を。私たちはこの地球で、恐怖におびえることなく生きていくことができるのです。さあここで、私の友人を紹介しましょう。ロビン・バーン君です」

私の隣にいた小柄な人物が肩をすくめるようにして私の腕をすり抜け、離れていった。彼が舞台を横切る間、私は自分のうなじを手でつかんでいた。彼はとても小さく見えた。私はニューヨークのマーキンコンサートホールで彼と同じくらいの小さな子供がモーツァルトのピアノ協奏曲第八番を演奏するのを見たことがある。少女の手は五度離れた鍵盤をぎりぎり押さえることができた。どうして彼女にはそんな芸当ができるのか、そしてどうして両親は娘にそんなことをさせるのか、私にはわからなかった。私はそのときと同じ困惑を感じた。息子は独自の楽器を手にした幼い天才だ。

ロビンは聴衆から大きな拍手を浴びながら舞台中央に進み、照明の光を浴びた。そして体の前に片方の手を横切るように構えて、深々とお辞儀をした。拍手と笑い声がさらに大きくなった。

私はこの動画を繰り返し観たので、記憶の中では自分が暗い観客席にいたような気がする。その後、ロビンが笑顔を見せて手を振り、二人で舞台上から客に別れを告げることになるだろう、とカリアーは思っていたに違いない。しかし二人にはまだ、長く流動的な一分間が残っていた。

観客の全員が訊きたそうな様子だった。それってどういうもの？　どんな感じがする？　向こうは今でもお母さんのまま？　しかしカリアーは話を別の方に向ける。彼は尋ねる。「トレーニングを始めた頃と今とを比べて、いちばん変わったのは何かな？」

ロビンは口と鼻をこする。答えを口にするまでの時間が長すぎる。カリアーの自信が揺らぎ、客がそわそわするのが感じられる。普段の生活の中でってこと？

それは少し舌がもつれたようなしゃべり方だ。客がくすくすと笑う。ロビンがどこに向かっているか、カリアーにはまったくわからない。しかし彼が軌道修正させる前に、私の息子がこう断言する。何も。

観客はまた笑うが、それはどこかぎこちない。ロビンは質問にいらついている。その一言の中にあるメッセージはこうだ。〝何が起きてるか、わかってるでしょう〟。沈黙の掟があるにもかかわらず、誰もが知っている。この恵み豊かな惑星が失われようとしている。しかし彼は太ももの横にある右の手首を奇妙な形にねじる。数十万人の視聴者の中でその意味を知っているのは私だけだ。

でも、今の僕は何も怖くない。僕はすごく大きな何かと完全に混ざり合ってる。それがいちばん面白いところかな。

カリアーが客に向かって合図をすると、客が一斉に拍手喝采を始める。彼はロビンの頭に手を置く。私の息子の母親の恋人。トークは十秒を残して終わる。

惑星ナイザーで私たちは、ほとんど目が見えなかった。主な十種の感覚の中で視覚は最も弱いものだった。しかし視覚はあまり必要ではなかった――光るバクテリアの滴は見ものだったけれども。大きな間隔を開けて体に具わっているいくつもの耳は、音を色彩のように聞き分けることができた。皮膚の感覚で周囲の様子を非常に正確に感知することもできた。かなり離れたところで起きているわずかな変化も味で見分けられた。テンポの異なる八つの心臓によって時間に対する感覚が研ぎ澄まされていた。温度の勾配と磁場によって、自分がいるべき場所がわかった。会話は無線の電波を使った。

ナイザーの農業、文学、音楽、スポーツ、視覚芸術はどれも地球のそれらに匹敵するものだった。しかしその偉大な知性と平和的な文化が燃焼や印刷、金属加工や電気、あるいは進んだ産業のようなものを発見することはなかった。ナイザーには溶岩や燃えるマグネシウム、その他の燃焼現象は存在した。しかし炎は存在しなかった。

すごいね、と息子は言った。探検してみるよ。

私は彼に、表面――特に穴の表面――からあまり離れないようにと言った。しかし彼はまだ子供だった。子供はナイザーが課す最大の試練の犠牲になる。〝永遠〟という語が〝決して《ネバー》〟と同じ意味を持つ惑星は子供にとってはつらい。

彼は上方への冒険からあっという間に戻ってきた。すっかり打ちひしがれた様子だった。上には天界しかないよ、と彼は不満げに言った。しかも天界は岩みたいに固いんだ。

彼は空の上に何があるのかを知りたがった。私はそれを笑いはしなかったが、彼の力になることもできなかった。彼は周囲に尋ね回り、同世代の子供や私の世代に容赦なくあざ笑われた。そこで彼は天界を掘削してみることにした。

私はそれを止めようとはしなかった。数百万マクロビート（リズムの基礎を成す「拍」のこと）の間、好きにさせようと思った。本人もそれで気が済むだろう、と。

彼は細長く尖った巻き貝の殻の先を使った。作業はじりじりと単調なものだった。伸ばした触手の深さを掘るだけでも鼓動数百万回分の時間がかかった。しかし高いところから落ちてきた瓦礫は、ナイザーのほぼ〝決して《ネバー》〟の世界における初めての出来事になった。〝穴〟はジョークのネタになり、疑念の対象とされ、新しいカルト宗教の儀式に変わった。いくつもの世代が現れては去り、遅々とした作業を見守った。息子は掘削を続けた――こちらの世界で就寝前に持っている時間のすべてを使って。

彼は何万もの生涯を経て、空気に突き当たった。そしてその大きな嵐のような一瞬の理解のうちに――それはあまりに大きな革命的出来事だったので、ナイザーの生物は何一つとしてそれを生き延びることはなかった――息子は〝氷〟と〝地殻〟、〝水〟と〝大気〟、〝幽閉〟と〝星明かり〟、そして〝よそ〟と〝永遠〟を見いだした。

私たち二人はワシントンに行くことになり、ロビンは大喜びだった。首都に行くのは宇宙における生命探索計画を救うためだ。私が指導するいちばん熱心なフルタイムの学生も一緒に行くことになった。

ワシントンに行くなら何かを作ってもいい？

何を作るのか、彼は言わなかった。しかし法律上ロビンの教師である私は、オンラインで見つかるつまらない社会科教材（〝お金を貯めるにはどうしたらいい？〟〝儲けとは何か？〟〝就職したい！〟）よりもましなものを常に探していた。わが国の首都に手作りのものを持参して発表する遠足は最適な社会勉強に思えた。

彼は長年かけて貯めたお金で画材屋で買い物をする間、私を車で待たせた。数分後に店を出てきたときには、買い物袋を胸に抱えていた。家に戻ると彼は秘密の宝物を持ってそそくさと自分の部屋に入り、準備に取りかかった。部屋の扉には掲示が貼りだされた。お得意の風船みたいな文字にはますます磨きがかかり、フィードバック訓練を受けるたびにアリッサの文字に似てきていた。

ここは仕事場
部屋主以外立ち入り禁止

彼が何をしようとしているのかを知る手掛かりはまったくなかった――私が知っていたのは、大きすぎて隠しようのない、幅四十五センチほどのロール状の白いクラフト紙を使うということだけだった。何度か質問をしてみたものの、毎回、詮索しないでという厳しい警告を受ける結果に終わった。こうして私たちはそれぞれに遠足の準備をした。息子が秘密のプロジェクトを進める間に、私は連邦議会の独立審査パネルで行う証言を推敲した。

パネルの任務は単純な勧告を行うこと。世界で最も古くて深く、いまだに答えが出ておらず、逃げることもできない疑問に答えよう、と訴えるのだ。NASAの地球類似惑星探査機《EPS》計画を支援するため、数日間にわたって私の仲間数十人が証言することになっていた。目標はシンプルだ。予算削減の斧《おの》から望遠鏡を救い、数年後に近隣宇宙を観察して生命を探せる世界を作ること。

政権与党は地球に似た惑星を探すことに熱心ではなかった。審査パネルの理事たちは、ますます大きくなっているNASA予算の墓場に地球類似惑星探査機《EPS》計画も送り込もうとしていた。しかし三つの大陸に散らばる科学者たちが冷めた傍観者的な態度をかなぐり捨てて、ありとあらゆる手段を使って探査の重要性を訴え始めていた。こうして詐欺師の息子――若い頃は〝狂犬〟と呼ばれ、人生最初の仕事が浄化槽掃除だった男――は史上最強の眼鏡作りの必要性を訴えるため、ワシントンに向かう飛行機に乗った。同行した息子も、自分のキャンペーンを準備していた。

彼は張り切って私の前に立ち、乗客の一人一人に笑顔で挨拶をしながら通路を進んだ。私は頭上の荷物入れに彼のバッグを入れるとき、彼に叱られた。大切に扱ってよ、パパ！　中身がくしゃってなっちゃうから！　ロビンは窓側の席を選んだ。彼は荷物搬入作業員と地上係員を、まるで彼らがピラミッドを建てているかのように見ていた。離陸の際には私の手をぎゅっと握ったが、いったん空に上がると大丈夫な様子だった。彼は飛行中、客室乗務員を魅了し、私の右にいるビジネスマンに〝お勧めの非営利団体《NPO》〟をいくつか紹介していた。

私たちはシカゴで飛行機を乗り換えなければならなかった。ロビンはゲート内にいる人々をスケッチし、当人に肖像画をプレゼントした。コンコースを挟んだ反対側にいる三人の子供が、まるではやりの動画に出ている人間を生で見るのが今日初めてであるかのようにこちらを指差し、互いにひそひそと何かをささやいた。

ロビンは二度目の離陸では一度目ほど緊張していなかった。着陸が近づいて飛行機が雲を抜けると、彼はエンジン音に負けない大きな声で叫んだ。うわ、やばっ！　ワシントン記念塔だ！　本で見たまんまだ！

近くの座席に座る乗客たちが笑った。私は彼の肩越しに地上を指差した。「あそこがホワイトハウスだ」

彼は声を抑えて返事をした。わあ。すごくきれい！

「国の持つ三権とは何？」と私はクイズを出題した。

彼は私を剣先で突くように指を構えた。行政、立法、それからあの……裁判の権利。

私たちはホテルに向かうタクシーの窓から連邦議会議事堂を見た。ロビンは畏敬の念に打たれていた。パパはみんなにどんな話をするの？

私は用意したコメントを彼に見せた。「議員からの質問もある」

どんな質問？

「さあね、何を訊かれるかわからない。どうして探査機のコストは増え続けているんですか、とか。どんな発見が期待できるんですか。もっと安上がりな方法で生命を見つけることができないのはどうしてですか。探査機を作らなかったらどんな影響があるんですか、とか」

ロビンはタクシーの窓の外に目を向けたまま、いろいろなモニュメントに目を見張っていた。ジョージタウンに入り、ホテルが近づいてくるとタクシーはスピードを落とした。思索の雲に包まれたロビンは、私が抱える政治的危機を解決する方法を探っていた。私は彼の乱れた髪を直した――私たち三人が人前に出るときにアリッサがよくやっていたように。私は自分たちが小さな宇宙船で旅をしているように感じていた。宇宙船はG型矮星の生命居住可能領域の内縁近くにあるやや小ぶりな岩石惑星の、三番目に大きな大陸の沿岸部にある全球支配的な超大国の首都を進んでいる。そのG型矮星は、全宇宙の中心にあるまばらに散らばる局所的集積の間を漂う、大きくて密集した筋のある渦状銀河《かじょう》の中心から四分の一ほど外れたところにある。

タクシーがホテル前のロータリーで停まると、運転手が言った。「着きましたよ。ここがコンフォートインです」

私がカードをタクシーのカードリーダーに挿入すると、スウェーデン北部の融けかけたツンドラ地帯に設置されたサーバー群から運転手のバーチャルな手にクレジットが渡った。ロビンは車を降り、トランクから自分のバッグを出し、とてもお手頃な系列ホテルを見て、心の底からうれしそうな口笛を吹いた。マジですごいよ。王様気分だね。彼はバッグをドアマンに持たせなかった。ここには大事なものが入ってるから！

彼は九階にある、ポトマック川を見下ろすとても簡素な部屋で再び口笛を吹いた。彼の社会勉強は地上で放射状の道となって広がっていた。彼は窓に手を当て、あらゆる可能性を見つめた。さあ、出かけよう！

私たちが行くことができたのは自然史博物館二階にある〝骨の間〟までだった。ずらりと並ぶ骨格標本はロビンの脳幹をわしづかみにして、放そうとしなかった。彼はスケッチブックを手にスズキの仲間を収めたケースの前に立ち、先細りになった肋骨一本一本のカーブに注意を注いだ。私は思わず部屋の反対側からじっと彼の姿を見ていた。しわの寄ったウィンドブレーカーとぶかぶかのジーンズという格好のロビンは、数十億年にわたる記録を残そうとしているひどく年を取った小柄な旅人――かつては派手に栄えながらその後、跡形もなく消えた惑星の記録をまとめるキュレーター――のように見えた。

私たちはベジタリアン向けの料理を出すレストランを見つけ、ホテルまで歩いた。彼は部屋に戻るとまた力を取り戻した。そして自分のベッドの縁に腰を下ろし、顔の前で手を組んだ。パパ？見せるのは明日まで待とうと思ってたんだけど、やっぱり今見せてもいいかな？

彼はバッグのところまで行って、巻かれたクラフト紙——旅の途中で少し筒の形が潰れていた——を取り出した。そしてベッドの足元の床にそれを置き、巻き癖のついた一端を枕で押さえて全体を広げた。横断幕は二人分の身長を足したのよりも長かった。全面が絵の具、マーカーペン、さまざまな色のインクで覆われていた。そして紙を端から端まで使ってこう書かれていた。

私たちが傷つけたものは、私たちで治そう

彼は巻紙全体を明るく大胆な意匠で埋め尽くしていた。それもまたアリッサから直接学んだことのように思えた。彼女も私の視野からはみ出るほど大きなキャンバスをよく使っていたからだ。まるで彼よりももっと成熟した人間によって描かれたかのように、いろいろな生き物が文字を取り囲んでいた。一群のエダミドリイシ（牡鹿の枝角に似た形のサンゴ）が白化していた。鳥や哺乳類が山火事から逃げ惑っていた。横断幕の下端で仰向けになっている体長三十センチの蜜蜂たちは脚を上げ、目には小さなバツ印が付けられていた。

これは花粉媒介者が減ってるっていう意味のつもりなんだけど、みんなわかってくれるかな？

それは何とも言えなかった。というか、私は口を利くことができずにいた。とはいえ、彼は実際には返事を待っていたわけではなかった。

でも、みんなをめいらせるのはよくないね。おびえさせるだけだし。楽しい面も見せてあげないと。

彼は横断幕の一端を持ち上げ、私にも反対を持つように言った。そして二人で巻紙全体を裏返した。最初の面が地獄だとしたら、こちら側は平和の王国だ。今度は横断幕の中央に、二行にわたって言葉が書かれていた。

すべての生き物が無用な苦しみから
自由になりますように

どちらの面にも生物がひしめいていた。羽毛や毛皮に覆われたもの、棘《とげ》のあるもの、星形のもの、出っ張りやひれのあるもの、丸い、あるいは細くて流線型のもの、左右両側性、分岐型、放射状、根茎状の生物、既知の生物に未知の生物、奇妙きてれつな色と形を具えたもの。そうした生き物のすべてが森の深い緑と海の青の間に配置されていた。アリッサの脳パターンを使ったセッションで彼の手と目は自由になり、描く絵画は以前よりさらに光り輝いていた。

彼は高いところから作品を見下ろし、妥協した部分について考えていた。〝生きとし生けるもの〟って書こうとしたけど長すぎたの。

「相談してくれたらよかったのに」

相談したらばれちゃうじゃん。

「ロビン。これの方がいいよ」

そう思う？　正直に言って、パパ。嘘は要らないから。

「ロビン。嘘じゃないよ」

彼は目を細めて絵を見た。そして首を横に振った。みんなが気づいてくれたらいいのにね？　僕らはみんな超大金持ちなんだって。彼はあふれるほどの生殖質と宝物を持っているかのように両手を前に差し出した。

「この横断幕をどうするんだい？」

ああ、うん。パパのパネルでの話が終わったら、二人でこれを持ってどこかに立とうかと思ったんだ。かっこいい建物を背景にして、誰かに写真を撮ってもらえたらいいなって。それで僕の名前をタグに使って写真をアップロードするの。そうすれば、みんなが例の僕の動画を探そうとして検索をかけたら、代わりにこっちの写真が出てくるってわけ。

私たちは横断幕を丸めて元に戻し、寝る準備をした。ホテルの部屋で照明を消すと、目的のよくわからないLEDがあちこちで光っていた。それぞれのベッドで体を起こせば、超光速探査宇宙船の司令室にいるかのようだった。宇宙船は今、果てしのない調査任務の途中で、一時的にどこかの酒場に立ち寄っているのだ。

闇を探るように息子の声が響いた。それであの人たち。あれは本物の人たちなの？

「誰のことだい、相棒？」

僕の動画にリンクを貼った人たち。

彼の声には科学的な疑念が感じられた。私の気分は沈み、頭はフル回転を始めた。「それがどうしたって？」

あの中に、僕を笑ってただけの人がどのくらいいるのかなと思って。

部屋の中では五、六種類の異なった低音が響いていた。どう答えても中身は空っぽに思えた。私の返答には時間がかかりすぎたし、ロビンは既に自分の答えを持っていた。「人間なんてさあ、ロビン。人間なんていかがわしい存在だよ」

彼はその言葉について考えた。そして有名人になることとの意味を熟考していた。彼は顔をしかめた。

「ロビン。ごめんな。私は大きな過ちを犯した」

しかし窓の外からの光を受けて彼が首を横に振るのが私には見えた。ううん、パパ。これでいいんだよ。心配要らない。この手話、覚えてる？

彼は水溜まりのような光の中で、片方の手をお椀のように丸め、そのまま細い腕を左右にひねった。彼は別の地球の上で何か月も前にその合図を私に教えたのだった――〝万事オーケー〟を表す、彼が考えた手話。

人って時々、〝あの人、怒ってるのかなあ？〟とか心配したりするでしょ？　でも、はっきり言って僕は全然大丈夫。

ロビンは朝食バイキングに大喜びだった。彼はオートミールのスクエアシリアル、ブルーベリーマフィン、アボカドトーストを皿に山盛りにした。それは彼くらいの体の大きさを持つ生き物が一日で食べられる量を超えていた。彼がしゃべるときには、唇からチョコレートヘーゼルナッツバターが垂れそうになった。最高の遠足だね。しかも本番はこれからだし！

私が証言に立つ前、朝のうちに私たちはモール（連邦議会議事堂とワシントン記念塔を結ぶ広大な公園で、両側に博物館などが並ぶ）を歩くことにした。そして見たいものについて少し話をした。彼は自然史博物館にもう一度行きたがった。植物が見たい。パパ？　みんな気づいてないいんだけど、ほとんどのことは植物がやってるんだよ。他はみんな植物に寄生してるだけ。

「おっしゃる通りです！」

つまり、光を食べるってことだけど。すごいよね、光合成！　ＳＦよりも上を行ってる！　彼の顔は暗くなった。それなのにサイエンスフィクションの扱いだと、植物が怖いものみたいになってるのはなんでだろう？

私が返事をする前に、私の二倍ほど年を取っていそうな小柄な女性——安全ゴーグルみたいな眼鏡をかけた、鳥のような顔つきの女——がブース席の横に立った。「朝食中にお邪魔してごめんなさいね」と彼女はロビンを見ながら言った。「ひょっとしてあなた……例の男の子？　あの素敵な動画に出てくる子なのかしら?」

私が彼女に用件をただす前に、ロビンが笑顔を見せた。そうかもね、うん。

女は一歩下がった。「やっぱりだわ。見るからに何かを持ってるもの。あなた本当にすごいわ!」

みんなすごいよ、と彼は言った。人気動画内のやりとりに似た言葉遣いに二人は笑った。

女は私の方を向いた。「あなたの息子さんですか? すごいお子さんですね」

「ええ」

私の無愛想な返事を聞いて、彼女はしどろもどろになって謝罪と感謝を口にしながら引き下がった。彼女が声の届かないところまで行くと、ロビンがあきれたように言った。ちょっと、パパ。あの人は失礼なことをしたわけじゃないのに、意地悪な態度を取らなくてもいいでしょ。

私は息子を取り戻したかった。大型二足歩行動物は信頼できないと思っていた頃の、あの子供を。

審査パネルの会議は、議事堂から通りを挟んだところにあるレイバーンハウスオフィスビルで開かれた。愛国心にあふれるロビンの足取りは遅かった。私は彼をせっつくようにして、時間通りに約束の場所に着いた。広々とした部屋に入ると、壁には木材の羽目板が張られ、国旗が掲げられていた。何列も並べられている革張りのクッション椅子と向き合うように一段高い演壇があって、そこには重厚な木製テーブルがあった。その上には等間隔に名札とペットボトル入りの水が置かれていた。部屋の後方にあるサイドテーブルには、コーヒーとおつまみが用意されていた。

保安チェックに手間取った私たちが部屋に入ったときには、中は既にアメリカ中から集まった仲間でいっぱいになっていた。そのうちの二人は、遠隔会議に思いがけず顔を出したロビンのことを覚えていた。ロビンをからかったり、「君もプレゼンをするのかい？」と尋ねた仲間は二人や三人ではなかった。僕なら議員さんたちを説得する自信があるよ、と彼は言った。

会議が始まった。私はロビンを隣に座らせた。「しばらくおとなしくしててくれ、相棒。ランチまでの時間は長いぞ」。彼はスケッチブックとパステルクレヨン、そして水中での呼吸を会得した少年を描く長編漫画を掲げた。準備は万端だ。

演壇は〝昨日〟のアメリカみたいな政治家たちでいっぱいになった。彼らは地《E》球類似惑《P》星探査機《S》に関する最新の計画をおさらいするところから始めるよう、ＮＡＳＡのエンジニアに言った。惑星探査機は木星の軌道の近くに置かれ、そこで自動組み立て式の巨大な鏡を広げる。そして掩蔽機《えんぺいき》と呼ばれる第二の装置をそこから数千キロ離れたところに設置して、探査機が惑星を見られるように個々の恒星からの光を遮る位置に正確に移動できるようにする。エンジニアはそれを実演して見せた。「こんなふうに手を掲げて懐中電灯の光を遮って、誰がそれを持っているのかを見るのと同じ感じです」

そのアイデアは私にも無茶《クレージー》に思えた。最初に質問をしたのはテキサス州の西部から選出された議員だった。彼の南部訛りは皆で話のネタにするために故意に装われたもののように響いた。「それじゃあつまり、空飛ぶランプシェードを付け加える前の探査機だけでも次世代宇宙望遠鏡《ネクストジェン》と同じくらい複雑だってことだね？　しかもその次世代《ネクストジェン》だって、まだ打ち上げることができてないっていうのに！」。エンジニアは異議を唱えようとしたが、議員はそれを無視するように話を続けた。「次世代宇宙望遠鏡《ネクストジェン》はもう数十年前から懸案のままで、予算を大幅にオーバーしている。その二倍も複雑なものを今要求しているような予算で作れるわけがないだろう？」

質問はそこからますます厳しいものになった。別のエンジニアが二人、失地と信頼を取り戻そうと奮闘した。一人は気力を失いかけていた。午前のパネルは始まる前に終わりそうな雲行きだった。ロビンはほとんどじれることなく、自分の課題に何時間も打ち込んでいた。正直に言うと、私は息子を連れてきたのを忘れていた。ランチでいったん散会になったとき、彼は描いた一枚の絵を私に見せた。探査機から見たような、別の惑星の絵。惑星の周囲には青、緑、白の三色が渦を巻いているように見えた。その原因は生命だとしか考えられない。

絵はすばらしい出来だった。私はスライドにそれを組み込みたいと思った。昼休憩は一時間ある。

私たちはまず用意されたランチボックスを受け取る列に並んだ。ヴェガ星人《ヴィーガン》と書かれたものとアルタイル星人と書かれたものの二種類があった。「笑うところだぞ」と私は息子に言った（「ヴィーガン」は完全菜食主義者のことだが、わし座のアルタイル（彦星）とこと座のヴェガ（織女星）という文脈ではヴェガ星人という意味にも解釈できる。）。

僕は真面目《シリウス》すぎるのかな（シリアスとシリウス（天狼星）をかけたジョーク）。

「さては『天文学者のジョーク集』を読んだな」

あの本からはすごい衝撃《ビッグ・バン》を受けたよ。

私たちは隅に陣取った。ロビンが食べる間、私は彼のみずみずしい絵を床に置き、携帯で写真に撮り、写しをノートパソコンに送り、トリミングし編集をして、部屋いっぱいの人々に向けて午後に見せる仮想スライドトレーの最後に加えた。私が若い頃に読んだサイエンスフィクションのどの作品も、こんな魔法を予想しえなかった。

ランチタイムの後、探査機のようなものを研究に必要とする科学者数人が登場した。私は三番目にしゃべった。部屋全体が血糖停滞に陥る中、私は証言に立ち、生命を探すのに他の直接的手法でこれにかなうものはない、と言った。私は現存する中で最も良質な系外惑星の写真を見せた。それは灰色っぽい染みのようにしか見えなかった。それでも充分にインパクトはあった。学部生時代の私の指導教員は、私たちが生きている間にそんな写真を目にすることはないと断言していたのだから。

次のスライドは少し見栄えがした。掩蔽機の手を借りた探査機から見た惑星をコンピュータでシミュレーションしたものだった。部屋いっぱいの人々が息を呑んだ。まるで議会が「光あれ」と命じて、宇宙がそれに従ったかのようだった。データでこれぐらい精細な写真が得られれば、この惑星に生命がいるかどうかが判別できる、と私は指摘した。私はロビンが描いた絵を見せながら、カール・セーガンの言葉を引用して話を締めくくった。私たちは勇気ある問いと深遠なる答えによって世界に意味を与えるのです。

私はその後、〝勇気ある問い〟とはほど遠い質問に備えた。テキサス州西部選出の下院議員が最初の質問をした。「あなたの言う大気モデルによって、興味深い生物がいる惑星と細菌しかいない惑星を区別できるのかね？」

細菌がいる系外惑星は今までに発見されたどんなものにも劣らず興味深いものだと私は答えた。

「知的生命体がいる惑星を見分けられるのかな？」

私はその方法を二十秒間で説明しようとした。

「そしてその確率はどの程度なんだ？」

私は答えを避けたいと思ったが、それは無理な相談だった。「その確率が特別高いと考えている人はいません」

部屋中に失望が広がった。別の議員が質問した。「その研究は次世代《ネクストジェン》宇宙望遠鏡ではできないのかね？　まあ、それが打ち上げられたとしての話だが」

次世代《ネクストジェン》宇宙望遠鏡はすばらしい装置だが、それでも大気を直接観察するには不充分なのだと私は説明した。モンタナ州選出のかなり高齢の議員が二つの望遠鏡の話をごっちゃにした。「その高価なおもちゃによってこんな結論が出るかもしれない。宇宙でいちばん興味深い生物が同じ何十億ドルものお金を使うなら、宇宙でいちばん興味深いこの惑星で使うのがいいってね。そのときにはどうするつもりかね？」

私はそのとき、議員たちがこの計画を潰そうとしている理由がわかった。費用の超過などというのは単なる言い訳にすぎない。探査機が仮に無料であったとしても、今の政権与党は計画に反対するだろう。地球のような惑星を太陽系外で探すのは、グローバル主義者の陰謀で、〝バベルの塔〟みたいな神罰に値する。もしも学者エリートどもがいたるところに生命を発見でもしようものなら、人類と〝神との特別な関係〟が台無しになってしまう。

私は最悪の気分で演壇から下りた。ぼうっとする頭と狭くなる視野の中、自席まで戻るとき、息子の大きな声が聞こえた。パパ！　いい話だったよ！　私は彼から顔を隠した。

その後、私たちは聴聞会室を出て、前の廊下に居残った。私は仲間たちと戦闘を振り返った。まだ元気を失っていない者もいた。希望を捨てた者もいた。カリフォルニア大学バークレー校に勤める親分肌の男は、君は子供の絵なんかより統計をもっと使うべきだったとぶっきらぼうに言った。しかし世界で最も偉大な惑星探索者の一人は当人が赤面するほど熱心にロビンを擁護した。「あなたはすばらしいわ」と彼女は息子に言った。そして私にはこう言った。「あなたは幸運ね。星よりも『スター・ウォーズ』の方がいいって言ってるうちの子供たちなんて私には理解できない」

私たちはインディペンデンス通りを歩いた。ロビンは私の手を握った。パパのお話は上手だったと思うよ。そう思わない？

私の考えは子供に聞かせるようなものではなかった。「集まっているのは所詮、人間たちだからね、ロビン」

人間ね、と彼は同意した。それから視線を上げ、議事堂ドームのてっぺんにあるブロンズ製の自由の女神像を見た。民主主義よりいい仕組みを見つけた異星人《エイリアン》っていると思う？

「さあね。〝よりいい〟という言葉は惑星ごとに意味が違うかもしれないな」

彼はうなずき、未来の私たちへと記憶を差し向けた。すべてのものは惑星ごとに違って見える。だからこそ僕たちは異星人を探さないといけない。

「その台詞をさっきあの場で言いたかったな」

彼は議事堂を抱くように両腕を広げた。見て、これ。母船みたい！

私たちは緑地を抜ける遊歩道をくねくねとたどった。ロビンの足取りは階段の方へと向かっていた。彼の考えていることに気づいたとき、私は気分が沈んだ。ロール型のクラフト紙で作った横断幕が宇宙服のアンテナのように彼のバックパックから飛び出していた。

ここがいいと思わない？

恐怖と興奮とは、神経細胞《ニューロン》の位置でいうと細胞二つか三つ程度しか隔たっていないに違いない。ちょうどそのとき、午前のセッションで一緒だったNASAのエンジニアの一人が遊歩道を歩いて近づいてきた。私は男に手を振ってから言った。「じゃあ、やるか、ロビン！」。やることをやれば一分か二分で終わりだ。それで少なくとも私たちの一人は満足して、勝利を家に持ち帰ることができる。

ロビンが横断幕を用意する間、エンジニアと私は慎重に聴聞会を振り返った。「あれはまあ、建前みたいなものだ」と彼は言った。「当然予算は通る。連中だって原始人ってわけじゃないんだから」

私は彼に、息子と一緒の写真を一枚か二枚撮ってくれないかと頼んだ。ロビンの傑作を私たちは広げた。横断幕はそよ風に持って行かれそうになった。パパ！　気を付けて！　私たちが左右から引っ張ると、横断幕が完全に広がった。それは太陽風を受けた宇宙探査機の帆のように大きくふくらんだ。午後の明るい日差しの中では、ホテルの部屋では気づかなかった生物の細部まで見えた。

エンジニアは一気に表情を崩し、八重歯を見せた。「おお！　君がその絵を描いたの？　すごいじゃないか。私もそこまで絵がうまければ、アマチュア無線の趣味に走ることもなかっただろうなあ」

私は彼に携帯を渡し、変化する光の中でさまざまな角度と距離から何枚か写真を撮ってもらった。少年、その父親、絶滅に瀕している鳥や獣、横断幕の裾に沿って虫の悲劇、背景にあるのは砂岩と石灰岩と大理石から成るモザイク。それは自由に捧げられていながら、奴隷によって建てられた建物でもある。エンジニアは完璧な写真を撮ろうとした。会議にいた別の二人の天文学者が遠くから私たちを見つけた。二人は横断幕をよく見ようと近づいてきて、写真の構図についてエンジニアに指示をした。エンジニアは私の携帯の背面にあるレンズをロビンに見せた。「デジタルカメラはＮＡＳＡが考えたんだよ。火星を回る軌道で迷子になってしまった十億ドルのカメラがあるんだけど、あれは私のチームが作った」

天文学者の片方が頭を抱えた。「そもそもカメラを搭載するようＮＡＳＡに頼み込んだのは私たちだった」

一般市民や見学者がロビンの横断幕と楽しそうな三人のやりとりに惹かれて足を止めた。私の母くらいの年齢の女性がロビンに声をかけた。「あなたがこれを作ったの？　これを全部一人でやった？」

人は一人では何もできないよ。ロビンが幼かった頃、アリッサがよく息子に言っていた言葉だ。どうして彼がそれを覚えているのか、私にはわからなかった。

私たちは横断幕を裏返した。見物人は新たな面を見て歓声を上げ、凝った細部を見ようとして皆がさらに近づいた。航空宇宙エンジニアが周囲を忙しく動き回り、また新たな写真を撮ろうと人混みを押し戻していた。数メートル先の舗道から叫び声が上がった。「やっぱそうだ！」。ソーシャルメディア内で循環している十億の世界のどこかで、十代後半のその少女は、小柄で風変わりな少年が奇妙な小鳥のさえずりをまねしている動画を見たことがあったに違いない。少女はこの即席野外集会の中を動き回りながら親指を使って携帯で手掛かりをたどり、『新しい卵』の動画を見つけた。

「あの子、ジェイよ！　死んだママと脳をつなげたって男の子！」

ロビンはそれを聞いていなかった。彼は惑星地球での暮らしを変える方法について、ジョークや物語を交えて二人の中年女性と話し込んでいた。彼に気づいた少女は友達に一斉メールを送ったに違いない。というのも数分後にはモールの東端から若者が続々と集まってきたからだ。誰かがバックパックからウクレレを取り出し、皆で「ビッグ・イエロー・タクシー」（一九七〇年にジョニ・ミッチェルが発表した曲。環境問題をテーマにしていて、近年も多くのアーティストがカバーしている）を歌った。次に「このすばらしき世界《ワット・ア・ワンダフル・ワールド》」。人々は携帯で写真を撮り、メッセージを投稿した。そして菓子を分け合い、その場は即興のピクニックのようになった。ロビンは舞い上がっていた。彼と私は横断幕を持って立ち、時々、持ちたいという若者四人と交代した。それはロビンの母親が組織したいと考えそうなイベントになった。それはロビンの生涯で最高の瞬間だったかもしれない。

私は陽気な気分にすっかり呑み込まれていたので、議会警察の車がノースウェスト一番通りに停まり、警官が二人降りたのに気づかなかった。若者たちが警官にちょっかいを出し始めた。俺らはおとなしく遊んでるだけですよ。本物の犯罪者はよそで捕まえてくださーい！

ロビンと私は警官と話をするために横断幕を地面に下ろした。二人の若者がそれをまた持ち上げ、凧揚《たこあ》げをするように振り回し始めた。ヒートアップした状況はそれでは収まらなかった。ロビンは支持者と警官の間を取り持とうと、人混みの隙間を縫って前に出た。彼の胸は警官のガンベルトと同じ高さにあった。

警官の名札には〝ジャファーズ巡査部長〟と書かれていた。バッジの番号は回文素数（一三一、一九一、三七三など、前から読んでも後ろから読んでも同じになる素数のこと）だった。「このデモは無許可ですね」と彼は言った。

私は肩をすくめた。それは不適切なしぐさだったかもしれない。「デモをしているわけじゃありません。連邦議事堂の前で写真を撮りたかっただけです。息子が作った横断幕と一緒にね」

ジャファーズ巡査部長はロビンを見た。そして法と秩序の複雑さに目を細めた。私にとってその日が長かったのと同じように、きっと彼にとっても長い一日だったに違いない。最近のワシントンは状況がよくなかった。私はそれを忘れていた。暴力が上からトリクルダウンしていた。「公共建築物の入り口に集まり、往来を妨げ、不便を生じさせるのは違法です」

私は議事堂の入り口に目をやった。そこまで野球ボールを投げようとしてもとても届かなかっただろう。そんな話は無視すべきだった。しかし彼は、息子にこれだけの希望を与えている行為に何とかして文句を付けようとしていた。「そんなことはしてないですよ」

「道路や歩道に集まり、往来を妨げ、不便を生じさせるのも違法です。警官の停止命令に従わずに集会、妨害、邪魔を続け、あるいは再開するのも違法です」

私は彼にウィスコンシン州の運転免許証を渡した。彼と相棒――名札には〝フェイギン上級巡査〟とあった――は車に戻った。私が前回法律に違反したのは高校時代、コンビニでワインを万引きしたときだった。以来、スピード違反で切符を切られたことさえなかった。しかしこんなことになってしまった。幼い子供をそそのかし、地球の生物に迫る危機を訴えさせた。それは社会的に容認可能な行為ではなかった。

五分後、二人の警官は私とロビンについて得られる限りすべての情報を手にしていた。誰にでも一瞬で入手可能なすべての事実。実際、ロビンと私がこの内戦においてどちらの側にいるかは、新たな情報がまったくなくても明らかだった。横断幕がはっきり物語っていたからだ。

権力の分立に関して息子に教えたレッスンの中にはなかったが、議会警察は大統領ではなく連邦議会の管理下にある。しかしこの四年間でそうした区別がすべて消えかけていた。議会自体がホワイトハウスからの指示を受け、任命された裁判官たちもホワイトハウスに歩調を合わせていた。規範――それを支持するのは国民の半数以下だ――はじわじわと破壊され、政府の機関はすべて大統領のビジョンの下で一つにまとめられた。法律にそんなことは書かれていない。しかしこの二人の警官は今、大統領の意思に応えていた。

警官たちは車を離れ、また私たちを囲む人混みの方へ戻ってきた。彼らが近づいてくると、横断幕を持っていた二人の若者が警官たちを囲む輪を作り始めた。ジャファーズはその場で体を回しながら言った。「皆さん、直ちにここから立ち去ってください」

「俺たちがここを離れても、問題は解決しないぞ」と横断幕を持っていた一人が言った。

しかし集まっていた人の大半は既に政治的意志表明のピークを越えていたので、散らばり始めた。ジャファーズとフェイギンが横断幕を持っている二人に近づくと、二人はロビンの芸術作品を放り出して逃げた。横断幕は弱々しく地面に落ち、風に飛ばされた。ロビンと私はそれを追った。それ以上飛ばされないように私が足で踏みつけた靴跡としわが、今でもそこに残っている。靴跡はちょうどセンザンコウとおぼしき絵と重なっている。

私たちが強い風の中で横断幕を伸ばし、埃を払い、巻き取るのを警官たちはじっと見ていた。おまわりさんも悲しいでしょ、とロビンはジャファーズに言った。今の時代に生きるのは悲しいよね。

「さっさと巻きなさい」とジャファーズ巡査部長は言った。「行くぞ」

ロビンは手を止めた。私も一緒に手を止めた。もしも昆虫が死んだら、僕らは食料を育てることができなくなる。

フェイギン巡査はさっさと巻き取りを終わらせて芝居に終止符を打つため、横断幕を取り上げようとした。ロビンはその動きに驚き、作品を胸元に抱え込んだ。子供に反抗されてかっときたフェイギンはロビンの手首をつかんだ。私は自分が持っていた横断幕の端から手を放し、叫んだ。「息子に手を出すんじゃない！」。私は警官二人に取り押さえられ、逮捕された。

彼らは息子の前で私に手錠を掛けた。その後、パトカーの後部座席――中から扉を開けられない――に私たちを押し込め、四ブロック先の連邦議会警察本部に行った。私が指紋を採られるのをロビンは見ていた。彼の顔は恐怖と興奮で輝いていた。罪状はワシントン特別区刑法二二条一三〇七項違反。私に与えられた選択肢は芳しいものではなかった。裁判所に出頭する日取りを決めて、もう一度このワシントンまで来るというのが一つ。もう一つは、往来を妨害し、不便をかけたことを認めて、三百四十ドルとその他の手数料を払い、すべてをおしまいにするというものだ。要するに、不抗争答弁（有罪を認めるわけではないが、起訴事実を争わないという答弁）。結局のところ、法律を犯したのだから。

私たちは暗くなってからホテルに歩いて戻った。ロビンは必死に私を慰めたが、顔はうれしそうだった。パパ。信じられない、すごいよ。パパは生き物の味方として立ち上がったんだ！　私は彼に黒ずんだ指先を見せた。彼にとってはそれも誇らしいようだった。これでパパは前科者！

「それが面白い？　どうして？」

彼は私の手首をつかんだ――フェイギンが彼の手首をつかもうとしたのと同じように。彼はコンスティテューション通りの歩道で私を立ち止まらせた。パパはママに愛されてる。本当だよ。

翌朝、私たちはシカゴまで戻っていた。オヘア国際空港は、理由を公表できないレベルで危険性が高まっていた。私たちがゲートに進もうとすると、防弾ベストを着て武装した警備員たちが犬を連れてコンコースを横切った。私は犬を撫でたりしないよう、ロビンを制止しなければならなかった。

ゲート周辺はジェット燃料とストレスフェロモンの匂いが入り混じっていた。以前は異常気象と呼んでいたような天候が次々にフライトの遅延とキャンセルを引き起こしていた。マディソンへ行く乗り継ぎの便も遅れていた。私たちは四台並べられたテレビの前に座った。テレビはそれぞれ、イデオロギー的に異なるチャンネルを映していた。中道リベラルのテレビ画面は北部大平原地帯でまたしてもドローンによって有害物質が散布されているとのニュースを伝えていた。保守中道のテレビ画面はメキシコ国境に派遣された民間軍事会社の部隊について報道していた。私は携帯を取り出し、二日の間に溜まった仕事に取りかかった。ロビンは座ったまま、驚異を絵に描いたような表情で人間観察を続けた。

ゲート上の表示板に目をやるたびに、私たちの便はさらに十五分遅れた。ゲート横の係員の一人は、バンドエイドを剝がすのに限界までゆっくりと時間をかけていた。

ゲート周辺にあるすべての携帯から警報音が鳴り響いた。新たにできた〝全米アラート〟からのメッセージが皆の携帯画面で光った。この二か月、どんな大統領令を発しても誰にも反対されることがなかったせいで増長した大統領からのメッセージだった。

アメリカよ、今日の経済数値を見てくれ！　まったく信じられない数字だ！　私たちは一丸となって嘘と沈黙にストップをかけよう。否定しかしない連中を黙らせて、敗北主義を負かしてやろう！

私は携帯を消音《ミュート》にして仕事を再開した。ロビンはスケッチをした。彼はゲート周辺の人々を絵にしているのだと私は思っていたが、再びそちらを見ると、そこに描かれているものは放散虫と軟体動物と棘皮《きょくひ》動物に変わっていた。それらが生息する地球は一九五〇年代の『アスタウンディング・ストーリーズ』のような現実離れした場所だった。

私は左側の椅子にいる落ち着かない様子の人を無視して仕事を続けた。その大柄な女性はきょろきょろと周囲を見ながら強い口調で携帯に話しかけた。「今日は一体何をやってるわけ？」

彼女の携帯は若い女性の声で元気よくそれに返事をした。「イリノイ州シカゴ周辺で今日行われている主なイベントはこちらです！」

女性は私と目が合った。私は目を逸らし、四台並んだテレビの方を見た。ルール川流域数キロメートルにわたってアクリロニトリルの蒸気雲が広がっているというニュース。十九人が死亡、数百人が病院に搬送。小さな手が私の腕をつかんだ。ロビンが目を丸くして私を見ていた。

パパ？　僕の脳はトレーニングで配線し直してるでしょ？　彼はコンコースの狂気を指すような

しぐさをした。でも、みんなの脳の配線を決めているのはこういう状況なんだよね。

私の左にいる女性がまた口を開いた。「きっとみんな、何かを隠してるんだわ。今起きていることは機械でも知らない」。彼女が話しかけているのが私なのかデジタルアシスタントなのか、私にはわからなかった。周囲の人は全員が背中を丸め、ポケットサイズの宇宙に没入し、画面をタップしていた。

場内アナウンスの声が響いた。「搭乗エリアにいらっしゃる皆様。私どもが先ほど受け取りました情報では、少なくとも今後二時間は当空港から飛行機が出発することはございません」

私たちの周囲の座席から大きな声が上がった――物事が自分の思うようにならず、今にも暴力に訴えそうな生き物。私の左にいた女性はオープンサンドを口に入れるときのように携帯を顔と同じ高さに構えた。「飛行機は飛ばないんだって。うん。全便欠航」

場内アナウンスから別の声が聞こえた。それはあまりにも平板な声だったので、合成だとしか考えられなかった。「改めて宿泊施設を必要とするお客様にはホテル割引チケットの抽選を行いますので、サービスカウンターでお申し込みください」

ロビンはつま先で私のふくらはぎをつついた。僕ら今夜、うちに帰れる？

そのときコンコースの先から悲鳴が聞こえ、私の返事はそれに掻き消された。私はロビンにじっとしているように言って、騒ぎの方へ駆け寄った。三つ先のゲートにいた客が事態にいらだち、携帯用のタッチペンでチケット係の手を刺したのだ。私が座席に戻ると、大柄な女性は携帯に向かってこう言っていた。「これは隠蔽工作よ、ね？　ＨＵＥの連中の仕業。そうでしょ？　この状況はかなり根が深い」

私は彼女に、人前である種のことを発言するのは今ではもう違法なのだと警告したかった。

ロビンは鼻歌を歌いながらゲートの方を見た。少しかがむようにしてよく聞くと、それは「望みは高く《ハイ・ホープス》」（フランク・シナトラのヒット曲（一九五九年）。次の文はその歌詞の一節）だった。空にあるアップルパイみたいに高い望み。アリッサは赤ん坊の頃のロビンを沐浴させながらその歌を歌ったものだった。

私たちは何とか家に帰り着いた。ロビンは行き損なっていた神経フィードバックセッションに行き、私は溜まっていた仕事を片付けた。数日後、私は彼に連れられてバードウォッチングに出かけた。彼はじっとしたまま観察をするという活動を何よりも気に入っていた。当然、同じことをするのが私の精神にもいちばんだと彼は思っていた。しかしそうではなかった。私はじっとしたまま観察をした。私の目に浮かんだのは、妻に誘われて数十回のバードウォッチングに出かけた思い出だけだった。結局、妻は私に見切りをつけて、誰か別の人と出かけるようになったのだった。

私たちは町から二十四キロ離れた自然保護区に向かった。そして湖と草原と森が交わる場所に行き当たった。ここがいい、とロビンは断言した。鳥は縁《へり》が大好き。一つの世界と別の世界の間を行き来するのが好きなんだよ。

私たちは大きな岩のそばにある背丈の高い草の中に体を小さくして座った。空気は澄んでいた。私たちは昔アリッサが使っていたスイス製の双眼鏡を一緒に使った。ロビンは個々の鳥を見ることよりも、空気を満たす鳥の声に耳を傾けることに興味を持っていた。私は息子に指摘されるまで、何種類の鳥の声が聞こえているかに気がつかなかった。とりわけ風変わりなさえずりが聞こえた。

「おや。何だあれ?」

彼の口が開いた。本気で訊いてる? 知らないの? パパの好きな鳥だよ。

そこにはカケスとショウジョウコウカンチョウが何羽もいた。ゴジュウカラのつがいと一羽のエボシガラも。彼はアシボソハイタカも見分けた。黄色と白と黒の入った何かが目の前を横切り、私はアリッサの双眼鏡に手を伸ばしたが、それを目に当てる前に鳥は逃げていた。「今の鳥、何か分かった?」

しかしロビンは空中を飛んでいる別の思考に周波数――割り当てられていない周波数――を合わせていた。彼は長い間じっと地平線を見つめた。そしてようやく言った。ひょっとすると僕にはみんなのいる場所がわかったかもしれない。

私は思い出すのにしばらく時間がかかった。大昔、星空の下、グレートスモーキー山脈で知ってからずっと彼の頭に引っかかっていた問題。フェルミのパラドックスだ。「じゃあそっと私に教えてくれないか、相棒。面倒なことは訊かないから」

パパは昔、大きな障害物がどこかにあるのかもしれないって言ってたでしょ?

「大《グレート》いなるフィルター。私たちの間ではそう呼ばれてる」

ひょっとするとその大《グレート》いなるフィルターはいちばん最初にあるのかもしれない――分子が生き物になる段階で。それか生物が最初に細胞になる段階。それか細胞が集まるようになる段階。それか最初の脳ができる段階。

「あちこちに障害があるな」

いろいろ考えてたんだ。僕らは六十年前から地球以外の生命を探して、耳を傾けてきたんだよね。

「証拠の不在は不在の証拠にはならないぞ」

それはわかってる。でもひょっとすると、僕らは大《グレート》いなるフィルターを過去に乗り越えたんじゃなくて、この先にあるのかもしれない。

今私たちはその障害にぶつかっているのかも。激しく、乱暴で、神様みたいな意識。たくさんの意識、指数関数的そして爆発的に増える意識。それが機械によってさらに強化されて、何十億倍にもなる。長続きするにはあまりに危なっかしい力。

だってそうじゃなければ……この宇宙はどのくらい昔にできたんだっけ？

「百四十億年前」

だってそうじゃなければ、もうここに来てるはずだよ。そこら中に。でしょ？

彼の手があらゆる方向を指した。何か原初的な声が空に響き、その手が止まった。ロビンが最初に見たとき、それは単なる点にすぎなかった。カナダヅルの家族。三羽は緩い隊列を作り、子供がまだ見たことのない南の越冬地を目指していた。出発は遅れていた。しかし秋そのものが数週間遅れていた——次の春がその分早めに来るであろうのと同じように。

ツルは一列になって近づいてきた。縁を黒く染めた灰色のショールのような翼が上下に羽ばたいた。初列風切り羽の黒くて長い先端がお化けの指のように曲がったり伸びたりした。飛ぶときの体はくちばしから鉤爪までが矢のようにまっすぐに伸びていた。そして細い首と脚の間に胴体の膨みがあった。大きな翼を羽ばたかせるにしても、空を飛ぶにはかさが高すぎるように見える胴体。

再び声が響き、ロビンは私の腕をつかんだ。最初に一羽、次にもう一羽、そして三羽すべてが背筋の凍るようなハーモニーを奏でた。ツルは赤い前頭部が目で見えるほど私たちに近づいた。

恐竜だよ、パパ。

鳥は私たちの上を通り過ぎた。ロビンはじっとしたまま、彼らが彼方へ消えるのを見ていた。彼はおびえた様子で体を小さくしていた。森と水と空の交わるこの場所にどうして今自分がいるのかわからない様子だった。私の手首をつかんでいた彼の指からようやく力が抜けた。僕らは鳥のことさえろくに知らないのに、エイリアンのことなんてわかるわけないよね？

私たちはかなり離れた場所から惑星シミリスを見た。それは完璧な藍色の球体で、近くの恒星の光を受けて輝いていた。

何なのあれ？と息子は尋ねた。あれはきっと人工物だよね。

「あれは太陽電池だ」

惑星全体を太陽電池が覆ってるってこと？　クレージーだ！

私たちは惑星の周囲を何度か回り、彼を納得させた。惑星シミリスはそこに降り注ぐ光子を一つ残らずとらえようとしていた。

それは自殺行為だよ、パパ。エネルギーを全部そこで使っちゃったら、食べ物が育てられないじゃん？

「シミリスでは食べ物が普通とは違うのかもしれない」

私たちはそれを確かめるため、惑星の表面に下りた。それは惑星ナイザーのように暗く、しかしナイザーよりもずっと寒かった。あたりは静かだったが、背景でずっとブーンという音が響いていて、私たちはそれをたどるように先に進んだ。湖や海もあったが、すべて分厚い氷に覆われていた。私たちはかつて鬱蒼《うっそう》とした森だったと思われるまばらで枯れた枝の下を通り過ぎた。平原に草は生えておらず、岩や石ころが転がっているだけだった。道に人気《ひとけ》はなく、町も都市も無人だった。しかし、破壊や暴力の痕跡はなかった。すべてが自然にゆっくりと腐食していた。住人全員がある日ここを去り、天に召されたかのようだった。しかし天はソーラーパネルに覆われ、全力で電子を生んでいた。

私たちは音をたどって谷に入った。そしてまだ壊れていない一群の建物を見つけた。それは常時監視ロボットによって警備と修繕が行われている巨大な工場だった。外殻ソーラーパネルによってとらえられたエネルギーのすべてを大きな伝導ケーブルが複雑に入り組んだ装置に送り込んでいた。

これは誰が作ったの？

「シミリスの住人」

で、これは何？

「コンピュータのサーバー群」

みんなはどうなったの、パパ？　どこに行ったわけ？

「みんなこの中にいる」

息子は顔をしかめ、状況を理解しようとした。外よりも中の方が無限に大きな、回路を収めた建物。豊かで、無限で、果てしなく、創意にあふれる文明——希望と恐怖、冒険と欲望の千年紀——が死滅と再生、一時保存と再実行《リロード》を永遠に繰り返す。電源が失われるまでずっと。

かつて朝起こすたびにホエザルのようにわめいていた息子は十歳の誕生日に、ベッドにいる私に朝食を持ってきてくれた。フルーツコンポート、トースト、ペカンナッツをまぶしたチーズ。その全部を盛り付けた皿には、菊のブーケの絵が添えられていた。

起きて、パパ。今日は僕のトレーニングだよ。でも、出かける前にやらないといけない宿題がたくさんある。ありがたいことに！

彼はカリアーのラボまで歩きたいと言った。私たちの家からラボまでは六キロ半あった。歩けば行きと帰りにそれぞれ二時間かかる。私には半日を冒険に費やすつもりはなかったが、彼が誕生日に望んだプレゼントはそれだけだった。

真っ青な空を背景にカエデがオレンジ色に映えていた。ロビンはいちばん小さなスケッチブックを持参した。そして曲げた肘でそれを支えるようにして、歩きながらスケッチをした。ごくつまらないものにも歩を緩めた。蟻塚。ハイイロリス。歩道に落ちている、葉脈が甘草入りグミのように真っ赤なオークの葉。地球に密着した彼と母親は、私をはるか後方に置き去りにした。私も少しの間、アリッサと二人きりになりたかった。そして彼女が源を明かすことのなかった恍惚《エクスタシー》を味わいたかった。カリアーは既に、トレーニングを受けたいという私の頼みを断っていた。しかしこの朝は、その気持ちがこの上なく切実に感じられた。

私が何度もせっついたにもかかわらず、ラボに着いたときには約束より十分遅れていた。私は謝罪しながら扉をくぐった。一箇所に集まって話し込んでいたジニーと二人の助手は私たちの姿を見てはっとした様子で話をやめた。ジニーは暗い顔で首を横に振った。「ごめんなさい、お二人さん。今日のセッションはキャンセルになりました。前もってお電話すればよかったんですけど」

何が起きているのか私にはわからなかった。しかし私が彼女を問い詰める前に、廊下の先からカリアーが現れた。「シーオ。今ちょっといいか?」

私たちは彼の研究室に向かった。ジニーはロビンの肩をつかんだ。「ウミウシ見に行こうか?」。ロビンは顔が明るくなり、彼女の後を付いていった。

私はマーティン・カリアーがこれほどのろのろと動くのを見たことがなかった。彼は私に座るようしぐさで促した。そして立ったまま、窓の近くにとどまった。「研究に〝待った〟がかかった。昨日の夜、被験者保護局が差止命令を送ってきた」

私が最初に考えたのは息子の身の安全だった。「この技術に何か問題でもあったのか?」

カリアーは振り向いて私の顔を見た。「有望性以外の問題ということか?」。彼は申し訳なさそうに手を振り、落ち着きを取り戻した。「保健福祉省から少しでも資金が出ている実験はすべてストップしろと言われてる。被験者保護の観点から、何らかの違反がないかを審査し直すという話だ」

「待て待て。保健福祉省? そんなのありえない」

私の的外れな反論に彼は口をゆがめた。そして自分の机の前まで行って腰を下ろし、キーボードを叩いた。一瞬後、彼は画面に表示された言葉を読んだ。「〝あなたの研究手順は被験者の全一性・自律性・尊厳を犯している懸念があります〟」

「〝尊厳〟？」

彼は肩をすくめた。意味不明だ。デクネフはシンプルで自己調整的な治療法で、いい結果も出している。全米のあちこちのラボではるかに危うい実験が行われている。毎日、もっと深刻な実験が数十万人の子供の体内で実施されている。それなのにワシントンにいる誰かが、新たな被験者保護ガイドラインを無理やり押し付けようとしている。

「筋の通った科学に政府が恣意的にブレーキをかけるわけがない。権力を持っている誰かを怒らせることを何かしたんじゃないのか？」

カリアーが大きく息を吸ったとき、ようやく私の頭にひらめいた。何かをしでかしたのは彼ではない。私の息子だ。大統領選挙が近づいている。今は互角の戦いだ。混沌を引き起こすのが大好きな政権の手下どもがニュースに取り上げられることを当て込んで〝人間の尊厳〟なるものに訴えかけ、環境保護運動を叩き、科学を馬鹿にし、税金の無駄遣いを削り、卑劣な連中に餌を撒き、商品文化に対する新たな脅威を押し潰そうとしている。

マーティンは私の目をじっと見た。それ自体が神経フィードバックセッションのようだった。彼は私と同様に、その考えと格闘していた。簡潔さの法則は、もっとシンプルな説明を要求していた。しかし私たちは二人とも、これ以上シンプルな説明を見つけられなかった。彼はキャスター付きの回転椅子に座ったままモニターから離れ、両手で顔をマッサージした。「言うまでもないが、これで特許取得の可能性もなくなった。もしもこれが私の被害妄想でないなら……」。彼の被害妄想はその言葉を途中で呑み込ませた。

「で、これからどうする？」

「調査に協力し、再審査委員会に対して言うべきことを言う。他に何ができる？　ひょっとしたらすぐに解決できるかもしれない」

「じゃあ、その間は……？」

彼は不信の目で私を見た。「君が知りたいのは、今治療をやめたらあの子がどうなるかってことだろ」

私は恥じ入った。その通りだった。進化によって形作られた陥穽《かんせい》。たとえ人類すべてが危険な状況にあっても、私はまず自分の息子のことを気にかけるだろう。

「わからない、というのが正直な答えだ。私たちのところには何らかのフィードバックを実施している被験者が五十六人いる。その全員が暴力的な形でトレーニングから引き離されることになる。ここから先を描いた地図は存在しない。次に起こることのデータもない」。彼は研究室の中を見回した。刺激的なポスターと立体パズル。「運がよければ、このまま安定した軌道に乗るだろう。ひょっとすると自分でさらに状況を改善し続けるかもしれない。しかしデクネフは他の運動なんかと同じようなものなのかもしれない。だとすると練習をやめれば、よくなっていたものがまた悪くなり、体が元の地点まで戻るかも。生命は恒常性を目指す機械だから」

「変化が起きたときにはどうすればいい？」

彼は科学者対科学者として無理を言いたそうな様子だった。「できることなら評価のために時々彼をここに連れてきてほしい。しかし今はそれができない。この調査が終わるまでは」

「よくわかった」と私は言った。何もわかっていなかったけれども。

歩いて家へ帰る間、ロビンは考えに耽っていた。これもまた実験みたいなものだよね？　何が起こるにしても、それで何か興味深いことが学べるんだから。

彼が私を慰めようとしているのか、それとも科学の心得を教えようとしているのか、私にはわからなかった。私は一つのことを集中して考えられなかった。単なる政治的な気まぐれのせいで、今から投票日までの間にどれだけのまともな科学研究にストップがかかるのかについて思いを巡らせていたからだ。マーティンが言っていた通り、ここから先を描いた地図は存在しない。

「どうせ一時的なものさ。しばらくしたら元に戻る」

トレーニングは危険なものか何かだと思われちゃったのかな？

カエデはあまりにも赤かった。メール受信の通知が鳴った。三千二百キロ——三日——離れたところにある冬の匂いが私には感じられた。ロビンが私の袖を引っ張った。

これってワシントンであったことのせいじゃないよね？

「ああ、いや、ロビン。そんなわけはない」

彼は私の微妙な声音にびくりとした。メールの通知が再び鳴った。ロビンはそのまま歩道で立ち止まり、この上なく奇妙なことを言った。パパ？　パパが遠くに行ったり、戦争に行ったりしたら……パパの身に何かあったらどうなるのかな？　パパが死んじゃったりしたら？　僕はただじっとしてるしかない？　歩くときにパパの手がどんなふうに動くかを思い出して、まだ生きているみたいに思うしかない？

夕食後、彼は私にフラッシュカードで州花のクイズを出してほしいと言った。そして寝る前に、一日が一時間しかない――でもその一時間が一年以上続く――惑星の話を私に聞かせてくれた。一年の長さは常に変化した。緯度によって時間の速度が変わった。老人の中には若者より若い人もいた。大昔にあった出来事が時には昨日よりも最近に起こっていた。何もかもが混乱したせいで人々は時間を記録するのをやめ、〝今〟だけで済ませることにした。それはいい世界だった。彼がそんな惑星を考案したことを私はうれしく思った。

驚いたことに、彼は私におやすみのキスを――口に――した。六歳の頃にしきりにしたがっていたのと同じように。信じて、パパ。僕は百パーセント大丈夫だから。自分たちだけでトレーニングは続けられる。パパと僕とで。

十一月の第一火曜日（アメリカ大統領選挙は四年ごとにこの日に投票が行われる）、ネット上の陰謀論、疑惑の投票、武装集団による投票妨害などによって、六つの激戦州で選挙結果に疑問が生じることになった。そこからアメリカは三日間の混乱に突入した。土曜日、大統領は今回の選挙そのものを無効と宣言した。そして選挙の再実施を命じるとともに、それを安全に行うために少なくとも三か月の準備が必要だと述べた。選挙民の半数はその計画に反発した。残りの半数は再選挙を歓迎した。疑惑が蔓延し、事実が〝いいね〟ボタンで決められる世界では、選挙をやり直す以外に方法はなかった。

私はプロキシマ・ケンタウリから来た人類学者にこの危機をどう説明すればいいのだろうと考えた。この惑星では、立派な科学技術を持つ生物種はいても、もはや単純に頭数を数えることさえままならない。私たちは純粋な当惑《ビウィルダメント》に陥っていたおかげで、かろうじて内戦に突入せずにいられた。

暖かすぎる晩秋の午後、息子は裏庭にいた。彼は色鉛筆を手術用メスのように使い、ノートにスケッチをしていた。目の前の芝生に私の影が落ちると、ぎくりとして慌ててノートを閉じた。私はそのこそこそした様子に驚いた。彼は算数の問題プリント――二桁のかけ算――に取りかかり、罪証となるノートを組んだ脚の下に隠した。まるでそうすれば草と土に戻るかもしれないと思っているかのように。

私は彼の心の中を覗くようなまねは二度としたくなかった。しかし状況を考えると、覗いておいた方がよさそうに思われた。私は三日待った。ロビンはその午後、渡りの前に最後のトウワタを味わっているオオカバマダラを探すために、自転車で線路脇まで行っていた。私は彼の本棚と寝室にある特別な隠し場所を調べてノートを探し出した。野外ノートの間に、二ページにわたって線と色がちりばめられていた。その絵はカンディンスキーを子供がまねたものに見えた。そこには今にも炎に変わろうとする世代の芸術家が共有する、モダニスト的な興奮があふれていた。絵の下には、小さな震える文字でこう書かれていた。ママの感触を思い出せ！　大丈夫だ、できる！

月曜の朝、私は朝食のために息子を寝室まで起こしに行かなければならなかった。彼の好物の炒り豆腐を作っていたのだが、くすぐって起こそうとすると、彼は大声を上げた。自分でも声の大きさに驚いた様子だった。パパ！　ごめんね。でも本当に疲れてるんだ。よく眠れなかったから。

「部屋が暖かすぎたかな？」

彼は目を閉じ、まぶたの裏で展開するアニメの残りを観た。鳥がもういなかったの。夢の中で。そんなことになってた。

彼は気力をふるって起き上がった。私たちは朝食をとり、まずまずの一日を過ごした。しかし最近はいつもそうだが、以前よりも宿題を片付けるのに時間がかかった。私たちは公園でボッチャをして、彼が勝った。家に帰る途中、私たちはワシがナゲキバトを捕まえるのを見た。ロビンはくちばしが肉を割く様子にひるんでいたが、家に戻ると記憶を頼りにそれをスケッチした。

大学で私の担当する授業は進度があまりにも遅れていたので、終身在職権が取り消される危険があった。しかし夕食後、私は息子の肩をつかんで言った。「夜は何がしたい？　好きな銀河を言ってごらん」

彼は〝待ってました〟という反応をした。まず警告するように指を一本立て、私にソファーに座るように言った。そして私の分のザクロジュース――手に入る中で最もワインに近い飲み物――をグラスに注いでから本棚の前まで行き、読み古されたアンソロジーを一冊取り、私の手に持たせた。チェスターが好きだった詩を読んで。私は笑った。彼は私のすねを蹴った。真面目なお願い。

「どれがチェスターのお気に入りだったか、私にはよくわからない。ママのお気に入りだった詩にしようか？」

彼は小さな手を少し振るだけで、肩をすくめることさえしなかった。私は彼にイェイツの「娘のための祈り」を読み聞かせた。ひょっとするとそれはアリッサのお気に入りではなかったかもしれない。彼女がそれを私に聞かせてくれたのをたまたま覚えていただけなのかも。それは長い詩だった。当時三十代だった私には長かった。ロビンにとっては地質学的に長く感じられたに違いない。でも彼はじっと聞いていた。集中力はまだいくらか残っていた。私は途中を飛ばして最後を読む誘惑に駆られたが、彼が二十年後にそのインチキに気づくのは嫌だった。

第九連まで私は大丈夫だった。しかしそこを読む途中で、長い休止が何度も入った。

あらゆる憎しみを追い払い、
魂の根源的な無垢を回復し、
ついには自ら喜び、
自らをなだめ、自らを恐れさせ、
自らの美しい意志が天の意志であることを知るなら、
すべての人々が怒りに顔をゆがめても、
四方から風が吠えても、

あらゆるふいごが破裂しても、なお幸福でいられる。

ロビンは長い旅の間じっと座っていた。私が詩を読み終えたときにも、彼はピクリともせず、私の脇で体を丸めたままだった。彼は澄んだソプラノの声で言った。よくわからなかったよ、パパ。たぶんチェスターの方が僕よりもわかってたんじゃないかな。

私は何か月も前に、新しい犬を飼おうかという話をしていた。まだそうしていなかったのはひとえに私が臆病だったせいだった。私は脇腹で息子を押した。「ロビン、まだちゃんとした誕生日プレゼントが必要だな。新しいチェスターを探すことにしようか？」

そう言えば彼が劇的に元気になると私は思っていた。しかし彼は頭を持ち上げることさえなかった。そうだね、パパ。それもいいかも。

最初の錯乱《メルトダウン》はショッピングモールにある靴屋から帰る途中に起こった。家まであと六ブロックという静かな地区にさしかかった場所で、車がリスを轢いた。リスで厄介なのは、自動車を捕食者だと思っているところだ。彼らは自然淘汰によって、追跡者から逃げるために逆にそちらに――相手が道を走ってくる車であっても――直接飛び込んでいく習性がある。

毛皮にくるまれたそれがタイヤの下に体を投げ出すと鈍い音がした。ロビンは慌てて振り向いて、背後の路上に残された生き物を見た。私もバックミラーで、アスファルトの上にある塊を見た。息子は悲鳴を上げた。密閉された車の中で声は激しくなり、長く続き、血を凍らせて、最後にはそこにパパという言葉が混じった。

彼はシートベルトを外し、助手席のドアを開けた。私も大声を上げ、走っている車から降りようとする彼の左腕をつかんだ。そして住宅街の道で車を路肩に停めた。彼はまだ叫び続け、私の手を振りほどいて外に飛び出そうとしていた。私は暴れる息子がおとなしくなるまで腕をつかんでいた。しかし暴れるのをやめた後も、わめき声は止まらなかった。ようやく少し落ち着いたところで、彼は再び私を叱りつけた。

パパが殺した！　最低だ、パパが殺した！

あれは事故だ、と私は彼に説明した。あっという間のことで避けようがなかったんだ、と。私は謝罪した。しかし何を言っても同じだった。

パパはスピードも落とさなかった！　パパはちっとも……ママはオポッサムを避けるために死んだのに、パパはアクセルを緩めることもしなかった！

私は彼の頭を撫でようとしたが、彼は私を突き放した。そして後ろを振り向き、窓の外を見た。「ロビン」と私は言った。しかし彼は路上の塊から目を離さなかった。何か言ってくれ、と私は言った。今の気持ちを話してくれ、と。しかし彼は両手に顔を埋めるだけだった。私は車を再び動かし、家に向かうしかなかった。

家に着くと、彼はまっすぐ自分の部屋に入った。夕食の時間に私は部屋をノックした。彼は少しだけ扉を開け、今日は何も食べたくないと言った。一人がいいなら自分の部屋で食べても構わない、と私は言った。私は彼の好物の焼きリンゴをボウルに盛った。しかし七時半に部屋に入ると、食事にはまったく手が付けられていなかった。彼は明かりを消し、格子縞のパジャマを着てベッドに横たわり、両手を頭の後ろで組んでいた。

「新しい惑星の話をしようか？」

ううん、いいよ。僕には地球があるから。

私は書斎に入って、仕事をするふりをした。眠るべき時刻になっても、眠気が来る気配はまったくなかった。私が悪夢から目を覚ましたとき、小さな手が私の手首を握っていた。ロビンがベッドの横に立っていた。暗がりの中で、彼の表情は読み取れなかった。パパ。僕は逆戻りしてる。自分でもわかるんだ。

私は横になったまま、寝ぼけた頭でその言葉の意味を考えた。

あのネズミと同じだよ、パパ。アルジャーノンと同じ。

昼が短くなる日々の中、私はロビンが課題をこなすのを見守った。彼は私が横に座って一緒に作業するのを好んだ。しかし私が自分の仕事に向かった途端、彼はすぐに物思いに耽った。

彼と私は冬至を乗り越え、さらに頑張ってクリスマス休暇を乗り切った。私は別の場所でクリスマスを祝う予定だと、アリッサの家族に嘘をついた。私と息子は二人でその一週間を過ごすことで意見が一致した。私たちは町のすぐ外にあるトウモロコシ畑で、スノーシューズを履いて雪の上を散歩した。ロビンは野外ノートから切り抜いたスケッチでツリーの飾りを作った。元日に彼が望んだのは、クリスマスプレゼントとして私にねだったアメリカ東部の鳴鳥を描いたトランプで果てしなく神経衰弱をすることだけだった。そして八時にはもう眠っていた。

一月の間に、色彩豊かだった絵が徐々に白黒に戻った。二月の初旬、私はいきなり彼の授業を一週間休みにした。息子にはそれが必要だった。彼は数か月ぶりに、またパソコンで農場ゲームを始めた。私がやめるように言うと、彼はいらだった。その一週間が終わらないうちに、彼は課題を再開したがった。一度に三十分以上じっと座っているだけの集中力もなかったが、必死に何かを学びたがっていた。その状態があまり長引くようであれば医者に診せなければならない、と私にはわかっていた。

宝探しをさせてよ、パパ。宝は何でもいいから。

「ワシントンに持っていった横断幕の紙はあとどれだけ残ってる?」

彼は顔をしかめた。ワシントンのことは思い出させないで。あれのせいでパパをトラブルに巻き込んじゃった。

「ロビン! やめなさい」

カリアー博士の実験が取りやめになったのも僕のせいだ。おかげでこんなことになったんだ!

「それは違う。私は二日前にカリアー博士と話した。近いうちにラボがまた再開する可能性があるらしいぞ」

近いうちって?

「それはわからない。夏前かな」。その瞬間はそれは嘘には思えなかった。息子もそれを聞いて、警戒するプレーリードッグのように背筋を伸ばした。私は同じことをもう一度言った。

彼は実験再開の見込みに力を得たようだった。再びトレーニングをすることを想像するだけで、実際そうするのに近い効果があった。宇宙のどこかには、それが常に当てはまる生物がいるだろう。

彼は何かを悔い改めるように静かに靴紐を直し、靴に向かって言った。紙ならたくさん残ってるよ。

実際、紙はおよそ三メートルほど残されていた。私たちはその端を三十センチほど切った。「二メートル七十センチ。完璧だ。リビングでこれを広げよう」

ほんとに? 彼は私がしつこく言わないと動こうとしなかった。彼はリビングの中央に通り道のように紙を広げた。

「よし。紙の長さは二メートル七十センチ。ここに四十五億年の歴史を刻む。三十センチが五億年の勘定。年表を作るんだ」

彼は少し元気を出し、指を一本立てた。そして自分の部屋に行って、ペンと筆の入ったかごを手に戻ってきた。私たちはそれから床に座り、作業に取りかかった。私は主な出来事を鉛筆で書き込んだ。巻物の始まりから三十センチのところが冥界の終焉。その直後に生命の誕生。ロビンは最初の微生物をペンで描いた。虫眼鏡がないとほとんど見えない数百のカラフルな点。彼は次の一メートル二十センチを虹色の細胞で満たした。

私は始まりから一メートル五十センチのところに、競争がネットワーク化に変わり、多細胞生物が地球にあふれたことを記した。ロビンの細胞がやや大きくなり、少し質感が生まれた。そこからさらに六十センチ、彼の描く形態はミミズやクラゲ、海藻や海綿に進化した。私が最後に手を止めさせたとき、息子は元の彼に戻っていた。

楽しかった、と断言する彼を私は抱き締めた。

「そうだな」

でもまだ、大きな生き物が出てくる段階に達してないよ。

翌朝私が目を覚ましたときには、彼は既にリビングにいてあれこれ描き足し、精密化し、仕上げをしながら私がメインイベントの印を付けるのを待っていた。私はそれを鉛筆で記した――カンブリア爆発。巻紙の終端から三十センチ少々のところだ。

パパ、もうスペースがないよ。何もかも始まったばかりなのに。もっと幅の広い紙じゃないと。

彼は両方の腕を大きく広げてから両脇に下ろした。熱狂と挫折は一つになっていた。私はそれ以上彼には構わず、怠けていた自分の研究のシミュレーションモデルに取りかかった。息子は午前中ずっと作業を続けた。巨大生物の集団が紙の端から端まで描かれていた。彼は床に座ったまま、徐々に出来上がる傑作を眺めながら昼食をとった。彼は立ち上がり、一歩後ろに下がって、ぽかんと口を開けて誇りと憤りを味わった。そんなふうに少しだけ上から全体を眺めた後、彼はまた腰を下ろして複雑な作業を再開した。

その日の午後、私たちはずっと並んで仕事をした。私は一度か二度チェックをしたが、ロビンの途方もない旅は猛烈な勢いで進行していて、人の手助けなどまったく寄せつけない雰囲気だった。五時には私はプログラム作成でへとへとになり、手を止めて夕食作りを始めた。彼に褒美を与えたかったので、メニューはマッシュルームバーガーとフライドポテトに決まりだった。

私はイヤホンを耳に挿して、料理をしながらニュースを聞いた。中国とウクライナで小麦の収穫を四分の一台無しにした黒さび病がネブラスカ州で見つかっていた。北極の氷が溶けた淡水が大西洋に流れ込み、差し入れた手が渦巻く煙を邪魔するみたいに海流を乱していた。そしてさらに、恐ろしい感染症がテキサス州の牛飼育場を襲っていた。

私はわれを失い、隣の部屋の床で息子が腹ばいになっているのも忘れて、自分で思っている以上に大きな声で何か口汚いことを叫んでいた。シャツの裾を引っ張られるまで、イヤホンのせいでロビンの声も聞こえなかった。私はぎょっとして跳び上がった。彼は狼狽し、身構えた。ねえ、無視しないでよ！　何があったの？

「何でもない」。私はイヤホンを外し、アプリを止めた。「ニュースを聞いていてただけだ」

何か悪いニュース？　そうなんでしょ。ひどい言葉遣いだったよ。

私は間違いを犯した。「何でもないよ、ロビン。心配要らない」

彼はすねた様子で夕食に向かい、掻き込むように食べた。しかし意外にあっさりと私を許したように見えた。私がとっておきのココアアーモンドを出したときには、彼に再び笑顔が戻っていた。その展開を予想していなかった私は愚かだった。

　食事が終わると彼はリビングの床にまた座り、私もコンピュータの前に戻った。私が水の惑星の火山爆発に関するアルゴリズムの一部をいじっていると家の反対側から鈍い音が響いてきた。私はまた悪態をついた。ロビンの寝室の壁に小さな獣が入り込み、間柱《まばしら》の間に巣を作っているような音だった。家を守るために獣を追い出せば、きっとまた息子の癇癪を招くことになるだろう。

　再び鈍い音。さらに数回。あまりにもリズムが規則的なので人間のすることとしか思えない。配管工が深刻なミスをしたときのような音だ。私は様子を見に行った。

　音はロビンの寝室から聞こえていた。私が扉を開けると、彼は惑星探査応答機《PET》を抱えて部屋の隅で丸まり、壁に頭を打ち付けていた。最後の懺悔を試しているみたいに、ゆっくり優しく、探るように頭をぶつけていた。

　私は大きな声を上げて駆け寄った。私が彼を壁から引き離す前に、彼は勢いよく立ち上がり、私の脇を抜けて部屋から飛び出していった。私はとりあえず、彼がタブレットで何を見ていたのかを確認した。画面上では、頭がおかしくなった牛が重なるように倒れていた。牛たちは体の自由が利かなくなっていた。一頭が足を滑らせて地面に倒れ、混乱した様子でうなっていた。カメラがクローズアップから空中撮影に切り替わると、足元の不確かな牛が何百頭も並ぶ様が映し出された。

　ネットはその話で持ちきりだった。牛脳症がテキサス州にいる四百五十万頭の牛の間でこちらの飼育場からあちらの飼育場へと――工業型畜産にふさわしい効率で――次々に広がっていた。ロビンは私のアカウントに入ってその情報を見つけていた。私はパスワードを一度も変更していなかった。彼の母親がいちばん好きだった鳥の名前。ただし綴りはひっくり返して。

外から悲鳴が聞こえた。苦悶の動画を繰り返し再生するような声だ。やめて！　もういい！　やめて！　私は部屋を出て外に向かった。彼は真っ暗な裏庭に一人でいた。周りに怖いものはなく、わめき声を上げる息子以外には誰もいなかった。私がそばに行った途端、彼は重りのようにその場にしゃがみ込んだ。私が抱き締めようとすると悲鳴はさらにひどくなった。もういい。やめて。やめて！

私は地面に膝をつき、両手で彼の顔を挟んだ。私の抑えた叫び声は半ば慰めで、半ば口枷《くちかせ》だった。

「ロビン。静かにしろ。駄目。大丈夫だから」

〝大丈夫〟という言葉が招いた新たな悲鳴に私は仰天した。耳元で響いたその声はとても私の手には負えなかった。私がひるんだ隙に彼は逃げ出した。私が立ち上がる前に彼は庭を横切り、表に回って中に入った。私は後を追って家に戻った。彼はまた自分の部屋の隅で体を丸くして、壁に頭を打ち付けていた。私は強引に扉を開けて壁と息子の頭蓋骨の間に体を入れた。しかし私が割って入った瞬間に彼は頭突きをやめ、私の腕の中で体の力を抜いた。悲鳴に劣らず悲惨な声が彼の体の中から漏れた。喉の奥から響く、敗北に打ちひしがれた長く低い声。

私は彼を膝に抱き、髪を撫でた。彼は抵抗しなかった。アリッサは私の耳元でささやくのをやめていた——今こそ助言が必要な場面だというのに。私の脳は再び彼を暴れさせないような慰めの言葉を探した。すべての可能性が無力に感じられた。私たちの住む場所では、家畜の集約飼育施設には補助金が出るのに、神経フィードバックセッションは禁止だ。私は彼をこの惑星に連れてくるべきではなかった。

「ロビン。あんな場所ばかりじゃないさ」

彼は頭を上げて私をにらんだ。その目は小さく冷たかった。たとえばどこ？

彼の体から力が抜けた。彼は怒り疲れていた。私はもうしばらく彼を休ませた。それから立ち上がらせてキッチンに連れて行き、額を氷で冷やしてやった。その後、彼はぼうっとしたままバスルームで体を洗い、歯を磨いた。額にはこぶができていた。右の眉の上にできた、皮蛋《ピータン》のように黒くて大きなこぶ。

彼は自分で本を読むのも、私が読み聞かせるのも望まなかった。宇宙旅行も激しく拒絶した。彼はベッドに横になり、天井をじっと見た。パパ、どうして僕からあれを隠してたの？

まさにこうなることがわかっていたからだ。それが正直な答えだったが、私はまだそうは言わなかった。「見せるべきじゃなかった」

牛はどうなるの？

「処分される。たぶんもう処分されているだろう」

つまり殺された。

「そうだ」

病気は広まるんじゃないかなぁ？　あんなふうに狭いところに詰め込まれてたら。そしてあちこち一緒に移動させられたら。

わからない、と私は言った。でも今ではわかっている。

狭いベッドに横になった彼はありえないほど青白い顔をしていた。彼はシーツの下から手を伸ばし、自分の両目を隠した。パパも見た？　あの動きを？　静寂の中で彼の全身がぴくりとした――

入眠時に筋肉が痙攣を起こすように。彼はバランスを取ろうとして私の手をつかんだ。彼の肘から上は力を失い、役に立たなくなっていた。

先月なら、と彼は言いかけて、話を見失った。先週なら？　自分でどうにかできたかもしれないのに。

「ロビン。相棒。誰にでも調子のいいときと悪いときがある。君は――」

パパ？　それはまるで石になったみたいな声だった。僕は元に戻りたくない。

「ロビン。わかるよ。世界の終わりみたいな感じがするんだろ。でも、そうじゃないからね」

彼は顔までシーツで覆った。あっちへ行って。何が起きてるのか知らないくせに。パパとは話したくない。

私はじっと動かなかった。私が何を言っても、息子はまた悲鳴を上げながら暗い庭に飛び出していくだけかもしれない。数分が経った。彼は少し落ち着いたようだった。ひょっとすると眠りに入ったのかもしれない。と思ったとき、彼はシーツを下げて顔を出し、枕から頭を上げた。

どうしてまだここにいるの？

「何か忘れてないか？　生きとし生けるものが――」

彼は弱々しく手を挙げて遮った。僕はその言葉を換えたいな。すべての生き物が。人間から。自由になりますように。

次の月曜、家に人が来た。時刻はまだ十時になっていなかった。私はNASAに勤める仲間から届いた一連のメールを読んでいた。最新のものには惑星探査機のことが書かれていた。いい知らせではなかった。ロビンはダイニングルームのテーブルの上に身を乗り出して、カナダの州を覚えていた。客は玄関のチャイムを鳴らした。かさのあるコートを着た女と男。男は胸にブリーフケースを抱えていた。私は小さく扉を開けた。二人は手を出し、身分証を見せた。チャリス・サイラーとマーク・フロイド。保健福祉省青少年家族課のケースワーカーだ。私には彼らを家に入れない権利があった。しかしそれは賢明でないように思われた。

私は二人のコートを受け取り、リビングに案内した。ロビンは壁の反対側から呼びかけた。誰かお客さん？　それは一瞬、動画の中の少年――ジェイ――の声みたいに聞こえた。彼は日中の来客に困惑した様子で部屋に飛び込んできた。

「ロビン君？」とチャリス・サイラーが尋ねた。ロビンは興味深そうに彼女の顔を見ていた。

私は言った。「私にお客さんだ、ロビン。君は外に行って自転車でも乗るか？」

「少しの間、座って」とマーク・フロイドが命令口調で言った。

ロビンは私を見た。私はうなずいた。彼はアリッサのお気に入りだった回転するエッグチェアーに座り、足載せ台《オットマン》に脚を置いた。

フロイドがロビンに訊いた。「今何を勉強しているの?」

勉強じゃないよ。地理のゲームをやってるだけ。

パパが作ったやつ。ロビンは親指で私を指した。パパはいろいろ知ってるけど、時々間違いもある。

「どんなゲーム?」

フロイドは勉強について彼にしつこく質問をし、ロビンは答えた。もしも州当局が勉強の進捗を確認するつもりなら、それで充分に答えになっていた。チャリス・サイラーは質疑の様子をじっと見ていた。少ししてから彼女は体を前に乗り出して尋ねた。「その頭はけがをしたの?」。そのときようやく、すべてのことがはっきりした。彼女は立ち上がり、部屋の反対まで行って打ち身の状態を調べた。青いガーネットのように右の眉の上が腫れていた。「どうしてこうなったの?」

ロビンは自分の中の動物的な部分がやったことを赤の他人に話したくなくてためらった。そして私の方をちらっと見た。私はほとんど頭を動かさなかった。サイラーとフロイドは間違いなくその様子を見ていた。

自分でやったの。彼の言葉は何かを探る口調で、ほとんど質問のようでもあった。

サイラーはほつれた彼の髪を二本の指で戻した。私は息子に手を触れるなと言いたかった。「どんなふうにやったのかな?」

ロビンの口から事実が漏れた。自分で壁に頭をぶつけた。正直さが彼の破滅の元凶だった。

「どうしてかな?」。サイラーの口調は学校保健室の先生のようだった。

ロビンはおどおどした目つきで私の方を見た。来訪者たちはそれを遮った。息子は打ち身に手を触れ、うつむいた。言わないと駄目？

三人が一斉に私を見た。「大丈夫だよ、ロビン。教えてあげなさい」

彼は五秒間、挑むように頭を上げた。それからまたうつむいた。腹が立ったんだ。

「何に？」とチャリス・サイラーが訊いた。

牛のことで。だってやっぱり腹が立たない？

彼女の追及の手がそこで止まった。彼女は恥じているのだ、と私は一瞬思った。しかし彼女の顔の筋肉は微妙に困惑を物語っていた。ロビンがどの牛の話をしているのかわからなかったからだ。状況はまずい方へ向かっていた。私はロビンと視線を合わせ、頭で玄関を指し示した。「フクロウの様子を確かめに行ったらどうかな？」。大人の愚かさに打ち負かされた彼は肩をすくめたが、客に小さな声で〝失礼します〟と言って外に出ていった。彼が扉を閉じると、私は告発者の方を向いた。職業的な中立性を装った二人の表情に私は腹が立った。

「私は怒って息子に手を出したことは一度もない。これは一体どういうことです？」

「通報があったんです」とフロイドは言った。「普通の人はちょっとしたことくらいではなかなか通報したりしません」

「息子はおびえてたんです。牛ウイルス性脳症にひどく、ひどくショックを受けてた。あの子は生き物に対してとても繊細なんです」。私は大事なことを付け加えるのを忘れていた――本当なら私たち全員がおびえるのが当然なのだ、と。そのときはまだ、子供が怖がっているだけだと思っていた。

マーク・フロイドはブリーフケースに手を入れ、フォルダーを取り出した。そしてコーヒーテーブルの上でそれを広げた。そこには二年分の書類やメモが詰め込まれていた。ロビンが三年生のときに初めて出席停止になった記録から、私がワシントンで息子をだしにデモみたいなことをして逮捕された事件まで。

「何ですか、これ？　私たちについて記録を集めてたわけ？　アメリカでは、トラブルを抱えた子供たちの記録が全員分こうして集められているんですか？」

チャリス・サイラーは私に向かって顔をしかめた。「はい。そうです。それが私たちの仕事です」

「なら、私の仕事は自分が知る限り最善の方法で息子のケアをすることだ。そして私は今もまさにそうしてる」

その後何があったか、私は覚えていない。脳内にあふれる化学物質のせいで、ケースワーカーたちが言ったことの大半は私の耳に届かなかった。しかし要点ははっきりしていた。ロビンの件は今、要注意案件であり、私は監視対象になっているということ。次にまた虐待が疑われる事態あるいは不適切なケアが見られた場合には州が介入する、ということだ。

私は二人を玄関まで送り出す間、おとなしく振る舞い、それ以上騒ぎを大きくすることはなかった。車が去るのを玄関ポーチから見送っていると、通りの先にロビンの姿が見えた。彼は停めた自転車にまたがったまま、安全に帰宅できるタイミングを見計らっていた。私は帰ってくるよう彼に手を振った。彼はサドルに乗り、勢いよくこぎ出した。そして最後は飛び降りるようにして、自転車を芝生に放り出した。彼は私のそばに駆け寄り、腰にしがみついた。私は話をするために彼の体を引き剝がさなくてはならなかった。彼の口から最初に出た言葉は、パパ、僕はパパの人生を台無しにしてる、だった。

生命形態の川は長い。それが今までに出してきた数十億の答えの中では、人間と牛は近しい親戚だ。生命の縁にあるもの――わずか十二のタンパク質をコードするＲＮＡの鎖――が少し自らをいじって別の宿主を試そうとするのは何ら驚くべきことではなかった。

ロサンゼルス、サンディエゴ、サンフランシスコ、デンヴァー。そのいずれも、工業型飼育場の密度には及ばなかった。しかし人間の流動性と容赦のない通商がそれを補った。とはいえ二月の時点では、誰もそれほど心配をしていなかった。畜牛産業に混乱をもたらすウイルスは大統領の言動によって脇に追いやられていた。彼は毎週、選挙の日程を先延ばしにし続けた。彼の主張によれば、いくつかの州におけるコンピュータのセキュリティーがいまだに整っておらず、さまざまな敵が介入してくる可能性があるらしい。

三月の第三火曜になり、ようやく投票箱が開けられたときには、すっかり疲弊していたすべての国民が驚いた。しかし、またしても選挙結果の不正と無効が宣言され、現大統領が再選指名されたときに驚いたのは、国民の半分だけだった。

惑星ジーニアから信号が届いた。回転花火銀河の渦巻き線の末端近くにある、つましい恒星系に属する小さな惑星だ。地球の数年に相当する長い夜の始まりに、そこで子供のような何かが懐中電灯とは似て非なるものを地球の夜空とはまったく異なる空へ向けた。

その子供のそばに、親と呼びうるものに近い生き物が立っていた。ジーニアでは、知的生命体の種《しゅ》全体が生殖質を少しずつ提供することで、新たな子供が生まれた。しかし成人はそれぞれ一人の子供を与えられて育てた。ジーニアでは誰もが他の仲間の親であり、子でもあり、姉であり、弟でもあった。誰か一人が死ぬと、皆が死に、誰も死ななかった。ジーニアでは、恐怖と欲望、飢餓と疲労と悲哀、その他すべての一時的な感情は共有された恩寵の中に埋もれていた――昼間の陽光の中では一つ一つの星が見えないのと同じように。

「あそこだ」と父親に似た何かが子供に似た何かに言語によく似た何かで言った。「もう少し上。そう、そこ」

子供は知的な土壌に浮かぶ生ける仲間の筏《いかだ》の上で仰向けに寝ていた。子供は腕とは似て非なるものが力学的過程――地球人はそれを表す言葉を持たない――によって少し押されるのを感じた。

「あそこ？」と子供は訊いた。「あそこのところ？　どうして向こうは返事をしないんだろう？」

年上の存在は音でも光でもなく、周囲の空気の変化を通じて答えた。「彼らの何千世代にもわたって私たちはずっと信号を送り続けてきた。考えられるあらゆる手段を試した。でも向こうはいまだに気づいていないらしい」

次に子供が発した一連の化学反応は笑いと似て非なるものだった。それは全員一致の評決——異議のない宇宙生物学の理論——だった。「あの星の人たちはきっとすごく忙しいんだろうね」

日が長くなった。太陽の光が戻り始めた。息子は元に戻らなかった。彼は私の期待を裏切ったと思っていた。自分より先に死んでいくあらゆる生き物を裏切った、と。彼はいつもアリッサのエッグチェアーに体を丸くして座っているか、ダイニングテーブルで宿題に向かっているかだ。そうしてじっと小さくなっている間に、一時間が経った。私は一度、彼が顔の前に両手をかざしている姿を見かけた。いまだにその手に命が流れていることに戸惑っているようだった。

私には彼を救う力があった。恐怖におびえ、原理に固執する段階はもう過去のものだった。ただ未来のリスクを受け入れるだけで、私は息子が今味わっている苦痛を和らげることができる。彼に必要なのは薬だ。

ある夜、彼が入浴後に長い時間バスルームから出てこなかったので、私は心配で様子を見に行った。彼は細い体にタオルを巻き、鏡に向かって立っていた。なくなっちゃったよ、パパ。何も思い出せない。何が思い出せないかさえ。

息子のことで私が今でもいちばんつらいのはその点だ。光が消えた後も、彼はまだそれを探していた。

私の春休みが数日先に迫っていた。私は秘密裏に準備を進めていた。だからそのタイミングで秘密を明かすことにした。「大がかりな宝探しをやってみないか?」。彼は肩を落とした。もう発見ゲームに対する興味をなくしていたのだ。「違うんだ、ロビン。ゲームじゃなくて、本当の宝探しだぞ」

彼は疑うように私を見た。どういう意味？

「パジャマに着替えてから、私の仕事部屋に来なさい」

彼は好奇心に負け、言われた通りにした。私の机の横に現れた彼に、私は全部で二十四の名前の書かれた紙を一枚渡した。クレイトニア。葉の尖ったミスミソウ。アメリカイワナシ。チャルメルソウ。ヴァージニアビランジ。六種のエンレイソウ。

「何かわかるか？」。彼はうなずき始めた段階ではわかっていなかったとしても、うなずき終わった頃には理解していた。「そのうちいくつを見つけて、絵が描けるかな？」

彼の手足がもじもじし始めた。彼は不満げなうなり声を上げた。パパ！　私は彼を落ち着かせるために腕を握った。

「本物をだぞ。外で」

今にも癇癪を起こしそうな彼を困惑が押しとどめていた。彼の手はパドルのように空気を掻き、意味のわかる説明を私に求めた。どうやって？　どこで？　それは、ここまで落ちた人間に二度と花は咲かないと言いたげな口調だった。

「グレートスモーキー山脈はどうだ？」

彼はその話を信じようとせず、首を横に振った。ほんとに？　ほんとに？

「ああ、本当だとも、ロビン」

いつ？

「来週っていうのはどうかな?」

私が嘘を言っているのではないかと疑って、彼は私の顔をじっと見た。数週間ぶりに、彼の目に希望が見えた。前と同じ小屋に泊まれる? 外で寝てもいい? パパとママが一緒に行った急流のある川にも連れてってくれる? その後、彼はまた人生の恐ろしさに圧倒されていた。彼は野花の名前のリストを目の前に掲げ、うなった。一週間でどうやったらこんなにたくさん覚えられるわけ?

山から戻ったら医者の診察予約を取って、新たな治療を始めよう、と私は心の中で誓った。

山に向かう間、ロビンは落ち着かなかった。些細なことでも果てしなく確認せずにはいられないようだった。過去のことについても質問が止まらなかった。イリノイ州の大半、そしてインディアナ州とケンタッキー州を走る間ずっと、彼はアリッサの話をした。彼女はどこで育ったのか、彼女は学校で何を勉強したのかを彼は知りたがった。そして私たちがどうやって出会ったのか、結婚するまでどれくらいの時間がかかったのか、ロビンが生まれるまでに二人でどこに行ったのか、一つ残らず尋ねた。新婚旅行でグレートスモーキー山脈に行ったときには二人で何をしたのか、アリッサは山で何がいちばん気に入っていたか、を何から何まで知りたがった。

　質問が途切れたときには、私が買ってやったアパラチアの野花の本を読み返していた。本には花の色ごとに目印が添えられていて、花は咲く時期によって並べられていた。春の妖精《スプリング・エフェメーラル》って何？

　私は〝エフェメラル〟と発音を直して、意味を説明した（早春に花を咲かせ、夏まで葉をつけた後は地下で過ごす草花のこと）。

　どうしてそんなにすぐ消えちゃうの？

「薄暗い林床で育つ植物だからさ。木々が葉を出して、すっかり陰になる前に芽を出し、花を咲かせ、実をつけて、種を作らないといけない」

　ママがいちばん好きだった春の野花は何？

私もきっと以前は知っていたのだろう。「覚えてない」

ママがいちばん好きだった木は？　いちばん好きだった木も覚えてない？

早く質問をやめさせないと、私は自分が今覚えているわずかなことまで忘れてしまいそうだった。

「ママがいちばん好きだった鳥なら覚えてるぞ」

彼は私に向かって大声を上げ始めた。それは長い旅になった。

私は何とかして、大昔に泊まったのと同じ小屋を借りることができた。周りを囲むようにデッキがあって、森や星を見ることができる小屋だ。私たちは木々の影を追うように急な砂利道を進んだ。車が停まるとロビンは勢いよく外に出て、正面の階段を一段飛ばしで上がった。私は荷物を持って後を追った。中に入ると、明かりのスイッチには前と同じラベルが添えられていた。廊下、ポーチ、キッチン、頭の上。食器棚にも前と同じ、色分けされた指示がたくさん貼られていた。

ロビンはリビングに駆け込み、熊、ワピチ、カヌーが描かれたクッションが並ぶソファーに身を投げ出した。そして三分後には眠っていた。その寝息はとても穏やかだったので、私はそのまま彼を一晩起こさなかった。彼がようやく目を覚ましたのは、朝日が差し込んでからだった。

その朝、私たちは山歩きに出た。公園内でさほど遠くない場所に登山道を見つけた。それは日当たりのいい南向きの斜面だったが、背後はじめじめした岩棚になっていた。二十メートルほど進むごとに、湿った露頭があって、そこにはマニアの作ったテラリウムより多くの種《しゅ》が詰め込まれていた。そこから一部を切り取って、恒星間宇宙船の荷物室に積めば、遥かなる巨大地球型惑星《スーパーアース》の地球化《テラフォーム》に使えそうだった。

リストを手に握ったロビンは山道の左右に次々と新しい花を見つけた。しかし名前の確認に対しては能力を失っていた。これってバイカカラマツソウかな、パパ？

彼は図鑑の写真とそっくりの株を見つけていた。「私にはわからないな。君はどう思う?」

ええと、花びらの形は微妙に違う。花の真ん中の何とかってやつは写真よりかなり長い。

私は写真を見て、次に息子を見た。彼は自信を失っていた。四か月前ならきっと〝本が間違ってる〟と言っただろう。「自分を信じるんだ、ロビン」

彼はやきもきして空中で手をぶらぶらさせた。パパ。教えてよ。

おまえの推測は正しいと思うと私は言った。彼は格好の悪いバイカカラマツソウの株をスケッチした。そして悩みを乗り越えた彼は、本物と偽物のソロモンズシール（アマドコロは英語でソロモンズシールと呼ばれ、ユキザサはそれによく似ているので英語で〝偽物のソロモンズシール〟と呼ばれる）を探しに行き、その両方をスケッチした。

スケッチだけが彼にいささかの平安を与えた。手に尖った鉛筆を持って丸太に腰掛けている間はまだ大丈夫だった。しかしクレイトニアの中にあるぼんやりした紫の縞を再現するのには永遠の時間がかかった。彼はゆらゆらと揺れるカタクリに腹を立てた。そして正直なことを言うと、彼のスケッチ力は大胆かつ軽やかで開けっぴろげだった一か月前と比べると少し衰えていた。

チェックリストが徐々に埋まった。彼は満開の春の妖精を十種、そして十二種見つけた。それはこの土地を訪れるよそ者としては考えられない早いペースだった。彼は根気強く新しいものを見つけるたびに深い満足を味わった。私たちが尾根を八百メートルも登らないうちに、彼は私が課題に与えた全種類の植物を見つけた。そして協力的な実験が詰め込まれた、日当たりのいい湿った岩の壁を振り返って見た。何があっても春はまた来るんだよね。そうでしょ、パパ?

イエスと答える場合でもノーと答える場合でも、どちらも強力な根拠があった。地球は今までに、地獄から雪玉まであらゆる状態を経てきた。火星は大気を失って凍てつく砂漠となった一方で、金星は表面が溶鉱炉よりも熱くなり、猛烈な風の吹く世界になった。生命はあっという間に滅びる可能性も、見る見るうちに広まる可能性もある。私のモデルも、地球の岩石も、そう物語っていた。私たちがそのときいた場所は急速に新たなものに生まれ変わろうとしていた。サンプルが一つしかない事象から先を予測するのは困難だ。

「うん」と私は言った。「必ず春は来る」

彼はそっとうなずき、尾根道をまた歩きだした。私たちはつづら折りを回って平らな場所に出た。一歩進むごとに森が開けた。月桂樹の青々した下生えがオークと松の開けた木立に変わった。私の携帯が鳴った。こんな山の中でも電波が届いていたことに私は驚いた。しかし、地上でカバーされていないすべての地点をカバーするのが受信網《カバレッジ》の仕事だ。

私は携帯をチェックした。そうせずにはいられなかった。私はロック画面――アリッサとロビンが七歳の誕生日を祝っている写真で、二人の顔は虎みたいに加工されていた――をフリックした。六つのスレッドに連なる十七のメッセージが私を待っていた。私は顔を上げて、先を行くロビンの姿を見た。その足取りにはまた元気が戻っていた。私は最悪の知らせを恐れつつ、メッセージを盗み見た。しかしその内容を私は想像し損ねていた。

次世代宇宙望遠鏡《ネクストジェン》はおしまい。三十年にわたる計画と工夫、百二十億ドルの金、二十二か国から参加している数千の優秀な人々の努力、すべての天文学者の希望、そしてよその惑星の輪郭を見る初めてのチャンス。再選されたばかりの大統領がそれをうれしそうに握りつぶしたのだ。

国民を裏切るインチキ!

未遂に終わった反乱以来最大の規模だ！

私の仲間は計画の残骸に駆け寄り、憤りと悲しみと信じられないという気持ちをぶちまけた。私は何かを入力した。物わかりの悪い連帯を示す五つの単語。メッセージは〝送信〟を押してもなかなか送信完了にならなかった。

ロビンは山道の先でドクニンジンの根元にひざまずいて何かを見ていた。私は携帯を片付け、彼のいる場所に向かった。私が近づくと彼は立ち上がった。ママはこの道を歩いたことある？

死のように激しいのが愛だ。「今、何を見てたんだ？」

彼は谷の下方に群生するシャクナゲから目を離さなかった。で、あるの？

「ないと思う。どうしてそんなことを訊く？」

じゃあ、もう川の方に行くことにしない？ ママが好きだった川に。

「まだ早いよ、相棒。川にはお昼を食べた後に行こうと思ってる。今夜は川縁でキャンプをする予定だ」

じゃあ早く行こうよ？ ね？

私たちは水の染み出る露頭と密集する花束に沿って尾根道を戻った。彼は早足で山を下りた。私はもっとゆっくり歩いて周囲を見るように言った。「ヴァージニアビランジを見てごらん。さっき登りで見たときは花がまだ開いてなかっただろ。この一時間で満開だぞ」

彼は振り向いて驚きを口にした。しかし心はよそにあった。

私たちは麓まで下りて車に乗った。そして一年半前に訪れたもう一つの山道に向かった。その十年前に妻と私が新婚旅行で歩いた山道だ。私は歩きながら、いたるところで見つかり始めた——人類史上ずっと一つも確認されていなかったのに——数千の系外惑星の話を聞かせて彼女を誘惑した。

それでいつになったら小さな緑の人を見つけられるわけ？（アメリカでは「小さな緑の人（リトル・グリーン・メン）」が典型的な宇宙人のイメージとされる）

「私たちが探しているものはすごく〝小さい〟」と私は彼女に説明した。「おそらく〝人〟でもない。〝緑〟でもないかもしれない。でも、たぶん僕らが生きている間に見られるだろう」。いや、結局そうはなりそうもない。

私たちがフレーム式バックパックを車から降ろして背中に担いだとき、ロビンは何かを感じた。しかし山道を四百メートルほど歩いて最初のつづら折りにたどり着くまで何も言わなかった。彼は花を咲かせたばかりのザイフリボクの下で立ち止まり、横目で私を見た。何か嫌なことでもあったの？

〝その事実を口にすることさえなければ、まだ結果が変わるかもしれない〟と私の脳の原初的な部分は考えていた。「何でもない。ちょっと考え事をしてただけさ」

僕のことでしょ？

「ロビン。馬鹿を言うんじゃない！」

僕が大声を上げたせいで児童保護官が家にまで来ちゃった。あの人たち、僕をパパから引き離そうとしてるんでしょ？

二人ともフレーム式バックパックを背負っているときに身長が自分の半分しかない相手をハグするのは難しい。ハグしようとした私のぎこちない動きは彼の疑念を裏付けただけだった。彼は私の体を押し返し、さっさと山道を歩きだした。それから立ち止まって振り返り、指を一本立てて私に警告を与えた。

僕を真実から守ろうとするのはやめて。

「そんなことはしてない」。私の手が上がり、空中でのたくった。高さ九センチ、幅六センチの落書き。その意味は〝許してくれ。私はいつも間違いばかり犯す〟ということ。彼の頭が一ミリ低くなった。その意味は〝僕も〟ということだ。

「ロビン、すまない。悪い知らせがあったんだ。ワシントンからのニュース」

惑星探査機の計画が潰された？

「もっと悪い。次世代宇宙望遠鏡《ネクストジェン》が潰された」

彼は左右の耳を手でふさぎ、控えめな悲鳴を上げた――半ば恐怖におびえる動物のように。そんなのどうかしてる。長年やってきたことはどうなるの。長年の努力とお金は。パパの話を聞いてなかったのかな？

私は苦笑いを呑み込んだ。

惑星探査機はどうなるの？

「可能性はゼロ」

絶望的？

「私が生きている間は無理」

彼は首を横に振るのをやめられなかった。待って。そんなのおかしいよ。彼は顔をしかめ、頭の中で計算を始めた。次世代宇宙望遠鏡《ネクストジェン》を考案、設計し、建設するのにかかった歳月。惑星探査機計画に注がれ、無駄になった歳月。次にまた誰かが宇宙望遠鏡設置を提案するまでにかかる年月。

そして私に残された寿命。算数はロビンの得意な科目ではなかった。しかしそれでも全体像を理解するには充分だった。

望遠鏡はどうするんだろう？

それは確実に世界中の天文学者と十歳児の眠りを妨げる疑問だ。地球からの距離がハッブルよりも五万倍遠いところに置かれ、誤差一ミリの一万分の一以下の精度で並べられた十八枚の六角形の鏡を使って宇宙の果てを覗き込む予定だった、百二十億ドルの装置。それはおそらく使える部品を再利用するためにばらばらにされる。史上最大規模の難破だ。

パパ。何もかもが逆戻りしてるね。

彼の言う通りだった。しかしそんなことになっている理由は、私にはわからなかった。

山道は人一人の幅まで狭まり、シャクナゲに囲われた長いトンネルになった。荷物の重さと重い現実の下で格闘する息子を私は後ろから見守った。私たちは尾根を越え、川へと続く一キロ半ほどの道を下り始めた。彼がいきなり立ち止まったので、私は後ろから突き飛ばしそうになった。

向こうにある文明のことだけどさ。どうして地球からは何も言ってこないんだろうって向こうは思うだろうね。

私たちはその場所に着いた。そこでは流れの急な川が向きを変えていた。ロビンは大きな荷物を下ろして少年の姿に戻った。

テントを建てる前に、少し川縁で休んでもいい？

空気は新鮮で澄み、日が沈むまで時間はたっぷりあって、雨も降りそうになかった。「必要なだけ川縁に座れるぞ」

何に必要ってこと？

「人類についてとことん考えるのに必要なだけ」

彼は川まで十メートルほど私の手を引いていった。川は生まれたての緑の匂いがした。私たちはそれぞれ川縁に適当な岩を見つけて腰を下ろした。彼は流れに手を浸し、冷たさに顔をゆがめた。

足を浸けてもいい？

次世代宇宙望遠鏡《ネクストジェン》は死んだ。惑星探査機も。私のモデルが検証されることもなくなった。私の判断力はぼろぼろだ。白い渓流の力と自由が空気を満たしていた。「試してみようか」

私はブーツと分厚いハイキングソックスを脱ぎ、渦巻く水にくたびれた足を入れた。凍りつくような水が安堵と苦痛の縁を探った。冷たい水から足を出したとき初めて、その感覚がなくなっていることに気づいた。ロビンは足を温め直すために浅瀬に出し入れしながら震えていた。

「今はこれくらいにしておこうか？」

彼は凍えた足を流れから引き上げた。ふくらはぎの半分から下は煉瓦のように赤くなっていた。アカアシカツオドリみたぃ！　彼はつらそうにつま先をつかみ、温め直そうとした。顔は笑っていたが、まるで苦痛にすすり泣いているようだった。彼は何かを探すように水をすくった。何を探しているのか、私は訊くのが怖かった。彼とは違う少年が違う時代、違う世界で私に言ったことがある――ママはサンショウウオになった、と。私は彼とともに、何か面白いものでもいないかと下流に目をやった。

先に見つけたのはロビンだった。サギだ！

私は息子の中にまだそれだけの落ち着きが残っているとは思っていなかった。サギは三十センチほど水に足を入れた状態でただじっとしていた。ロビンも催眠術にかかったようにじっとしていた。息子と鳥は見つめ合った――息子は顔の前面にある目で、鳥は横に付いた目で。ロビンの中にデクネフの効果は残っていなかったが、生きたフィードバックに同調する方法の知識は残っていた。私たちはいつかこの生きた場所で自らを鍛える方法を学ぶだろう。そのとき、じっとしているのは空を飛ぶのと似たことになるだろう。

獲物に忍び寄る背の高い鳥。五分ごとに半歩。鳥は川に引っかかった流木の一部だった。それが鳥であることを魚でさえ忘れていた。サギがついに勢いよく首を伸ばしたとき、ロビンは悲鳴を上げた。鳥はわずかに身を乗り出しただけに見えたが、くちばしは二メートル近く先まで伸びていた。そして姿勢を元に戻したときには、驚くべきサイズのごちそうがくちばしからぶら下がっていた。魚は大きすぎて鳥の喉を通りそうにもなかった。しかし喉の奥が袋状に開き、次の瞬間、喉が膨らんだことさえわからないうちにことは終わっていた。

ロビンが叫び声を上げると、サギは驚いて飛び立った。鳥は脚を曲げ、ジャンプし、巨大な翼を羽ばたかせた。飛び立つ姿はさらに翼竜に似ていて、同時に上げた声も感情より古いものを伝えていた。ぎこちない離陸が優雅な飛翔に変わった。鳥が下生えの間を抜け、姿が見えなくなるまでロビンはじっとしていた。そして大きな生き物が消えた場所を見つめ続けた。彼は私の方を振り返って言った。ママがここにいる。

私たちはまた靴を履き、上流に向かった。石ころだらけの土手を百メートルほど進むと、かつて家族の皆が泳いだ――全員が同時というわけではないけれども――場所に着いた。私は瀬尻に近づいたとき、思わず悪態をついた。それを聞いたロビンの顔が青くなった。何、パパ？ どうしたの？

私が指差すまで彼は気づかなかった。川周辺のそこら中に石が積まれていた。両岸の土手にも、岩の上にも、川の中にも石塚《ケルン》があった。それは新石器時代の石組みにも、ハノイの塔（有名なパズル）にも似ていた。

ロビンはそれでもまだ意味が分からず、表情で私に問いかけていた。

何が駄目なの、パパ？

「ママはこういう光景が大嫌いだった。石塚を作ると川の生き物のすみかが壊されるんだ。たとえばよその惑星の生き物が地球にやって来て、近所を破壊すると考えてごらん。何回も何回も」

彼は生き物を探して素早く目を動かした。ウグイ、ハヤ、サケ、サンショウウオ、藻、ザリガニ、水中の幼虫、絶滅の危機に瀕しているドクナマズとアメリカオオサンショウウオ。そのすべてが縄張りを主張するためのアートの犠牲になっている。崩さなきゃ。

私は疲れていた。私は人生をいったん肩から下ろし、川縁に置きたかった。しかし私たちは作業に取りかかった。まずは手の届く範囲にある塔の破壊。私は周りの石塚を崩した。ロビンは一度に一つずつ、澄んだ川を覗き込みながら石を戻す最善の場所を選んでいた。私たちが手前の土手の石塚を崩し終わると、彼は川の中に積まれた石に目をやった。残りもやっちゃおう。

岩だらけの山を流れる川は長さが約四千キロある。人間は勤勉なのでその隅から隅まで訪れるだろう。私たちが夏と秋の間、毎日ずっと石塚を崩して回ったとしても、次の春にはまたあちこちに塔が建つ。

「あれは遠すぎる。流れもすごく早い。水がどれだけ冷たいか、さっき試したじゃないか」

すると彼は十歳の子供なら誰でも見せる表情を浮かべた。ここから長い戦争が始まる、と感じさせる最初の兆候だ。ロビンは〝止められるものなら止めてみろ〟と言う一歩手前でためらっていた。そして千年前から地衣に覆われている岩に腰を下ろした。

ママならやると思う。

彼の母親。サンショウウオ。

「今日は無理だ、ロビン。雪解け水そのものじゃないか。七月にまた来よう。夏になっても石塚はそこら中にあるはずだ。私が保証する」

彼は勢いよく森を流れ山を下る、緑に縁取られた水路を見つめた。ビリーチャツグミのさえずりは彼をなだめているようだった。彼の息遣いが深まり、遅くなった。流れの上に蚊が群れ、この時季にしては早い、青みがかった白色のシロチョウが彼の足元の水溜まりで遊んでいた。この場所では、誰も――息子でさえ――長い時間怒り続けることはできそうもなかった。彼はあっという間に私の友達に戻り、こちらを向いて言った。夕食は何にするの？　コンロは僕の担当ってことでいい？

キャンプでは、誰も私たちに手出しをすることはできなかった。私たちは川岸の近くにテントを張り、地面に寝袋を広げた。私たちは黒ずんだ焚き火台にコンロを置き、レンズ豆とトマト、カリフラワーとタマネギをロビンが調理した。食事を終えたときにはロビンは私のあらゆる言動を許す気持ちになっていた。

私たちは水縁に生えた同じスズカケノキの老木にバックパックを引っ掛けた。ユリノキとヒッコリーの合間から覗く空はあまりにも晴れ渡っていたので、私たちはまたしても誘惑に負け、防水カバー《フライシート》を外した。あたりはすぐに暗くなった。私たちは透けたメッシュの下で並んで仰向けに寝転がり、青黒い空を見上げた。そこでは星々が夜空の隅々まで新たな支配を巡らせていた。

彼は肩で私をつついた。天の川には何十億って星があるんだよね？

この子がいるだけで、私にとって世界は素敵な場所になった。「何千億」

で、宇宙には銀河がいくつあるの？

私は肩で彼を押し返した。「君が今日そんなことを訊くなんて妙だな。ついこの前、イギリスの研究チームが二兆ありそうだという論文を発表してたよ。私たちが考えていた十倍の数だ！」

彼は暗がりの中、やっぱりという様子でうなずいた。彼の手が夜空に疑問を描いた。いたるところに星がある。数え切れないたくさんの星？　じゃあ、どうして夜空が明るくならないの？

ゆっくりとしたその悲しい言葉に、私の全身の毛が逆立った。息子が今再発見したのはオルバースのパラドックスと呼ばれるものだ。ずっと会っていなかったアリッサが私の耳元に口を近づけてささやいた。この子すごいでしょ。知ってた？

私はできる限りわかりやすく息子に説明をした。宇宙が永遠で安定しており、永遠の昔から存在していたのなら、あらゆる方角にある無数の恒星からの光によって夜空が昼のように明るくなるはずだ。しかし私たちの宇宙はまだ、できてから百四十億年しか経っていないし、すべての恒星が今私たちから加速度的に遠ざかりつつある。この場所はまだ若くて、あまりにも速いスピードで拡大しているから、星によって夜空が明るくなることはないのだ、と。

すぐ隣にいる息子の頭から暗闇に向かって思考がほとばしるのを私は感じた。その目は星から星へと夜空を巡った。彼はそれを絵にして、独自の星座を描いていた。彼が口を開いたとき、聞こえてきたのは子供の声だったが、賢者のようでもあった。パパは落ち込まなくていいよ。宇宙望遠鏡のことだけど。

私はそれを聞いてぞっとした。「どうして？」

どっちが大きいと思う？　外宇宙《アウタースペース》か……？　彼は私の頭に手を触れた。それとも内宇宙《インナースペース》か？

若い頃、私のバイブルだったオラフ・ステープルドンの『スター・メイカー』にある言葉が突然、脳の奥で光を放った。その本については何十年も考えたことがなかったのに。宇宙の全体は存在の全体よりも無限に小さい……宇宙の一瞬一瞬は無限の存在に支えられている。

「内宇宙」と私は言った。「間違いなく、内宇宙だ」

オーケー。じゃあ、望遠鏡を一度も打ち上げることのない何百万の惑星も、打ち上げる何百万の惑星に劣らず幸せだってこと。

「かもな」と私は言って、頭をまた空に向けた。

あの星、あそこ。彼は指差した。あそこでは何が起きてるの？

私は彼に話した。「あの星の人は半分に分裂して、それぞれが別の人間、つまり二人になることができる――記憶も全部そのままで。でも一生で一度しか分裂できない」

彼は大きく腕を動かして空の反対側を指した。じゃああそこは？　あの星はどう？

「あの星では、人の肌にある色素胞が常に感情を正確に表す」

かっこいい。あそこに住みたいな。

私たちは長い間宇宙を飛び回った。あまりに遠くまで旅をしたせいで、満月まであと二日の月が山際から昇り、急に星が見えづらくなった。彼は最後に残った明るい光の一つを指差した。木星だ。

あの星は？　あそこでは思い出が色あせることはないんだよ。記憶は決して消え去ることがない。

「えっ。骨折事件は？　君が誰かと喧嘩をして、骨を折ったことがあっただろ？」

ママの肌の匂いとか。今日見たサギのこととか。

私は彼の指が指しているところを見た。月明かりのせいで星の光が薄れていた。「君はあそこに行きたい？」

彼の肩がキャンプ用マットから離れた。わからない。

森の中で何かが呼んだ。それは鳥の声でも、私が聞き覚えのある獣の声でもなかった。その声は闇を貫き、大きな川の音をものともせず響き渡った。苦痛なのか喜びなのか、何かを悲しんでいるのか祝っているのか、わからなかった。ロビンはぎくりとして私の腕をつかんだ。私は何も声を発しなかったが、彼は私にシッと言った。さらに遠い場所から、再び叫び声が聞こえた。別の声が別の反応を引き出し、でたらめな和音が重なり合った。

それから声が止まり、夜は別の音楽で満たされた。ロビンは私の方を向き、さらに力を込めて腕をつかんだ。彼の顔は月明かりに照らされていた。あらゆる生き物は体が感じるように作られているものをすべて感じる。

聞いて、あれ、と息子は私に言った。そして次に彼が口にした言葉は、決して色あせることなく、決して消え去ることがない。僕たちすごいところにいるよ。信じられる?

心地よいテントの暗闇の中、私の顔から二十五センチのところでアリッサがささやいた。どうしてそれがそんなに大事なの？

私たちは足から血が出るまで八時間、一緒にハイキングをした。私たちはその前に川の激しい流れの中で泳いでいた。私は疲れ切っていたので、やっとの思いでキャンプ用コンロに火を点けて夕食の準備をし終えた。何を食べたのかは覚えていない。覚えているのは彼女がお代わりを欲しがったことだけだ。

私は倒れ込むようにキャンプ用枕に顔を埋めて一週間そのまま眠りたかった。彼女は私を一晩中寝かせず、哲学を語りたがった。生命がよそでも生まれていたとして、それで何が変わるの？　地球では生命が生まれた。それがすべてじゃない？

私は脳死状態にあった。しゃべりながら主語に合わせて動詞の形を変えるのがやっとだった。

「一回というのはまぐれ。二回なら不可避ってことになる」

彼女は私の胸を押して言った。それって何だか結婚の話みたい。彼女は自分の発見に驚いたそぶりを見せ、それで話を終わろうとした。

「生命の痕跡がどこかで見つかれば、宇宙が生命を望んでいることがはっきりする」

彼女は大笑いした。あら、宇宙が生命を望んでいることは間違いないわ。小柄だけど惑星的な彼女が私の上に乗った。今まさに、生命を欲してる。

一分間、私たちがすべてになった。そしてその一分が終わった。私はそれから眠ったに違いない。というのもその後、気味の悪い音に再び目を覚ましたからだ。暗闇の中で誰かが歌っていた。最初は彼女の歌声だと思った。滑らかに繰り返す三つの音。新しい調《キー》を果てしなく探る最短のメロディ。私はアリッサを見た。彼女の目は暗がりの中で見開かれていた。まるで三音から成る悲しげな調べがベートーヴェンの曲であるかのように。彼女は慌てた演技で私の腕をつかんだ。

ダーリン！　来たわ！　ついに彼らが地球にやって来た！

彼女は声の主を知っていた。私はそのとき尋ね損ねたので、もう決してその正体を知ることがない。彼女は鳥が静かになるまでじっと耳を傾けていた。声が止むとすぐに、別の生物たちの声がその後を埋めた。私たちを囲む六種の森の隅々まで広がる生物たちの網。彼女はじっとしたまま純粋な恍惚――私たちの息子がつかの間会得する感情――に浸っていた。

これが生命、と彼女は言った。これを永遠に保てたらいいのに……。

〝永遠〟と〝一度きり〟の間にあるのは、かくも小さな違いだ。

私は知らぬ間にうとうとしていた。テントのジッパーを開ける音で私は目を覚ました。彼がいつの間に服を着てテントから出ようとしていたのか、私にはまったくわからなかった。「ロビン?」

シーッ!と彼は言った。なぜ静かにしなければならないのか、私にはわからなかった。

「大丈夫か?」

僕は大丈夫だよ、パパ。超大丈夫。

「どこに行く?」

おしっこ。すぐに戻る。月明かりの中、彼は回転する地球儀のように手をひねった。それは昔から、〝万事オーケー〟を意味する彼のジェスチャーだった。私はキャンプ用枕に頭を戻し、冬用寝袋の首元をしっかり閉じてまた眠りに落ちた。

私は静寂で目を覚まし、すぐに二つのことに気づいた。一つは、自分で思っているより長く眠っていたこと。もう一つは、ロビンがテントに戻っていないこと。

私は服を着てテントから出た。周りの草は露で濡れていた。ロビンの靴と靴下はテントの入り口に置かれたままだった。懐中電灯も。それは必要がなかった。雲一つない空に浮かぶ月が地表を青灰色の銅版画に変えていた。木の根や岩を目印にするのは、街灯を頼りに夜道を歩くのと同様に容易だった。

私は息子を呼んだが、川の音のせいか返事は聞こえなかった。テントを回り込んでさらに大きな声で呼んだ。「ロビン？　ロビン！　相棒？」。わずか数メートルのところを流れる川の方から押し殺したうめき声のようなものが聞こえた。

私は数秒で土手にたどり着いた。銀色の光の中、早瀬は割れたガラス片のように見えた。私は以前、息子からこんな話を聞いた。暗くなればなるほど、視野の端がよく見えるようになる、と。私は川下から川上に向かって顔を動かした。彼は川の真ん中で岩を抱きかかえるように倒れていた。

私は川に入り、一メートル半ほど進んだところで足を滑らせた。足元で石がひっくり返り、私は転んだ。そして激しく打ち付けた右の膝と左の肘は擦りむけ、出血した。凍てつく水に十メートルほど流されたところで別の大きな岩にしがみついた。私は膝と手をついて一つずつ石をたどり、這うように上流に遡った。三十センチ進むのに何分も時間がかかっているみたいに感じられた。岩に近づいたとき、ようやくすべてが呑み込めた。ロビンは石塚《ケルン》を崩していた。川を元の安全なすみかに戻そうとしていたのだ。

彼は脇の下までずぶ濡れで、体全体で震えていた。こちらに手を伸ばそうとはしていたが、腕は力なく宙に揺れるだけだった。ろれつの回らない口から出る音は言葉になっていなかった。彼の体全体がおびえた獣の横腹のように私の手の下で震えた。体はすっかり冷え切っていた。

時間がばらばらになった。私はどうすればいいのか決断することができなかった。脈がかなり弱っていたので彼を立ち上がらせることはできなかった。激しい流れの中で岸まで這い戻るとなると、体力の限界を超えて息子をこの氷水に浸すことになる。私は彼を岸まで運ぶため腕に抱えた。二歩目で足が滑り、息子を水に浸けた。彼は恐ろしい悲鳴を上げた。この重さを抱えたまま、立って川を渡りきるのはどんな人間にも無理だ。

私はさっきまで彼が抱いていた小さな島にその体を寝かせ、水から上がって隣にしゃがんだ。濡れたズボンとシャツを脱がせるのには永遠の時間がかかった。彼のTシャツは塊になって小さな丸石に引っかかった。小さなジーンズは脱がした途端に流されていった。震えはさらにひどくなった。私はその体を乾かそうとしたが、気化熱でさらに体温を下げるだけの結果に終わった。

私は落ち着いて考えようと必死になった。彼の体は何か温かいものでくるんでやらなければならない。しかし私の服は転んだときに濡れていた。彼は息をするのも苦しげで、それは浅いため息のように聞こえた。私は息子の体を丸めて膝を胸に密着させた。そして自分の濡れたシャツを脱ぎ、むき出しの胴体を彼の体に当てた。しかし私の肌は彼の体と同じくらい冷たく、濡れていた。

私は顔を上げた。そこでは銀色の世界が静まり返っていた。川の流れまでもが現実とは思えないほど緩くなっていた。そこは山道をたどって麓に出るまで何キロもある場所だった。山のせいで携帯の電波は届いていなかった。最寄りの人間がいるのは尾根の向こう。それでも私は叫んだ。ロビンは私の叫び声に顔をゆがめ、彼のうなり声はさらにひどくなった。何かの奇跡で誰かに私の声が届いたとしても、救助の手は間に合わないだろう。

私は彼の体をこすり、叩き、名前を呼んだ。最初は軽く叩いていたのが、いつの間にか力が入っていた。彼はうなり声を上げるのをやめ、やがて何の反応も見せなくなった。息子の体から意志が漏れ出した。どれだけ頑張って体をこすっても、肌の色は徐々に赤から青に変わっていった。私はまた彼の上に体を重ねて濡れた腕で抱きかかえたが、もう何の役にも立たなかった。彼の体を温めるには何か別の方法が必要だった。あと数分、裸のまま春の寒風にさらされていれば確実に死んでしまう。

私は顔を上げた。岸に上がればすぐにテント。そこには保温性の高い乾いた寝袋がある。ここからわずかに六メートルほどだ。私は自分の体で息子の体を囲い、周りに空気の層を作ろうとした。震えは続いていたが、鼓動は聞こえなかった。

何ものかの声が言った。やってみろ。私は息子を岸の上に置いたまま、頼りない足取りで流れを横切り、岸に戻った。そして木の生えた、岩だらけの土手を這い上がった。必死になった私の手元でテントのジッパーは裂けた。私は寝袋をつかみ、川に戻った。そして土手の上で寝袋を首に巻き付け、転倒することなく何とか岩まで進んだ。私は息子の体を寝袋に押し込み、ジッパーを閉じた。それから私はそこに体を重ねた。そうして必死に体を覆いながら息の音を確かめようとしたが、川の音が邪魔になった。

それから長い時間が経ってようやく、私は自分が息子にもう必要とされていないことを受け入れた。

他の皆がどこにいるのか突き止めることのできなかった惑星がかつてあった。その惑星は孤独が原因で滅びた。同じことは私たちの銀河だけでも数十億回起きた。

大学は私に特別休暇をくれた。葬儀が終わり、ロビンの親戚や私たちを友人と考えてくれたすべての人たちと長い数日を過ごした後、私はもう二度と誰とも口を利く必要を感じなかった。ただじっと家に閉じこもり、ロビンの残したノートを読み、彼のスケッチを眺め、一緒に過ごした日々の思い出を書き記すだけで充分だった。

いろいろな人が食べるものを持ってきてくれた。食べる量が減れば減るほど、たくさんの食べ物を持ってきた。私は請求書の支払いも、草刈りも、皿洗いもする気は起きず、テレビのニュースを見る気にもならなかった。上海に住む二百万人が家を失った。フェニックスの町は水不足。牛ウイルス性脳症は家畜から人間への感染が確認された。誰にも気づかれることなく数週間が経った。私は昼間に寝て、夜は起きて、誰もいない部屋で、そこにはいない生きとし生けるものたちに詩を読み聞かせた。

電話には出なかった。時々、留守番電話とショートメッセージを確認したが、返事が必要なものはなかった。仮に必要でも、返事をすることはなかっただろうけれども。

そしてある日、カリアーからメッセージが届いた。ロビンと会いたければ、会わせることができる。

「オーケー」と、私がもう憎んではいない男が言う。「体は動かさずにリラックスして。画面中央の点を見て。さあ、その点を右に動かすんだ」

どうすればいいのか私にはわからない。この上なく簡単なことだ、と彼は言う。点が自然に動きだすまで待つ。そして心の状態をそのままに保つ。

彼はこの実験で法を犯し、私のために多大な犠牲を払っている。とはいえ私たちは皆、もうすぐ犯罪者になる。しかしマーティンは単なる犯罪者ではない。彼は自分のものではない予算を使い、もうすぐどうやっても手に入らなくなるエネルギーを機械に注いでいる。スタッフは全員一時解雇《レイオフ》したので、スキャナーを操作するのも彼自身だ。多くの研究室同様、彼の研究室もまもなく閉じられる。

私は横になった状態でチューブに入り、ロビンの脳のパターンに同調しようとする。去年の八月、彼が最も調子のよかった時期に記録したパターンだ。この空間にいるというだけで私は呼吸が楽になる。私は点を動かしたり、大きくしたり小さくしたり、色を変えたりできるようになる。二時間があっという間に過ぎる。カリアーが言う。「明日も来るか？」

彼がなぜ私に力を貸してくれるのかはよくわからない。それは単なる哀れみではない。科学者の多くがそうだが、彼も〝救い〟を求めている。しかもなぜか、私のトレーニングの進捗に深い関心を持っている。その理由を説明するには、彼の知識よりもはるかに進んだ脳科学が必要になる。実際、それは宇宙生物学の問題だ。ほどよい環境を持つ惑星は雨と溶岩とわずかなエネルギーを作用と意思に変える。自然淘汰は時に、利己性をその正反対のものに変える。

私は翌日も、その翌日も研究室を訪れる。そしてクラリネットの音色を高くしたり低くしたり、テンポを緩めたり速めたり、音色をヴァイオリンに変えたりできるようになる。感情を息子のものに合致させるだけでそれができる。フィードバックが私を導く。そしてその間ずっと、私の脳は愛する人に自らを似せることを学ぶ。

そしてある日、息子が現れる。生きているときと同じように、私の頭の中で。私の妻もまだ彼の中にいる。二人がかつて感じていたものを今、私は感じる。外宇宙と内宇宙、どちらが大きいのだろう?

彼は何も言わない。しゃべる必要がない。私には彼の望みがわかる。彼はただ宇宙に何があるのかを知りたいだけだ。光は秒速三十万キロで進む。一つの宇宙の端から反対側まで光が進むのに九百三十億年かかる。途中にあるのはブラックホール、パルサー（規則的周期で電波を発する小天体）、クエーサー、中性子星、プレオン星、クオーク星、金属星に青色はぐれ星、二重星に三重星系、球状星団に超緻密星団、銀河コロナ、銀河潮汐、銀河ハロー、反射星雲にパルサー星雲、星周円盤、星間円盤、銀河間円盤、暗黒物質《ダーク・マター》に暗黒《ダーク》エネルギー、宇宙塵、銀河フィラメント、超空洞。そのすべてが、私たちが名前を持っている最小単位よりもはるかに小さな振動に織り込まれた法則から紡ぎ出される。宇宙は生きている。そして私の息子は時間があるうちに、手早く私をその世界に案内したがっている。

私たちは訪れていた惑星を離れ、軌道まで一緒に上昇する。そのとき彼の頭に浮かぶことが私に伝わってくる。さっきまでいた場所すごいね、信じられる?

ああ、この惑星はよかった。私たちもよかった。焼けつく太陽、肌を刺す雨、生きた土の匂い、自然という方程式の果てしない解として生まれた生物たちがいたるところで発する歌声、そのいずれにも劣ることなくよかった。何をどう計算しても生まれるはずのなかったその世界は絶えず変化し、無数の歌声がその空気に存在の証拠を刻んでいる。

訳者あとがき

リチャード・パワーズは一九五七年生まれで今年（二〇二二年）六十五歳となったアメリカの小説家である。一九八五年原著刊行のデビュー作『舞踏会へ向かう三人の農夫』（二〇〇〇年邦訳）以来、コンスタントに長編を発表し続け、この『惑う星』が第十三作となる。彼は二〇〇六年原著刊行の『エコー・メイカー』（二〇一二年邦訳）で全米図書賞を受賞し、二〇一八年原著刊行の『オーバーストーリー』（二〇一九年邦訳）でピュリツァー賞を受賞しているので、現代アメリカ文壇の大御所と言ってもよい。この最新作も大きな話題を呼び、全米図書賞の第一次候補、ブッカー賞の最終候補となった。

今年、パワーズ初期の代表作とされる長編第三作『黄金虫変奏曲』（一九九一年原著刊行）が森慎一郎・若島正共訳でみすず書房からめでたく刊行された。それはこの作家が遺伝暗号とバッハのゴルトベルク変奏曲と二組の恋愛を絡めて紡ぎ上げたヘビー級の傑作だ。もしも最近、『黄金虫変奏曲』をお楽しみになった読者がそこから三十年の時を経て書かれた『惑う星』をお読みになったら、両者に共通する生命への深い関心や感情に訴える文体、そしてある種の奇跡的要素の介在に改めて納得すると同時に、技巧を凝らした前者とは対照的に極めてシンプルに書かれた新作にきっと驚かれることだろう。『惑う星』の中で重要な要素となっている太陽系外惑星に関する研究調査や機能的磁気共鳴映像（fMRI）を用いた脳科学研究は、そのほとんどが『黄金虫変奏曲』原著刊行以後に行われてきたものなので、最新の科学的成果に対するパワーズの関心の高さも改めてうかがえる。

パワーズはカリフォルニアで山歩きをした際にレッドウッド（セコイアスギ）の巨木を目にしてその偉容に圧倒され、そこからインスピレーションを得て前作『オーバーストーリー』を書き上げた。出来上がった小説は地球規模の生態学的な広がりを持った壮大な物語となった。彼自身、「小説家としての自分のキャリアはずっと、頂点としての『オーバーストーリー』に向かっていたのだと思う」とも述べている。そのせいもあってか彼はその後、一種の〝燃え尽き〟のような精神状態を経験し、さらには作家引退まで考えていたらしい（この段落と次の段落に書かれた情報については二〇二一年九月一三日付『ニューヨークタイムズ』紙掲載のインタビューを参考にしているので、詳しいことをお知りになりたい方はそちらをお読みください）。

ちなみに彼は『オーバーストーリー』を書き始めた頃に調査のためグレート・スモーキー山脈の森を訪れ、以来、その地（テネシー州の山間）に暮らしているのだが、ある日、山を歩いているとき、自分の肩に子供が乗っているような非常にリアルな幻覚を経験したらしい。それから山歩きのたびにその幻の子供と会話をするようになって、気が付くと彼は新しい小説を書き始めていた。それが今あなたのお手元にある『惑う星』というわけだ。

『惑う星』は『オーバーストーリー』で提示されたスケールの大きな問題にまた新たに取り組む内

容となっている。しかし他方で『惑う星』は、九人の主要登場人物が絡み合う長大な『オーバーストーリー』とは対照的に、分量的にはコンパクトで（語数・ページ数ともに半分以下）、プロットの面でもたったひと組の父子を時系列に沿ってたどるシンプルな物語だ。作家自身、あるインタビューで、「交響曲を仕上げた後でピアノソナタを書くような心持ちだった」と述べているし、読み心地としても、『惑う星』は彼の作品の中で最も分かりやすいと言っても過言ではない。

この小説の舞台となっているのは、専制的な大統領によって分断され、機能不全に陥ったアメリカ合衆国だ。そこでは科学研究は実用性を基準に（あるいは恣意的に）予算を差配され、地球環境は危機的な状態にある。無力なデモと、危険なまでのSNSの影響力。これは現代のアメリカ（そのもの、あるいは微妙な戯画）と考えてもよいし、ごく近い未来のアメリカと考えてもよいだろう。作中で重要な役割を果たすコード解読神経フィードバック訓練法（デクネフ）は架空のものではなく実在する技術で、精神疾患の治療や行動変容への応用が期待されている。物語は短いセクションに区切って語られる。物語が眺めるのはおよそ一年と数か月の期間。本筋とは別に、作品中ところどころに、父子が架空の太陽系外惑星を訪れ、そこに生きる生命を目撃するセクションが挟まる。それらは幕間劇、小話のように機能している。

主人公の宇宙生物学者シーオ（シオドア）・バーンは宇宙で生命を探す研究をする一方、妻を亡くした後、男手一つで九歳の非凡な少年ロビンを育てている。弁護士資格を持っていた妻は生前、動物の権利を保護するためのNGOで精力的に働いていた。ロビンは優しい少年で、絶滅の危機に瀕した動物の細々した絵を何時間でも描いているようなタイプの子供だが、心にトラブルを抱えている。
小学三年生のロビンは今、友達の顔にけがをさせたということで学校を追い出されそうになっている。彼の心の病はひどくなるが、シーオは息子に向精神薬を飲ませたくない。彼は息子の感情制御に役立ちそうな、実験的な神経フィードバック治療の存在を知る。それは記録に残された脳のデータに基づいて少年に訓練を行うというものだ……。

途中には目を見張るような自然描写、父が子に寝物語として聞かせる太陽系外惑星の興味深い光景、父子（と亡き母）の間にある愛の物語がある。そうしたものを含んだこの新作はパワーズ作品の中で最もストレートで、それゆえに深く感動的な小説となっている。

なお、『惑う星』の原題は *Bewilderment*（「当惑」「困惑」「紛糾」の意）だが、『オーバーストーリー』ではこの語が印象的に用いられていた。「〔ブラジルのジャングルでは〕さまざまな生物があらゆるものの表面を覆い、〝当惑させる《ビウィルダメント》〟という語の中核にある、〝荒野で道に迷わせる〟という死んだ比喩をよみがえらせる」（五二〇頁）。ここで言う「当惑」は、人が世界（未知のものや荒野、自然）と正対したときに覚える畏怖の感覚〝センス・オブ・ワンダー〟とも通じる。しかし反面、本作では、現在の地球環境が置かれている困難な状況も含意されているだろう。最終的に邦題としては、本作の大きなテーマである惑星〝地球〟と原題のニュアンスとをかけ合わせた形とした。

現代アメリカで活躍する偉大な作家の最新作の邦訳がこうして速やかに刊行できたのはひとえに、これまでのパワーズ作品を愛してくださった読者の皆様のおかげです。訳者として厚く御礼申し上げます。どうもありがとうございました。また、本書の企画と編集にあたっては田畑茂樹さんに、事実確認などについては新潮社校閲部の方々にお世話になりました。どうもありがとうございました。そしていつものように、訳者の日常を支えてくれるFさん、Iさん、Sさんにも感謝します。ありがとう。

二〇二二年十月

木原善彦

Cover photos ©Getty Images/benkadams.com, chuvipro
Book design by Shinchosha Book Design Division

Bewilderment
Richard Powers

惑《まど》う星《ほし》

著者
リチャード・パワーズ
訳者
木原　善彦
発行
2022年11月30日

発行者　佐藤隆信
発行所　株式会社新潮社
〒162-8711　東京都新宿区矢来町71
電話　編集部　03-3266-5411
読者係　03-3266-5111
https://www.shinchosha.co.jp

印刷所
錦明印刷株式会社
製本所
加藤製本株式会社

乱丁・落丁本は、ご面倒ですが小社読者係宛お送り下さい。
送料小社負担にてお取替えいたします。
価格はカバーに表示してあります。

ISBN 978-4-10-505877-7 C0097